박상연

1972년 서울에서 태어났다. 중앙대학교 영어학과를 졸업했고,
1996년 《세계의 문학》 여름호를 통해 등단해 1997년 장편소설
『DMZ』를 출간했다. 2000년부터 영화와 TV 드라마를 오가며
영화 「공동경비구역 JSA」, 「고지전」, TV 드라마 「선덕여왕」,
「뿌리깊은 나무」, 「육룡이 나르샤」, 「아스달 연대기」 등
다수의 작품을 썼다. 2009년 MBC 올해의 작가상, 2011년
한국영화평론가협회상 각본상, 2012년 서울드라마어워즈 한류
작가상, 백상예술대상 TV부문 작가상 등을 수상했다. 2023년
현재 드라마 「아라문의 검, 아스달 연대기2」의 방영을 준비
중이며, TV 드라마를 함께 기획하고 창작해 온 작가 김영현과
작가 중심의 영상 콘텐츠 제작법인 케이피앤쇼를 운영 중이다.

DMZ

DMZ

박상연

소설

오늘의
작가 총서
40

민음사

차례

총소리에 놀라 잠을 깬다. 어림짐작으로도 열 발 이상을 연속으로 발사하는 소리다. 아니 정확지 않다. 어슴푸레 밝아 오는 새벽이 새어 드는 내 방에 아직도 메아리치고 있는 총소리의 여운을 계산한다면 열 발 이상이라는 느낌이 착각일 수도 있다. 난 벌떡 일어나 머리맡에 놓아둔 권총을 급히 집어 들고 장전을 한다. 안전장치는 풀린 상태였다. 슬라이드를 뒤로 당길 때의 철커덕하는 경쾌한 소리와 검은색 베레타의 묵직함이 나를 안정시켜 주었다. 숨을 크게 몰아쉬고 정신을 수습하려 애를 써 본다. 총소리의 메아리에 여전히 귀가 먹먹한 듯했다. 어쨌건 꽤 많은 수의 총알이 발사된 것은 확실하다. K-2 따위의 소총을 자동으로 놓고 드르륵 갈겨 버린 것이 아니었다. 분명히 M-9 베레타나 K-5 같은 오토로더식의 소구경 권총이나 몇십 년 전에 사용되었음 직한 리볼버식의 M1917을 힘겹게 노리쇠를 당겨 가며 연속으로 발사하는 소리였다. 만약 열 발 이상이라면 M1917은 아닐 것이다. 기껏해야 여섯 발 이상을 잴 수 없는, 지금에 와선 구경하기도 힘든 것이 M1917이다.

총소리가 들린 것이 꿈속인지 아니면 현실인지를 구분하는 데 한참의 시간이 흐를 정도로 꿈은 생생했다. 예전에는 그러지 않았는데 요즘에 와선 왜인지 아무리 생생한 꿈을 꾸어도 눈을 뜨는 순간 꿈의 내용을 모두 잊어버리고 만다. 다만 매우 생생했다는 기억만이 나를 괴롭혔다. 오늘도 총소리다. 어제 비행기에서 꾼 꿈도 그랬다. 주위는 텔레비전 모니터의 치지직거리는 소음과 어슴푸레한 빛이 이 방의 어둠과 고요를 약간 무너뜨리고 있는 것을 제외하곤 쥐 죽은 듯이 조용했고 총소리가 현실에서 그 정도로 울렸다면 벌써 비상벨이 울리고 야단일 거라는 데 생각이 미쳐 간신히 꿈이라고 짐작할 수 있었다. 그래, 어제 비디오를 봤다. '블레이드 러너'라는 제목의 미국 영화였다. 영화 때문일까? 아닐 것이다. 그 영화는 포스터에서 주는 이미지나 미리 알고 있던 내용에 비해 너무나도 지루했다. 흔한 총싸움 한번 제대로 일어나지 않았다. 그럼……? 또 시작인가……? 권총을 홀스터에 넣고 떨리는 손으로 담배를 집었다. 담배를 다시 태우기 시작한 것도 어제부터다.

만약 꿈속에서 발사된 총이 M1917이라면 그 꿈의 끝자락에는 아버지가 버티고 있다. 내 꿈엔 총이 자주 등장하는데 그것은 아버지 때문이다. 아버지의 공항 사건을 계기로 한두 달 동안 절정을 이루다가 삼사 년간 꿈은 꾸준히 나를 괴롭혀 왔다. 그리고 한 1년 정도 뜸하더니 처음으로 한국에 와서 근무하게 되었을 때 다시 시작되었고, 그 이후 또 잠잠했다. 대개 기분 나쁜 악몽으로 시작되어 총소리에 놀라 깨곤 했는데, 처음엔 노이로제에 걸릴 정도였지만 얼마 지나서부터는 익숙해질 수 있었다. 일이 년 가까이 그런 꿈을 꾸지 않았는데 어제 비행기에서, 그리고 지금 이렇게 다시 시작되었다. 하지만 난 여기서 하나의 또다른 가능성을 배제하지 않는다. 아버지의 영향만은 아닐지도 모른다는 것. 그 암시는 어제 보았던, 총기에 의해 무참하게 살해된 시체다.

크렘린과 그 위성국들의 몰락, 베를린 장벽이 붕괴된 게르만, 게다가 아라파트와 라빈마저 손을 잡는 국제 정세 속에 남북 200만이 넘는 정예부대가 휴전 상황에서 대치하고 있는 이 나라는 세계의 주목을 받기에 충분했다. 더군다나 지난달 북한 인민무력부장의 정전협정 무효 운운이나 전쟁 불사 발언은 이 지역의 긴장을 한층 더 고조시켰다. 스위스의 친구들도 브라질의 어린 시절 친구들도, 처가 식구(처가 식구래 봤자 처형과 손위 동서뿐이지만)들도 한국으로 다시 돌아가는 나를 걱정스러운 눈빛으로 배웅했다. 하지만 45일간의 긴 휴가를 끝내고 다시 돌아온 이 나라는 밖에서 듣는 것보다 훨씬 평온했다.

중립국 감독위에 복귀 신고를 하고 정보부의 스위스인 대령에게 통역부에서 정보부로 배속 명령을 받았다. 지난 5년 동안 중립국 감독위 생활은 사실 따분하고 무료했다. 처음에 중립국 감독위 통역장교로 부임하던 당시의 긴장과 흥분은 오래가지 않았다. 기대와는 달리 판문점은 너무나 고요했고 내가 이곳에서 하는 일이란 고작 중립국 감독위, 군 정전 위원회 외국인 장교들과 한국군 사이의 통역 업무와 정기적으로 유엔에 보내야 하는 의례적이고 형식적인 정세 보고서 작성, 또는 그것을 각국 언어로 번역하는 등의 사무적인 것들투성이였기 때문이다. 이곳으로 오기 전에 스위스에서 중위 때부터 군 수사기관, 정보부 등에서 근무했던 나로서는 지루한 일들이었다. 그런데 햇수로 6년 만에 정보부로 돌아오게 되었다. 하루아침에 갑자기 정보부로 배속받은 나는 약간의 의아함과 이 나라에 처음 왔을 때의 흥분 속에서 이번 사건을 접했다.

살인 사건이었다. 수사 팀은 벌써 꾸려져 있었다. 살인 용의자는 한국군 판문점 경비대 소속 군인이었다. 피해자는 북한군 가-1 초소 경비병 두 명으로 그중 하나는 무참하게 사살되었고, 또 한 명은 부상을 입고 북측에서 치료 중이라고 했다. 판문점에서 이러한 교전 국가 군인 간의 살인 사건은 내가 부임한 이래 처음 있는 일이었다. 동료 장교들의 이야기를 들어 봐도 남한에서는 도끼 만행 사건 이라고 불리는 미루나무 사건 이래에 처음이라고들 했다. 살인 용의자인 사병의 신병은 남한 기무사에서 확보하고 있었다. 아침이 밝는 대로 나는 신병 인도부터 받으러 가야 했다.

　꿈속의 총과 총소리가 아버지의 영향 때문만은 아닐지 모른다고 추측하는 것도 어제 이 끔찍한 사건을 접했기 때문이다. 북측에서 인도받은 시신은 정말 참혹했다. 부검하고 말 것도 없이 이미 산산조각이 나 있었다. 중립국 감독위 교문동 군 병원에 임시로 마련된 시체 보관실에서 나는 어렵게 구역질과 재채기를 참아야 했다. 화약 냄새에 나는 알레르기에 가까운 과민 반응을 보이고 그것은 재채기로 나타난다. 시체에서는 아직도 화약 냄새가 진동을 했다. 모두 열세 발의 베레타 탄환이 온몸을 골고루 박살 낸 상태였으며 인민군복은 걸레가 되어 있었다. 오른쪽 가슴에 붙은 이름표의 정우진이란 이름도 간신히 읽을 수 있었다. 소지품은 갱지를 붙여서 만든 수첩과 연필, 안경, 죽는 순간 손에 꼭 쥐고 있던 권총 등이 다였다. 특기할 만한 것은 위 주머니에 총격으로 다 찢겨 간신히 어떤 여자의 사진이라는 사실만 알아볼 수 있는 사진 쪼가리 정도였다.

중립국 감독위 소속의 유일한 군의관인 플로베르 중위가 부검 책임자였다. 같은 제네바 출신인 데다 대학 시절 알았던 것은 아니지만 어쨌건 같은 대학 동문이라 이곳에 와서 평소에도 친하게 지내는 사이였다. 그녀는 대학에서 법의학을 전공했다. 1년 전 이곳으로 왔는데 같은 대학 출신인 것을 알고 서로 굉장히 반가워했다.

"얼굴에 다섯 발, 심장에 두 발, 허벅지에 두 발, 사타구니에 한 발, 배에 세 발입니다. 어깨에도 스친 것으로 보이는 총알 자국이 남아 있고요."

그녀가 프랑스어로 이야기하면 영어로 통역하여 다른 중립국 감독위 장교들에게 설명해 주었다. 그녀의 이야기는 계속되었다.

"지금 보고 계신 북한군 사병이 손에 쥐고 있던 권총에선 단 한 발이 발사되었거든요. 아마 그 총알이 한국군 사건 당사자인 사병의 어깨를 스쳤겠죠. 시신의 함몰 상태를 추적하면 총알이 발사된 순서를 알 수 있는데, 이번 사건 같은 경우엔 너무 근거리에서 사격이 이루어져 정확히 밝혀내긴 힘들 것 같습니다. 하지만 최초의 총알만은 눈을 관통한 것으로 추정되는군요. 그다음이 아마도 심장에 정확히…… 이때 이 북한군 사병은 절명했을 겁니다. 그다음부터 발사된 총알은 시체를 향한 것이라고 봐야 할 거예요."

"살인에 사체 훼손죄까지 더해야겠군."

"처참하군."

"이 정도면 마누라라도 확인할 수 없겠는걸."

체코 대위와 폴란드 중령의 말에 스위스인 대령도 거들며 딱딱한 스위스 로망 억양이 섞인 영어로 비릿한 웃음을 흘렸다. 사용된 총알은 이곳 JSA 판문점 공동 경비 구역 한국군 경비대들이 쓰는 M-9 베레타의 탄약이었고, 시체의 상태는 베레타의 위력을 여실히 보여 주고 있었다. 허벅지에 집중된 세 발의 총알로 오른쪽 다리는 거의 떨어져 나간 상태였다.

"플로베르 중위, 어느 정도로 증오하면 이런 사격을 할 수 있을까?"

"전 증오라기보다 공포라고 보는데요, 선배님."

"공포?"

"공포에 미치는 거죠……."

"글쎄, 무슨 말인지 잘 이해가 안 가는군."

"좀 다른 이야기일 수도 있는데요, 매우 싸움을 잘하는 A라는 사람이 있고, 그보다 싸움을 못하는 B와 C라는 사람이 있다고 해요."

"중위는 늘 그렇게 A, B 하며 예를 드는 것을 좋아했지."

"이건 예가 아니라 제가 제네바에서 선배 법의학자에게

들은 실제 있었던 이야기거든요."

"계속해 보지."

"A와 B가 싸웠죠. 당연히 싸움 잘하는 A가 이겼겠죠?
B는 전치 2주가 나왔고요. 그리고 A와 C가 싸웠죠. 이번
에도 A가 이겼어요. C는 혼수상태에 빠졌고, 얼마 후 사망
했어요."

"C가 싸움을 형편없이 못했나 보군."

"선배님도 그렇게 생각하시는군요. 근데 그게 그렇지가
않아요. 일반적으로 사람들은 이럴 경우 B와 C를 비교할
때 B가 싸움을 더 잘하는 사람일 거라고 생각하지요. 저
희가 보는 관점은 달라요. 소령님이 어린애랑 싸워야 하는
상황에 있다고 해 보죠. 그 어린애를 죽기 전까지 때릴 건
가요? 간단히 제압하고 말겠죠. 하지만 소령님과 거의 대
등한 어른과 싸운다고 해 보세요. 어쩌면 소령님이 죽을지
도 모르는 상황이고요. 소령님은 이기기 위해 전력을 다해
야 할 거예요. 당연히 어느 쪽이든 많이 다치겠죠. 아시겠어
요? C는 A와 거의 대등한 수준의 실력이라고 봐야 해요."

"일리가 있는 이야기군. 근데 이번 사건하고 무슨 상관
이지?"

"그 전력을 다해 싸운다는 거…… 그게 더 심해지면 죽
을지도 모른다는 공포가 더해지죠. 상대가 강하면 강할수
록, 자신에게 미치는 위협이 크면 클수록 공포가 심해지

고……."

"공포에 미쳐서 과잉 반응을 보였다……. 그럴 수도 있겠군."

"두려워하면 할수록 잔인해질 수도 있죠."

플로베르의 말은 일견 옳았다. 공포든 증오든 정상적인 정신 상태에서 이런 사격을 할 수는 없다. 얼굴에 다섯 발이라니……. 많아야 최초의 세 발로 이미 생명은 끊어졌을 것이다. 정신병자, 변태 등의 연쇄 살인 사건이나 치정에 얽힌 살인 사건 등에서나 볼 수 있는 시체였다.

시체의 상태를 보면서 사건 당시의 상황이 머릿속에 더욱 또렷이 그려지는 듯했다. 땀에 젖은 손바닥에 총이 미끄러질까 봐 불안을 느낀 나머지 더욱 힘주어 권총을 잡아 팔뚝에 힘줄이 불거져 나오고 눈 흰자위의 실핏줄이 빨갛게 일어선 상태로 상대를 노려보며 미친 듯이 권총을 난사하는 모습을 상상하기는 어렵지 않았다. 그다지 낯선 모습이 아니기 때문이다. 그 상상의 저편에는 아버지가 서 있다. 그래서 난 꿈에서 내가 본 총이, 총소리가 M-9 베레타인가, 아니면 M1917인가를 고민한다. 예전이라면 또 잠재되어 있던 아버지의 기억이 되살아났구나 하고 쉽게 생각해 버렸겠지만 이제 그 시체의 이미지가 더해졌다. 난 후자이길 바란다. 아버지에 대한 것이라면 정말 지겹다.

어제 본 시체의 참혹한 이미지가 한동안 잊었던 아버지에 대한 오랜 기억을 일깨워 무의식중에 발현되고, 또 꿈에 나타난 것이라는 대충의 결론을 내면서도 난 또 하나의 가능성을 생각한다. 이번 휴가를 끝내고 브라질에서 돌아올 때 공항에서 아내 쿠비가 떠맡기다시피 내 손에 쥐여 준 아버지의 일기장이다.

전쟁 중에 아버지가 썼다는 낡은 일기장은 어려서 브라질에 살던 시절에 자물쇠가 채워진 그의 서랍에서 본 적이 있는 듯한 물건이었다. 어머니의 초청을 받아 스위스로 이주하면서 없어진 줄 알았는데 아버지가 어딘가에 보관해 놓은 모양이다. 어떻게 쿠비는 일기장을 손에 넣게 되었을까? 그 일기장에 관해서도 좋지 않은 기억뿐이다.

한번은 그 서랍에 손댔다가 심하게 손찌검을 당한 적이 있다. 그래서 오래전에 그 서랍의 내용물에 대해서 관심을 끊어야 했지만 푸른색의 낡은 노트만은 어렴풋이 기억이 난다. 내가 처음 서랍에 관심을 보인 것은 아버지가 책상을 정리할 때 보았던 그 서랍 안의 권총 때문이었다. 대개 그 또래의 아이들이 그렇듯이 나도 총과 칼 따위의 장난감에 깊은 애착을 보였다.

어느 날 자물쇠가 풀린 서랍을 보게 된 나는 낮잠을 자던 아버지 옆을 살금살금 걸어 조심스럽게 서랍을 열었다. 권총은 무명천에 싸여 오래전에 생산이 중단된 열 개들이

에텔 라면 상자에 담긴 채로 그 일기장이라는 낡은 노트 위에 놓여 있었다. 고작 열 살도 안 된 나이였지만 단번에 장난감이 아니라는 것을 알 수 있었다. 한 손으로는 들기조차 힘든 묵직함만으로도 그렇게 추측하기에 충분했다. 곧 아버지의 벼락같은 고함이 귓전을 때렸고 아버지의 손바닥이, 주먹이, 발이, 재떨이가 내 몸에 와서 박혔다. 권총과 함께 있던 파란색 가죽 표지에 싸인 노트는 그렇게 내 기억에 남았다.

아내는 무엇 때문에 이제 와서 이 낡은 노트를 나에게 건넸을까? 아니 어떻게 이 노트를 아버지로부터 입수하게 되었을까? 브라질까지 와서 떠나는 나에게 건넨 것을 보면 아마 조금 망설였던 듯하다. 제네바에서 줄 수도 있었다.

판문점에 머물던 5년 사이에 제네바는 많이 변해 있었다. 아내는 내년이나 내후년이면 스위스 국적을 취득할 것이다. 스위스의 국적 취득은 까다로워서 스위스인인 나와 결혼했지만 바로 국적을 취득할 수는 없다. 일단 취업 허가를 받은 후 거주 기간이 총 5년이 되고 3년 이상 동거한 사실이 확인된 후에야 비로소 국적이 나온다. 처음 스위스에 왔을 때 말도 잘 안 통해서 꽤나 고생했는데 이젠 나에게 그간 제네바의 변한 모습이라든가 사회적인 이슈 등을 설명하기도 했다. 그러는 아내를 보며 마치 내가 이방인인 듯한 착각도 들었다. 아내는 지금까지 잘 적응해 왔다.

우리 지역 코뮌에서 운영하는 신문 등에 만화를 연재하며 좋은 평가를 받고 있다. 책도 몇 권 출판했다. 하지만 지금까지 출판 수입 중 상당 부분이 아버지가 있는 정신병원에 들어갔다는 이야기에는 짜증이 났다. 내색하지는 않았다. 짜증 내고 고민하는 것조차 지겹다. 그냥 휴가만 즐기다 돌아가면 된다고 생각했다.

오랜만에 긴 휴가였다. 아내와 나는 오래전부터 계획했던 브라질행을 결심했다. 아내의 친정이 있고 내 어린 시절 친구들이 사는 브라질에 가 본 지도 내가 판문점에 부임하기 전의 일이니까 벌써 6년이 넘었다. 그동안 아내는 한 번도 친정에 다녀오지 못했다. 이번 브라질행은 아내가 그리고 있는 만화의 자료 조사를 위한 것이기도 했다. 제네바에서 리우로 가는 직항로가 개설되어 멕시코를 경유하지 않고도 우리는 리우에 도착했다. 다행히 휴가 날짜가 리우 카니발이 끝나는 날에 딱 맞춰져 아내와 나는 오랜만에 함께 카니발을 즐길 수 있었다.

난 리우에서 바로 근무지인 판문점으로 돌아와야 했고 아내는 브라질에 남아 자료 조사를 하고 처형과 그간 못 나누었던 회포도 풀며 일주일쯤 더 지낸다고 했다. 출판 일정이 급한지 공항에 나오지 못할 거라고 했을 때 약간은 섭섭했지만, 아내가 자료 조사 작업을 잠시 뒤로하고 나와 놀아 준 것으로 공항에 배웅 나오지 못하는 미안함을 표현한 것을 알고 있었다. 삼바와 보사노바, 그리고 거기서 비롯되는 수많은 몸짓에 묻어나는 정열과 반라의 무희들에 대한 기억만을, 정말 그것만을 간직한 채 난 한국행 비행기에 몸을 실었다.

친구들과 작별 인사를 하고 게이트로 들어서려는 순간 공항에 나오지 못한다던 아내가 멀리서 뛰어오는 것이 보였다. 나타난 아내의 손에는 그 노트가 들려 있었다.

"이거 갖고 가. 어차피 나야 한국어를 잘 모르니까……."

아내와 작별 키스를 하고 탑승할 때까지 난 기억이 가물가물한 이 노트의 정체에 대해서 생각해 내지 못했다. 첫 페이지의 낯익은 한글 글씨체가 아버지를 떠올리게 했고, 아버지에 대한 생각이 간신히 아버지의 서랍, 권총, 그 밑에 깔려 있던 낡은 노트 순으로 기억을 일깨웠다.

동해로부터 해가 뜨고 있다. 물론 바닷가는 아니었지만 자꾸 바다가 생각났다. 끝이 안 보이는 푸름이 하늘까지 이어지는 바다…… 수평선 대신 지평선 저편에서 해가 얼굴을 거의 내밀었을 때 우린 이미 삼팔선을 넘어 횡성 근처까지 다다랐다. 하늘은 파랬고 태양은 찬란하게 붉었다. 이제 이 땅에 아침이 빛나리라. 인민들은 노래하리라. 긴 폭정은 끝났다. 방황은 끝났다…….

일기 형식으로 되어 있는 노트의 첫 페이지는 이렇게 시작했다. 비행기 안에서 이륙과 함께 노트를 펼치자 아버지에 대한 기억이 다시 유령처럼 살아나 나를 휘감았다. 그것은 마술처럼 내 의식을 아득하게 만들었다. 거기에 지난밤에 폭풍처럼 몰아쳤던 다섯 번의 긴 섹스의 피로까지 몰려와 잠이 들었다. 일이 년 동안 잠잠하던 내 악몽은 비행기의 그 잠으로부터 다시 시작되었다. 노트의 첫머리에서 비롯되었다고 해도 과장이나 오판이 아닐 것이다. 난 노트의 첫머리를 읽다 말고 잠들었고, 하필이면 그때 한동안 잊었던 그 악몽이 살아났기 때문이다. 그것은 어젯밤의 두 번째 꿈에서 M-9 베레타와 M1917 사이를 헷갈린 것처럼 어렴풋하지 않았다. 아버지 꿈이었다. 그것은 총소리로 시작되었다. 무대는 역시 공항이었고, 아무도 죽지 않았지만 그날의 소름 끼치는 기억의 연상 작용이 나를 깨웠다. 하지만 이제 끝난 일이다. 리우 카니발이 어제 끝난 것처럼 말이다. 그것은 아무도 동참하지 않은 아버지 혼자만의 마지막 축제 같은 것이었다.

내 머릿속에 있는 이 나라에 대한 이미지의 끝자락에는 아버지가 서 있다. 이 나라에 대한 기억은 아버지에 대한 기억이다. 아버지는 조선인이었다. 내 몸에 흐르고 있는 반쪽의 피는 이 나라에서 온 것이다. 하지만 그 절반의 피가 날 극동으로 이끌었는가……. 잘 모르겠다. 여전히 나는 이곳이 내 아버지의 나라였을 뿐이라고 되뇌고 있다. 물론 내가 판문점 파견 근무를 지원할 때 이곳이 아버지의 나라라는 사실을 조금도 의식하지 않았다면 거짓말이다. 아버지와 나의 화해를 간절히 바라던 쿠비가 한국 파견이 그 계기가 되길 바라며 적극 권했던 것도 사실이다. 현실적인 이유도 있었다. 해외 파견 근무에 따른 특별수당이 나온다는 것과 식구를 하나 줄임으로써 가계에 보탬이 되리라는 생각. 그에 앞서 아버지의 나라에 돌아간다는 기대와 공포도 부인할 수 없었다. 우리 가정의 불행이 시작된 극동에서 무언가를 찾을지 모른다는 상상도 해 보았다. 하지만 5년 전 아버지의 나라에 발을 디딜 때의 흥분은 사라진 지 오래다. 이제 이곳은 내 근무지일 뿐이다.

아버지는 좀처럼 옛날이야기를 하지 않았다. 그렇다고 과거를 숨기는 것 같지도 않았다. 오히려 마치 내세울 과거가 없는 사람처럼 보였다. 가끔, 아주 가끔 그는 나에게 애써 내 반쪽 피에 대해 인식을 시키려 했다. 사실 한국 이야기도 들은 기억이 별로 없다. 다만 술만 마셨다 하면 지껄이는 푸념 조의 뜻도 알 수 없는 이야기들……. 그가 나에게 집착한 것은 한국어뿐이었다. 그가 그러지 않았다면 난 한국 파견을 지원하지 못했을 것이다. 내가 한국어를 유창하게 구사하는 매우 드문 남미 출신의 스위스인이라는 점이 판문점 파견을 가능하게 했다.

한국에 관한 이야기는 오히려 어머니가 가끔 꺼냈다. 그 외에는 대학에 가서 들은 이야기 정도다. 그리고 판문점의 중립국 감독위에 유엔군 자격으로 파견되면서 5년 동안 겪은 나라라는 것, 그냥 역사가 오래된 나라이고 분단된 나라라는 것, 한국전쟁이라는 같은 민족 간의 전쟁을 겪은 나라라는 것, 그 나라가 지금 분단이 되어 있다는 것은 나에게 중요하다. 아버지가 태어났다는 그 나라가 분단되지 않았다면 난 평생 이 나라에 올 기회가 없었을지 모른다. 또 뭐가 있을까? 사계절이 뚜렷하다든가, 북반구에 있는 나라라서 지금은 겨울이라는 거⋯⋯. 그래, 나한테 가장 중요한 건 이 나라가 지금 겨울이라는 사실이다. 그래서 아내는 스위스에서 미처 마련해 오지 못한 두꺼운 외투와 내의, 장갑, 양말 등을 준비했다. 현지에도 두고 온 옷가지가 많다며 만류를 했지만 아내는 막무가내로 리우의 백화점까지 나가서 옷가지들을 사 왔다. 리우의 공항에서 그녀는 활짝 웃으며 어색하게 쥔 주먹을 번쩍 들어 보였다. 우리는 밝게 살려고 노력한다. 과거 따윈 라이터 불을 한참 바라보다가 갑자기 껐을 때 눈에 남아 있는 파란 잔상 같은 것이다. 얽매이지 않기로 나는 맹세했다. 아내는 그렇지 않은 것처럼 보이기도 했다.

스물다섯 시간 정도 걸렸다. 그렇게 오래 비행기를 타는 것은 브라질에서는 한국에 갈 때나 있는 일이다. 예전에 브라질에 살 때는 리우에서 상파울루로 자주 비행기를 타고 다녔고 스위스에 와서는 통역 업무상 해외 출장이 많은 편이라 비행기 여행에 익숙했다. 하지만 스물다섯 시간이라니……. 난 브라질에서 가장 먼 곳에 와 있는 것이다. 언젠가 왜 하필 브라질이었냐고 물었더니 아버지는 리우데자네이루에서 일직선으로 핵을 향해 땅을 파고 들어간 다음 다시 그 선을 연장해 뚫고 나오면 조선이 나온다고 말했다. 그땐 어려서 이해할 수 없었지만 아마 한국에서 가장 먼 곳을 찾았다는 말이었던 듯하다. 그렇지만 아버지가 브라질과 한국의 거리만큼 한국에서 멀어졌던 것 같지는 않다. 지구핵을 중심으로 일직선 위에 놓여 있는 브라질과 한국, 난 핵을 뚫지 않고도 이 나라에 돌아왔다.

투두둑 소리에 창밖을 내다보니 비가 추적추적 내리고 있다. 겨울치고는 날씨가 포근하다. 날이 밝으려면 아직 한참 있어야 할 것 같다. 어차피 다시 잠이 들긴 틀렸다. 창문을 여니 물기 어린 찬 공기가 획 하고 들어온다. 어제 브라질에서 이륙할 때도 비가 내렸다. 떠나오는 아침부터 먹구름이 하늘 한구석에 답답하게 얹혀 있더니 한나절 내내 비를 뿌렸다. 브라질은 비가 많은 나라다. 하지만 내가 자란 곳은 북동부의 이른바 세카 지대다. 그곳은 연 강우량이 결코 600밀리리터를 넘지 않을 정도의 불모지다. 난 어린 시절 선인장 이외의 식물을 본 기억이 없다. 항상 물이 문제였다. 어쩌다 비가 오면 아이들과 함께 옷을 벗고 비를 맞으러 뛰어나갔다. 그래서 난 습하든 건조하든 뜨거운 태양보다 땅을 세차게 때린 빗방울이 슬리퍼 사이로 드러난 피부 위로 튀어 오르는 느낌을 좋아한다. 그 빗소리에 테킬라를 한잔하는 것도 괜찮다. 난 남미 출신답게 여전히 테킬라를 좋아한다. 비행기 안에선 테킬라 생각이 간절했다. 다음 휴가 때까지 마지막 기회였고 난 그 한 번 남은 기회를 놓쳤다. 이제 다시 테킬라를 구경하는 일은 내가 특별히 수고를 들이지 않는 한 다음 휴가 때나 가능할 것이다. 내가 타고 온 비행기엔 왠인지 테킬라만 메뉴에서 빠져 있었다. 위스키를 주문해도 되었지만 그것은 아버지의 것이다. 가급적이면 일상생활에서 아버지를 떠올리는 행동을 하고 싶지 않았다. 브라질을 떠나 서울로 오는 비행기에서 옆에 앉은 밴쿠버에서 탄 동양인 사내는 분명히 위스키를 채워 놓았으리라 생각되는 작은 수통에 입술을 대고 계속해서 홀짝대고 있었다. 아버지는 비행기의 동양인 사내보다 더 큰 스테인리스 수통을 애용했다. 난 그 수통으로도 여러 번 맞았다. 아버지가 병째 들고 마시는 버릇이 있었다면 난 위스키병에 여러 번 머리가 박살 났을지도 모르는 일이었다.

비행기 안에서 스튜어디스가 테킬라 선라이즈라는 칵테일을 권했을 때 사양하지 말고 마실 걸 그랬다. 테킬라 선라이즈는 테킬라와 오렌지주스 등을 그레나딘시럽으로 비율을 조절해 아래쪽에 파란색, 중간에 오렌지빛, 맨 위에 주황색의 층이 지게 만드는 칵테일이다. 그 모습이 마치 바다에서 해가 떠오르는 것 같다고 해서 그렇게 부른다는데 그땐 칵테일을 마시고 싶지 않았다. 테킬라는 뭐니 뭐니 해도 손등에 소금을 묻히고 레몬 조각을 핥아 가면서 마셔야 제맛이다. 순한 술은 딱 질색이다. 독주가 깨끗하다.

난 없는 걸 알면서도 테킬라를 요구했고 스튜어디스는 친절하게 테킬라 선라이즈를 대신 권했다. 내가 처음에 포르투갈어로 말했기 때문에 서투른 포르투갈어로 간신히 말을 이어 가고 있는 스튜어디스에게 나는 즉시 영어로 칵테일은 괜찮다고 답했다. 다시 곁에 와서 영어로 정중하게 주스를 권했을 때는 주스와 위스키 사이에서 잠시 고민했다. 그리고 프랑스인 같아 보이는 그녀에게 영어로 말을 할지 프랑스어로 이야기할지를 고민했다. 난 프랑스어로 토마토주스를 주문했고 그녀의 반가운 표정과 능숙한 프랑스어에 내 짐작이 맞았다는 것을 알았다.

나는 영어에도 능숙하다. 에스파냐어도 잘 구사한다. 에스파냐어와 포르투갈어는 어느 한쪽을 알면 다른 쪽을 쉽게 할 수 있다. 언어 능력은 내가 어렸을 때부터 재능을 인정받은 거의 유일한 분야였다. 대개의 남미인이 에스파냐어와 포르투갈어를 능숙하게 하는 것은 놀라운 일이 아니지만 영어를 능숙하게 구사하는 남미 출신은 드물다. 중학교 때부터 영어를 배웠는데 영어 교사들은 내 능력과 영어에 대한 관심에 항상 놀라워했다. 그리고 대학에 가기 위해 선택한 제2외국어는 프랑스어였다. 프랑스어를 어느 정도 자유롭게 구사하는 데도 그리 오랜 시간이 걸리지는 않았다. 더군다나 대학에 들어가면서 스위스인 어머니를 따라 스위스로 이주했고, 이주한 지역이 프랑스어를 사용하는 지역이라 프랑스어는 모국어처럼 구사하게 되었다.

내가 가장 어렵고 힘들게 배운 것은 한국어다. 내가 배워 온 어떤 언어들과도 연관성이 없었던 이 언어는 배우기 힘들었을 뿐 아니라 전에 배운 다른 언어들 같은 열정과 관심도 생기지 않았다.

여기에서 사춘기 시절의 반항이라는 요인도 찾을 수 있을 것이다. 아버지는 날 초등학교 때부터 강제로 책상에 앉혀 놓고 한국어를 가르쳤다. 상파울루에 있는 한국 총영사관까지 찾아가서 한국 책들을 구해 오는 열성을 보였다. 그 전에 한국어를 전혀 못 한 것은 아니었다. 순수 켈트계의 스위스인인 어머니와 순수 한국계의 브라질인인 아버지는 내가 어렸을 때 항상 한국어로 대화를 했다. 따라서 내 어린 시절의 언어는 자연스럽게 한국어였다. 더구나 몸이 약해 잔병치레가 많았기 때문에 밖에 자주 나가지 못했고 집 안에서 쓰는 한국어에 갇혀 담장만 넘으면 포르투갈어, 에스파냐어인 세상과는 유리된 채 어린 시절을 보내야 했다. 그것은 생득적인 것처럼 보였다. 하지만 내 언어생활의 혼란과 갈등은 내가 사회적인 존재로서 생활을 시작할 무렵, 그러니까 걸음을 뗀 이후 어쩔 수 없이 교육기관에 소속되면서 시작됐다. 포르투갈어가 첫 관문이었다. 다른 보통 아기들보다 1년 정도 빨리 입을 떼었던 나는 포르투갈어에도 빠른 속도로 적응해 나갔다. 결코 내가 별로 힘들이지 않고 적응했다는 이야기는 아니다. 당시의 괴로움과 고통은 지금도 생각하고 싶지 않다. 당연히 모국어를 그들 나이 수준에서 완성 상태까지 구사하는 다른 아이들에 비해 어려웠던 것이 사실이었다.

일곱 살 때 학교에 가게 된 나는 당연히 포르투갈어에 서툴렀다. 혼혈 따윈 문제가 되지 않았다. 어차피 국민 전체가 혼혈인 나라이니까. 하지만 언어는 날 그들로부터 소외시켰다. 아이들은 날 말더듬이라고 놀려 댔다. 그 상황에서 벗어나고 싶었다. 포르투갈어를 배우며 난 결코 한국어로 번역해서 그 의미를 이해하려 하지 않았다. 일상생활에서도 포르투갈어로 말하고 포르투갈어로 생각하려 노력했다. 하지만 어린 나이의 언어적 혼란은 사실 감당하기 힘든 것이었다. 실제로 난 그 시절 집에서 곧잘 쓰던 한국어에도 서툴러지기 시작했다. 한국어 조사에 포르투갈어

단어를 쓰는 일이 많아지고 그 반대의 일도 생겨났다. 이래저래 혼란스러웠다. 난 모든 책임을 아버지에게 돌렸다. 더구나 당시 아버지는 어머니와 나에게 손을 대기 시작했고 아버지와 나의 불화는 그때부터였다.

아버지는 학교에 간 후로 내 한국어가 변질되어 가는 것을 느꼈는지 한국어 학습을 위해 나를 전학시켰다. 서툰 포르투갈어로 간신히 친구를 만들어 가던 중에 상파울루 리베르다데의 한인촌에서 중학교까지 다니며 다시 시작해야 했다. 거기에 있는 아이들은 거의가 한국에서 이민 온 순수 한국계였다. 이번엔 혼혈이 문제가 되었다. 원래 남들과 잘 어울리지 못하고 붙임성 없는 성격이라 더욱 그랬다. 더구나 조선 민족은 배타성이 강했다. 타국에 나와 있어서인지 더더욱 같은 민족끼리 단결력이 강했고, 아이들도 마찬가지였다. 그들은 자기들과 다른 내 묘한 용모에 거부감을 보였고, 유창한 한국어를 구사하는 것을 더 징그럽게 생각했다. 내 책임이 전혀 없다고는 할 수 없을 것이다. 난 이미 성격이 비뚤어져 있었다. 이왕 이곳 브라질에 살아야 한다면 이 사회에 빨리 적응하고 싶었고 내가 있을 곳은 한인 학교가 아니라는 생각만 자꾸 들었다. 아버지가 하루에 두 시간씩 책상에 앉혀 놓고 한국어를 가르칠 때도, 나를 리베르다데로 전학시킬 때도 난 결코 아버지가 바라는 대로 되지는 않을 거라고 다짐했다. 무엇이든 시작이 중요하다. 내 한국어 학습의 시작은 그랬다.

이후 나는 언제나 아버지를 괴롭힐 방법을 찾았다. 아버지는 집에서 항상 한국어를 쓰게 했다. 이미 한국어를 어느 정도 유창하게 구사하고 있던 내가 먼저 찾아낸 방법은 일부러 한국어를 더듬거나 틀리는 것이었다. 그럴 때마다 아버지는 땅이 꺼져라 한숨을 뱉었고 난 희열을 느꼈다. 이런 일도 있었다. 아홉 살 되던 해 나는 황열병으로 고생을 했다. 열이 40도까지 오르내렸고 아버지와 어머니 모두 내 머리맡에 앉아 있었다. 난 비몽사몽인 와중에 한 가지 생각해 냈다. 난 신음하며 천천히 입을 열었다. "소꼬호…… 소꼬호……." 살려 달라는 포르투갈어였다. 그 말을 뱉으면서 아버지의 얼굴을 힐끔힐끔 봤다. 지금 생각해 보면 내 의도는 악랄했다. 당신이 나 어렸을 적부터 한국어 가르치느라고 공들인 거 다 소용없다, 이렇게 급박한 상황에선 자연스럽게 포르투갈어가 나오지 않느냐는 내 항변이었다. 계속해서 나는 "소꼬호."를 외쳤다. 아버지는 내가 눈치를 보며 의식적으로 그러는 것을 눈치채고 버럭 소리를 지르면서 들고 있던 책을 나에게 집어 던졌다. "너이 자식, 이리 나와!" 나는 "아야, 엄마!" 하는 선명한 음절의 한국어 비명이 잇새로 새어 나오는 것을 이를 악물고 참았다. 아버지가 나의 '소꼬호'라는 포르투갈어에 절망한 만큼 난 저절로 새어 나오는 정확한 '아야, 엄마'라는 네 음절의 비명에 절망했다.

황열병에 눈을 제대로 뜰 힘도, 걸을 힘도 없던 나는 아버지의 주먹을 온몸으로 받아 냈다. 한국어에 대한 편집증에 가까운 아버지의 히스테리를 지켜보면서 난 그 나라에 대한 막연한 증오를 키워 갔다. 당시 어머니는 미친 듯이 날뛰는 아버지를 애 죽이겠다며 말리다 아버지가 던진 꽃병에 맞아 병원 신세를 져야 했다. 그때부터 어린 나는 어머니와 함께 아버지에게서 도망치겠다는 마음을 먹었다. 실제로 가출도 했지만 금방 잡혀서 들어오곤 했다. 열한 살, 열두 살에 밖에 나가 봤자 아무것도 할 수 없었다. 어머니에게 조르기도 했다. 아버지한테서 도망쳐 먼 곳에 가서 단둘이 살자고, 내가 무슨 일을 해서든 돈을 벌겠다고. 열두 살의 여름이 그렇게 지났다. 어머니가 당신의 조국이자 내 조국인 스위스로 돌아간 것은 그 뜨거운 여름이 끝나기 전이었다.

내가 도망치자고 하면 그러는 날 꾸짖는 것도 아니고 그렇다고 어린 나의 반란에 동의하지도 않고 언제나 묵묵히 내 얼굴을 바라보고만 있던 어머니는 나보다 훨씬 앞서 탈출에 성공했다. 그날 밤 어머니는 아버지와 심하게 다투었다. 아버지가 술주정을 하면 어머니는 가만히 당하기 일쑤였는데 그날은 달랐다. 두 사람 다 언성을 높였고, 그날 그들의 언어는 포르투갈어였다. 아버지는 한국어로 혼잣말

욕지거리를 뱉었고 어머니는 프랑스어로 한숨을 토했다. 다음 날 아침 어머니는 스위스로 돌아갔다. 지금 생각해 봐도 브라질 주재 스위스 외신 기자인 어머니가 이 지역에서 임기를 마치고 본사의 소환을 받아 예정된 스위스행을 했는지, 아니면 그날 밤 크게 싸운 것 때문에 순간적으로 도망치듯 그렇게 떠났는지 알 수 없다.

난 날 두고 떠난 어머니의 야속함에 슬퍼했지만 어머니의 탈출에는 진심으로 박수를 보냈다. 언젠가는 어머니가 나를 찾으러 올 것이라는, 내 조국 스위스로 나도 돌아갈 수 있을 것이라는 희망만을 가슴에 품었다. 어머니가 떠나던 날 아버지는 또 술을 마시고 집에서 난동을 부렸지만 난 자기 분에 못 이겨 아버지가 미치는 줄 알고 즐거웠던 기억이 생생하다.

아버지 몰래 가끔씩 걸려오는 어머니의 전화를 받기 시작한 것은 그로부터 6개월 정도 지난 다음이었다. 아버지의 감시를 피하기 위해 우린 언제나 포르투갈어로 이야기해야 했다. 그 이유가 아니더라도 굳이 한국어를 쓰고 싶진 않았다. 하지만 어머니와 언제나 한국어로 이야기했기 때문에 처음엔 좀 어색했던 것이 사실이었다. 마치 연기를 하는 듯한 기분이었다. 내 근황을 걱정하는 어머니의 "코모 에스따?"라는 물음에 입 끝에 괜찮아요라는 말이 맴돌면서도 한 번 걸러서 "에스또이 비엔."이라고 말할 때면 난

"괜찮아요."라고 말할 때의 정서를 전달하지 못하고 있다는 생각이 자꾸 들어서 더욱 그랬다. 어머니는 정기적으로 돈을 보내 주고 지금은 사정이 여의치 않지만 언젠가 나를 데리러 오겠다는 약속도 잊지 않았다. 이상했던 건 내가 아버지의 험담이나 욕이라도 늘어놓을라치면 어머니는 야단치면서 아버지는 훌륭한 분이야, 혹은 불쌍한 사람이야라는 말을 되풀이했는데 당시 어린 마음에 느끼기에도 진심에서 우러나는 말 같았다는 것이다. 단순히 어린 아들의 교육상 아버지를 미워하지 않게 하려는 의도는 아닌 듯했다.

어머니는 행복해 보였다. 애초에 어머니와 아버지는 어울리지 않았다. 리우 부두의 하역 노동자인 아버지와 브라질 주재 외신 기자인 인텔리 여성, 어머니. 어머니는 아버지가 정규교육 수준으로 판단할 수 없는 해박한 지식과 사상을 가졌다고 이야기했지만 난 믿을 수도 믿고 싶지도 않았다. 그는 한없이 무식하고 배운 것 없는, 또 그 알량한 사상으로 당시 좌파 지식인이던 어머니를 유혹한 빨갱이 건달일 뿐이었다. 빨갱이란 말은 판문점에 근무하면서 배웠다. 아버지는 조국을 떠나 돌아갈 수 없는 자기 처지에 어머니의 연민과 동정을 강요했을 테고, 꿈꾸던 혁명의 좌절과 상실에 더해진 몰락 귀족의 퇴폐 같은 우수가 어머니를 자극했을 것이다. 젊은 시절 '제네바 인터내셔널'이라는 진보적인 단체 회원이었던 어머니는 아내 쿠비의 표현대로 이른바 '이론의 성찬'에 진력이 나 있었고, 상대적으로 아버지에게선 비록 실패했지만 꿈을 향해 인생을 걸고 싸워 본 실천적 지식인이 풍기는 매력을 느꼈을 것이다. 아버지는 그런 어머니에게 인생의 혁명 공약을 내걸고 사기를 쳤다. 대개의 위정자들처럼 말이다.

어머니와 아버지. 만남이 정말 공교롭고도 특이하게 이루어진 만큼 그들의 사랑에도 이해하기 힘든 것들이 있었다. 애초에 어울리지 않는 위치에 있는 사람들의 만남, 끝없이 서로를 괴롭히면서도 결코 끊어질 듯 끊이지 않는 인연, 한 편의 비극적인 드라마로 손색이 없는 기구한 삶들의 묘한 결합. 거기서 비롯된 내 삶, 현재 극동의 판문점이란 곳에 머물고 있는 것…… 모두 기이한 일이다. 마치 신이 짜 놓은 각본처럼. 신이 짜 놓은 각본, 이건 내가 5년 전 판문점으로 떠날 때 아내 쿠비가 나에게 한 말이다. 아버지의 나라로 돌아가는 것이라고 애써 의미를 부여하려는 아내에게 난 짜증을 냈다. 필연이나 운명 따위는 믿지 않는다. 모든 것이 기이한 우연일 뿐이다. 한국에서 태어난 아버지와 스위스에서 태어난 어머니가 제3국행 인민군 포로와 브라질 주재 스위스 외신 기자로 낯선 리우에서 만난 것도, 어머니가 임신한 채 스위스로 돌아가 나를 낳아서 내가 스위스 국적을 갖게 된 것도 말이다. 내가 군인이 되지 않았거나 어머니가 나를 리우에서 낳았다면 판문점 중립국 감독위에 근무하는 일 따위는 생기지 않았을 것이다.

내 언어 능력도 어머니에게서 온 것이 틀림없다. 브라질에 특파된 스위스 외신 기자였던 어머니는 제네바 출신으로 프랑스어에 능통했고, 그때 이미 영어와 포르투갈어를 능숙하게 구사했다. 막 브라질에 정착한 아버지는 서투른 포르투갈어로 어머니와 의사소통을 시작했겠지만 어머니가 아버지의 언어인 한국어를 학습하는 데 그리 오래 걸린 것 같지는 않았다. 그렇다 하더라도 인종과 국적, 학력과 언어를 초월해 두 사람이 어떻게 사랑할 수 있었는지 의문이지만 어쨌건 그들의 만남은 로맨틱했다. 다만 영화 같은 출발이 행복한 결말을 주진 못했다. 둘은 만나지 말았어야 했다. 늦었지만 어머니가 아버지 곁을 떠난 것은 축복할 만했다. 어머니의 행복을 바라며 나도 곧 탈출하리라 생각했다. 그러나 아버지는 그 이후로 나에게 더욱 집착했다. 한국어 학습도 계속되었다.

어머니와의 재회, 브라질에서의 탈출, 기억나지 않는 조국 스위스로의 귀향은 약간 이상하게 이루어졌다. 열아홉 살이 되던 해 어머니가 나를 스위스로 불렀는데 무슨 생각에서인지 아버지도 같이 초청했다. 물론 어머니가 나만 초청했다고 해도 이미 늙어 버린 불쌍한 노인네를 두고 선뜻 제네바행을 결심할 수는 없었을 것이다. 좋든 싫든 당시까지 내 인생 전부를 같이 보내는 동안 들어 버린 미운 정 고운 정을 아예 무시하기에 그는 너무 초라해져 있었다. 내가 한국어를 전혀 배우지 않았다면 그 정이라는 것을 쉽게 떨쳐 냈을까? 포르투갈어에는 정이란 단어가 없다. 영어에도 마찬가지다. 애써 비슷한 단어들로 번역이야 하겠지만 정확히 정이라는 정서를 대변한다고는 할 수 없다.

난 내심 아버지가 어머니의 초청을 완강히 거부하길 바랐다. 그러면 조금은 편한 마음으로 아버지로부터 떠나 어머니를 만날 수 있을 거라고 생각했기 때문이다. 그런데 의외로 그는 초청에 응했고 나와 제네바행 비행기에 오르게 되었다. 스위스행은 어머니와의 재회, 타지로부터 전혀 기억나지 않는 내 조국으로의 귀향 말고도 여러 가지 의미가 있었다. 당시 사귀던 쿠비라는 여자와의 이별, 빈국에서 부국으로, 혼혈의 나라에서 비교적 고른 인종들이 사는 나라로 간다는 감상들이 나를 가벼운 흥분으로 몰아넣었다. 하지만 아버지의 동행이 브라질에서와 똑같은 상황을 제네바에서 다시 연출할지 모른다는 불안감도 무시할 수 없었다. 도대체 무슨 생각으로 어머니는 아버지를 초청했고 아버지는 그에 응했을까. 물론 그즈음 아버지는 조금 달라진 것이 사실이었다. 나이도 나이려니와 경제력도 떨어져 당시 내가 아르바이트를 하며 번 돈과 어머니가 몰래 보내 주는 돈으로 연명하고 있었으니 그럴 만도 했다. 그러나 술만 먹었다 하면 주정은 여전했다. 예전처럼 무엇을 집어 던지고 나를 때리기엔 내가 너무 힘이 세졌고 그는 너무 약해졌다는 것이 차이라면 차이였다.

제네바의 한 출판사에서 주필을 맡고 있던 어머니는 한 번도 얼굴을 본 적이 없는 외삼촌과 외숙모와 같이 살고 있었다. 그들 모두 아버지와 나를 반갑게 맞이했다. 어머니와 아버지와 나는 유엔 본부에서 얼마 떨어지지 않은 주세프모타라는 곳에 집을 마련했다. 아버지는 생각보다 온순하게 지내는 것 같았다. 술에 취하면 예의 주정을 해 댔지만 예전보다 자주 마시지 않았고 어머니가 소개한 직장에서도 열심히 적응하려는 듯 보이기도 했다.

아버지가 꼭 직업을 가져야 할 만큼 경제 상황이 어렵지는 않았지만 스위스에서 장기 체류를 하고 나아가 국적을 얻으려면 취업과 프랑스어가 필수였다. 난 별로 어려운 것이 없었다. 브라질에 살 때도 난 스위스인이었고 프랑스어는 이미 모국어처럼 구사했기 때문이다. 난 그곳에서 대학에 진학했다.

대학 4학년 때 아버지는 나를 위해 한국 총영사관에 취직 자리를 알아보러 다녔지만 난 다니던 대학을 자퇴하고 군에 지원하기 위해 장교 시험을 보았다. 어머니도 반대했다. 스위스에 직업 군인은 많지 않다. 예비군 제도가 잘되어 있는 나라라 상비군은 숫자가 적은 편이고 대개 첨단 군사 장비를 다루거나 특수부대 소속 혹은 유사시 지휘 체제를 수행할 전문 인력이다. 충분히 다른 일을 하면서 살아도 되는데 스위스에서 인기 없는 직업 중 하나인 군인이 되겠다니 반대한 것은 당연했다. 나로서는 군인이 되면 바로 집에서 독립할 수 있다는 점이 좋았고 어렸을 적부터 군인에 대해 가져 온 막연한 동경도 한몫했다. 이미 나는 5개 국어를 자유롭게 구사했고, 당연히 훈련과 교육을 마치고 통역장교로 배속을 받았다. 난 영어와 프랑스어 통역을 하고 싶었는데 부대에서 아버지와 전화 통화하는 것을 들은 한 대령에 의해 부서를 옮겨야 했다. 영어와 프랑스어 통역사는 많았지만 한국어를 유창하게 하는 스위스 군인은 드물었던 것이다. 중위 2년 차 때 정보부 국제군 수사부로 배속될 때까지 40개월가량 한국어 통역 업무를 맡았다. 그리고 한국어와 프랑스어 통역을 맡았던 경력이 결국엔 나를 이곳 판문점까지 몰고 오게 되었다.

어머니는 내가 정보부에 배속받던 그해 돌아가셨다. 췌장암이었다. 암이 거의 말기까지 진행되어 치료는 이미 불가능한 상태였다. 어머니는 암 선고를 받고 3개월 만에 돌아가셨고 레만호 근처의 오비브 공원묘지에 안장되었다. 처참했다. 이제 다시 아버지와 내가 남았다. 아내를 잃은

그와 어머니를 잃은 나는 아마 생애 처음으로 서로를 얼싸
안고 눈물을 흘렸던 것 같다. 아버지는 장례식이 끝난 다
음에도 오래도록 묘지 근처 벤치에 멍하니 앉아 있었다.
그날 내 인생에 처음으로 아버지의 눈물을 보았다. 그래,
양심이 있다면 어떻게 눈물이 나오지 않겠는가. 가증스러
움을 넘어서 밀려드는 연민을 부인할 수 없었다. 그도 나
도 서로를 동정하는 듯했다. 그 후 공항 사건이 일어나기
전까지는 어쩌면 같이 잘 지낼 수도 있을지 모른다는 생각
을 했다.

그는 그때 비행기를 타야 했다.

어렸을 적 나는 비행기 타는 것이 소원이었다. 하늘을
난다는 것은 얼마나 멋진 일인가. 비행기만 타면 괜히 상
류사회의 일원이 된 듯한 기분이다. 어제 브라질에서 이곳
으로 오면서도 내내 그런 생각을 했다. 브라질에 살 때 물
도 없는 바위산이 줄지어 있는 회베라 지역에서 청소년 시
절을 보낸 나로서는 더욱 그렇다. 회베라는 리우데자네이
루의 치부로 철거를 강요당하지만 오히려 그 때문에 관광
의 명소가 되고 있는 곳이다.

브라질에서는 비행기를 타는 것이 탈출이었다. 깨끗한
공항, 패스트푸드점과 잘 정리된 기념품 가게, 무엇보다 깨
끗한 화장실, 친절하고 아름다운 승무원……. 이곳은 다
른 세상이다. 공항에 들어서면 어깨가 우쭐해진다. 공항

안 세련된 차림 — 공항에 올 때는 대개가 옷차림에 신경을 쓴다 — 을 한 사람들의 눈빛과 걸음걸이를 보며 나도 그들과 어깨를 나란히 하고 있다는 느낌에 휩싸인다. 아버지는 달랐다. 그는 공항에서 왠지 주눅 들어 보였다.

서울에서 아버지를 초청한 적이 있었다. 몇 해 전 한국의 한 방송국에서 무슨 다큐멘터리를 제작한다고 브라질에 와서 이곳저곳 들쑤시다 못해 스위스로 이주해 간 아버지까지 추적한 것이다. 그때 취재 요청이 들어왔지만 아버지는 이미 지병인 심장병에 시달리고 있었을 뿐 아니라 어머니의 죽음 이후 약간의 치매 증상까지 보이고 있었기 때문에 응할 수 없었다. 다만 얼굴이라도 한번 보게 해 달라는 간청에 사진을 찍지 않는다는 조건 아래 기자를 아버지 방에 약 삼십 분간 들여보낸 적이 있을 뿐이다. 그 후 아버지는 술버릇에 중요한 변화가 생겼는데 더 이상 소리를 지르며 주정하거나 혼자 무언가를 계속 중얼거리지 않고 그저 허공을 쳐다보며 멍하니 한참 동안 있다가 그냥 잠들곤 했다. 나로서는 반가운 일이었다.

나중에 기자 한 명이 전화를 걸어 아버지에 대해 몇 가지를 물어보았는데 대부분 그냥 일반적인 것이었다. 한 가지 이상했던 점은 아버지의 한국 이름을 물었다는 것이다. 한번은 집으로 찾아와서 꼬치꼬치 캐물었다. 난 내가 아는 대로 이경수라고 말했지만 몇 번이나 되묻는 것이 수상했다. 그러나 그리 신경 쓰지는 않았다.

"아까 다른 기자분도 같은 질문을 했어요. 왜 그러시는 거예요? 도대체. 우리 아버지 한국 이름은 이경수예요, 이 경수."

이번엔 제네바에 주재해 있는 신문사 특파원이라는 사람이 집까지 찾아와 아버지의 이름을 물었다. 마치 내가 무언가를 숨기고 있다는 투였다.

"아버님 고향이 어디라고 하셨죠? 강원도 양구 맞습니까? 현재 휴전선 부근이네요. 양구 어디라고 하시던가요? 구체적으로?"

"어디라더라…… 만도리라고 들었어요. 만도리……? 맞나 모르겠네."

"혹시 만대리를 말하는 거 아닙니까? 도산천제라는 동제(洞祭)로 유명한 해안분지 만대리요."

이 질문에서 특파원의 말투는 지금까지의 차분한 어조와 달리 약간 흥분이 섞이는 듯했다. 난 이 사람이 또 트집 잡을 것을 발견했나 보다 생각하고 불안해하며 만도리라고 우겼다. 사실 기억이 가물가물하지만 만대리가 맞는 것 같기는 했다. 도산천제라든가 동제라는 내가 평소에 결코 접하기 어려운 말들이 나에게 그다지 낯설지 않은 것으로 미루어 분명히 아버지를 통해서 들었던 말이라 짐작했다. 난 계속되는 질문에 짜증이 났다. 거의 한계에 다다르고 있을 때 그 특파원의 의문은 어이없이 풀리게 되었는데 동료 기자와 한 전화 통화를 통해서였다. 동료 기자가 내무부에서 아버지의 귀화 전 본명이 이경수라는 사실을 확인한 것이었다. 그 사람은 스스로도 허탈한지 담배 연기를 길게 뿜고는 죄송하게 되었다며 자리에서 일어섰다.

이번엔 내가 궁금해졌다. 왜 내가 거짓말을 한다고 생각하는지, 왜 아버지의 이름이 이경수가 아니라 다른 이름이어야 하는지 말이다. 그는 다시 우리 집 소파에 다리를 꼬고 건방지게 앉아 괜히 허탕 쳤다는 허탈한 표정이 되어 푸념 조로 우리 아버지와 다른 사람을 착각했다며 이야기를 시작했다.

"오해해서 잠시나마 귀찮게 한 거 미안합니다. 건강도 좋지 않으신 것 같은데 취재 허락해 달라고 저희가 조를 때 화도 많이 나셨죠? 베르사미 씨 아버지와 같은 인민군 사단에 이연우라고 있었어요. 그 사람과 착각한 거죠. 나이도 비슷하고…… 고향도 그 근처이거든요, 이연우라는 사람."

그가 취재하려던 이연우는 아버지와 같은 연배에 역시 아버지처럼 인민군으로 한국전쟁에 참가한 사람이었다. 인민군이 북으로 후퇴할 때 도솔산 가칠봉 전투에서 포로가 된 후 거제도 포로수용소에서 악명을 떨쳤다고 한다.

그의 설명에 의하면 당시 수용소 안 포로들의 위세는

대단했던 모양이었다. 포로들이 미군 장군을 납치하는 사건이 벌어질 정도였으니 그러한 작은 반란을 일으킬 만큼 포로들이 이미 그 안에서 조직과 체계를 갖추고 있었다는 이야기가 된다. 하지만 전쟁 말기로 가면서 새로운 대결 양상이 나타났는데 이른바 반공 포로들과 공산 포로들 간의 반목이었다고 한다. 수용소 포로들 사이에 나름대로 지도 체계가 갖추어지고 군관 출신의 소좌나 중좌들이 다른 포로들을 통치, 관리, 지배하는 질서가 자리를 잡았는데 그 체계의 강압성과 폭력성에 불만을 품은 무리와 남한에서 의용군으로 강제 징집되어 인민군이 된 사람들이 주축이 되어 반공 포로 대열을 이루게 되었다고 한다. 반공 포로와 공산 포로, 그 두 집단의 반목은 갈수록 깊어져 걸핏하면 칼부림이 일어났고, 일이백 명씩 편을 나누어 패싸움을 하는 것도 예사였다고 한다. 심지어 사체에까지 보복을 가했다니 당시 그곳의 분위기를 짐작할 수 있었다.

이연우라는 사람은 수용소 내 공산 포로들로 이루어진 애국대라는 전투대를 조직, 반공 포로들을 습격하는가 하면 공산 포로 대열의 배신자와 이탈자를 무참히 처단했다. 그 와중에 친동생까지 살육했다고 한다. 그들이 가진 사상이 얼마나 대단한지는 모르겠으나 혈육에게 가차 없이 칼을 대는 모습을 상상해 보면 인간을 버린 사상이 어떻게 인간을 구하려 하는지에 대한 의문이 생겨난다. 이연우라는 투철한 공산주의자는 어떻게 된 셈인지 북으로 돌아가지 않고 제3국을 선택해 인도로 갔는데, 그 이후 다시 어느 나라로 옮겨 갔는지 인도에서는 찾을 수가 없다고 기자는 말했다.

"저희가 오해를 한 것은 같은 성에 같은 나이인 데다 가장 중요하게는 아버지께서 제3국행 76인의 포로 중 유일하게 살아남은 장교였다는 거였습니다. 이연우도 소좌 출신이거든요."

방송사 취재진들은 돌아가 약속을 지켰다. 아버지를 비롯해 세계 각지에서 그들이 찾아낸, 흩어져 살고 있던 조선인들 —— 물론 아버지와 같은 조건의 —— 을 초청한 것이다. 물론 아버지에 대한 선심이라기보다 상품 가치가 있기 때문이라는 것은 잘 알고 있다.

아버지는 예상외로 그 초청에 응하려 했다. 아마 죽을 때가 다 되었다고 직감하며 그렇게 평생 노래를 부르던 한국에서 죽으려고 하는 것 같았다. 만약 아버지의 결심이 그렇다면 돌아오지 않을 것이다. 난 진심으로 환영했다. 이제 끝이구나, 아버지와의 지긋지긋한 혈연관계도 가 본 적도 없는 한국이라는 나라와의 인연도 모두 끝이다. 아버지에게도 행복한 결말이 될 것이다. 조국을 떠나온 지 50여 년. 한반도에서 남미로, 유럽으로 방황하다 다시 귀

향해 여생을 보낸다는 건 행복이리라. 그때 배웅을 하러 아내 쿠비와 함께 공항에 나갔는데 이곳저곳을 두리번거리는 어리둥절한 표정의 아버지는 말할 수 없이 초라해 보였다. 병이 깊어져서인지 계속 콜록거리는 마른기침은 그를 더욱 왜소해 보이게 했다. 자꾸만 그의 존재가 사그라들고 사라져 가는 느낌이었다. 동정하지는 않았다. 이렇게 순순히 갈 줄 알았으면 지금 사는 집이라도 팔아서 진작 보낼걸 하는 생각만 했다. 하지만 결국 그는 한국으로 떠나지 못했다.

그는 낡은 권총을 한 자루 가지고 있었다. 내가 어린 시절 일찌감치 관심 밖으로 지워 버려야 했던 아버지의 서랍에 들어 있던 것이었다. M1917 리볼버. 젊은 시절 한국전쟁에 참전했을 때 사용했던 것으로 알고 있다. 어떻게 이곳까지 들고 들어왔는지 몰라도 40년이 넘는 세월 동안 그 권총을 잘 보관하고 있었다. 그리고 제네바 공항에 권총을 들고나왔다. 아내도 나도 알아채지 못했다. 아버지는 마중하러 나온 한국인 기자에게 그 총을 발사했다. 총소리에 놀라 쿠비는 엎드렸고 난 아버지를 뒤에서 잡으며 제지하려 했다. 그때 아버지는 나에게도 총을 겨누고 발사했다. 아버지라는 사람이 겨누는 총구 앞에 선다는 것은 무서운 충격이었다. 하지만 총알은 한 발도 나가지 않았고, 총이 너무 낡은 탓인지 방아쇠를 당기는 순간 아버지의 손안에서 폭발하고 말았다. 아버지는 손가락 두 개가 부러지고 손목뼈에 금이 가는 부상을 입고도 계속해서 격발을 시도했다. 총이 발사될 리 없었다. 아버지 손에 쥐어진 총은 당신의 몰골만큼이나 처참하게 부서져 있었다. 재빨리 총을 빼앗아 던져 버리고 발작하는 아버지를 진정시켜야 했다. 이미 공항 경비대가 카빈총을 겨눈 채로 우리를 포위하고 있었다. 그 이후 난 경찰의 조사를 받았음은 물론 매달 내 월급의 절반에 해당하는 돈을 아버지의 정신병원에 쏟아 넣어야 했다. 내 악몽은 그렇게 시작되었다. 비행기 안에서 꾼 악몽을 아버지에 대한 것이라고 생각하는 이유는 꿈의 무대가 공항이었고 처참하게 부서진 권총이 보였기 때문이다. 오늘의 악몽은 그 총소리가 난 무대가 어디인지 기억나지 않고, 또 어렴풋이 꿈속에서 어제 본 것 같은 시체를 본 듯한 생각이 들어 어느 쪽인지 알 수 없었다. 다음 꿈에선 시체가 등장하는지, 권총의 종류는 무엇인지, 누가 쏘았는지를 눈여겨보리라 마음먹지만 뜻대로 되지 않으리라는 것을 알고 있다.

정신병원에 입원하고부터 아버지는 동양인에 대한 알수 없는 적개심과 공격성을 보였다. 동양인처럼 보이는 간호사에게서 주사를 빼앗아 마구 찌르며 공격하려고 했다는 이야기도 들려왔다. 그래도 예전보다는 편했다. 이제 정기적으로 문병만 가면 되었다. 무슨 이유인지 자주 들락거리는 쿠비가 마음에 걸렸지만 그것까지 뭐라고 할 수야 없는 노릇이었다.

재미있게도 나 역시 동양인을 기피하려는 경향이 생겼다. 물론 동양인에 대해 좋은 감정을 가져 본 적은 없었다. 아버지의 영향도 있었고, 리베르다데의 한인촌 학교에서 나를 따돌렸던 아이들에 대한 기억도 있었다. 하지만 특별히 기피하지는 않았는데 그 이후로 그런 경향이 나타난 것은 신기한 일이었다. 그리고 한동안 거의 매일 계속된 악몽은 나를 더욱 히스테릭하게 만들었다. 동양인을 기피하는 증세는 5년 전 대위로 진급하고 판문점으로 오게 된 후 많이 나아졌다. 파견 근무를 지원하면서 마음을 다잡기도 했고, 이곳에서 동양인과 마주칠 일은 그다지 없었다. 그냥 고정적인 몇 명의 한국군 정도였다. 북한군들과는 친해지고 싶은 마음도 별로 없었지만 그들 또한 미군을 비롯한 유엔군 소속 군인들에게 알 수 없는 적개심과 거부감을 갖고 있었다.

날이 밝아 왔다. 조금 있으면 기상나팔이 울리고 대남 방송과 대북 방송이 시작되면서 하루가 시작된다. 브라질과 이곳은 시차가 정확히 열두 시간이다. 낮과 밤만 바꾸면 되니 계산하기 편하지만 시차에 적응하기는 가장 어렵다. 더구나 꿈으로 잠까지 설쳤다는 생각이 들자 더욱 피곤해진다. 새로 구성된 수사 팀과 아침 조회를 한 다음 한국군으로부터 신병 인도를 받고 취조와 조사를 시작해야 한다. 수사 참관과 수사 보조를 위해 북한 측과 남한 측이 한 명씩 수사 실무자를 파견하기로 되어 있다는데 한국군에선 강상훈 중위라고 이곳에 근무한 지 1년도 안 되는 풋내기를 보낸다고, 또 위관급 장교를 파견한다고 해 중립국 감독위에서 말이 많은 모양이었다. 북측은 어느 계급의 수사 실무자를 파견할지 모르는 일이었다. 싫거나 좋거나 그들과 협조해서 수사를 진행해 나가야 할 것이다. 하지만 아직 북한 사람은 별로 마주치고 싶지 않았다. 실제로 교류가 별로 없기도 했지만 당연히 마르크스주의자라는 아버지의 영향이다. 그렇다고 아버지가 주체사상을 신봉하거나 북한을 동경하는 것은 아니었다. 오히려 그 정반대였다. 김일성 주석을 철천지원수로 생각했다. 쿠비는 아버지가 박헌영이라는 사람 계파였다고 하던데 잘 기억은 나지 않는다. 어쨌든 나는 공산주의가 싫었다. 북한이 싫은 것은 당연했다. 그런데 어제 돌아오는 비행기 안에서 북한 사람을 만나고 말았다. 나중에 알고 보니 비행기에서 작은 금빛 수통의 위스키를 계속 홀짝거리던 동양인은 북한 사람이었다. 그가 비틀거리며 나에게 쓰러지는 일만 없었어도 난 그가 북한 사람인지 몰랐을 테고 이야기할 일도 없었을 것이다.

남자가 화장실에 가려는지 비틀거리며 일어서다 나에게 넘어졌다. 다행히 들고 있던 술을 내 옷에 쏟거나 하는 일은 일어나지 않았다.

"스⋯⋯미마셍."

일본어다. 이 사람도 날 일본인으로 착각했나 보다. 아니 그가 일본인이라 일본어가 튀어나왔는지도 모르겠다. 백인인 어머니와 순수 조선인인 아버지 사이에서 태어났지만 내 외모는 동양색이 강하다. 일본어는 잘 모르지만 미안하다라는 뜻이라 생각하고 영어로 괜찮다고 말했다. 그는 나에게 일본인이 아니냐고 서투른 영어로 물었다. 아니라고 했더니 이번엔 그럼 한국인? 하고 한국어로 반갑게 묻는다. 동양에 일본이랑 한국밖에 없나? 중국인이 12억이나 되건만 왜 한국인이냐고 묻는 걸까. 싸증이 났다. 난 대답도 안 했는데 그가 자신을 코리안이라고 했다.

"혹시 한국인 아닙니까?"

"아닙니다."

"에이, 한국인이 맞는 것 같습니다. 우리말도 유창하게 하고."

"한국엔 가 본 적도 없어요. 지금 처음 가는 겁니다."

물론 처음은 아니다. 5년 전 유엔으로부터 한국 판문점 중립국 감독위로 발령을 받고 처음으로 한국행 비행기를 탔다. 그때는 정말 처음이었다. 아버지의 고향으로 돌아간다는 역사의 아이러니에서 느낀 깊은 감흥을 부정할 수 없었던 기억이 난다. 그는 한참 의아한 표정을 짓더니 다시 휘청이며 일어서서 화장실로 향한다. 그동안 내가 만난 한국인들은 어린 시절 리베르다데의 한인촌 초등학교에서 만났던 아이들, 판문점에서 근무하며 업무상 알게 된 몇 명의 한국인들, 전에 아버지를 취재하러 한국 방송국에서 왔다는 기자들이 다다. 스위스 군대에서 한국계 외국인들을 만난 적은 있지만 한국계였을 뿐이고 순수 한국인을 만난 것은 내 인생에 이 정도가 전부다. 아니 엄밀히 말하면 아니다. 그 전에도 한국인을 만난 적이 있다. 정확히는 자신이 한국인이라고 주장하는 사람이었다. 아버지다.

"이봐요, 근데 왜 그렇게 한국어를 잘합니까?"

주정꾼은 자리에 돌아와 앉다가 갑자기 생각난 듯 나에게 돌아앉으며 말을 붙였다. 이런 사람은 딱 질색이다. 처음 보는 사람한테 넉살 좋게 괜히 말을 걸고, 필요 이상의 친절을 베풀고서 자신의 친절이 먹히지 않으면 화를 내는 사람들. 더구나 그는 술에 취해 있었다.

"통역사예요. 한국어랑 영어를 하고 있어요. 국적은 스위스고, 학교에서 한국어를 배웠어요. 대학에선 언어학을 전공하고요."

"아, 그러시구만요. 한국어를 기가 막히게 하는 스위스인이라…… 좀 신기하군요. 근데 리우엔 무슨 일로……?

리우 카니발을 즐기러 오셨던 모양이군요. 스위스 국적의 혼혈은 흔치 않은 걸로 아는데……."

"남미 출신이기도 하죠. 어린 시절의 대부분을 리우에서 지냈으니까. 하지만 국적은 언제나 스위스였어요."

내가 한국계 스위스 군인이라느니 판문점에 근무하는 유엔군 소속이라느니 하는 말들을 이 사람에게 할 필요는 전혀 느끼지 못했다. 그는 잠시 동안 멍한 표정으로 날 바라보며 뭔가를 생각하는 듯하더니 수긍하는 듯 고개를 끄덕였다. 마치 내 한국어에서 어색한 표현이라든가 어눌한 발음을 발견해 내고 한국인이 아니구나라고 생각하는 것 같았다.

"저, 제 한국어 발음에 문제가 있습니까?"

"이닙니다. 다만 지나치게 표준어를 쓰시는 것 같았습니다. 그리고 억양이 전혀 없군요. 영어를 말할 땐 안 그랬는데 한국어로 이야기할 때는 마치 아나운서의 건조한 목소리를 듣는 것 같습니다. 특징이 없는 그런 말투예요. 어떻게 들으면 아닌 것 같기도 하고……. 하하, 잘 모르겠어요. 근데 그보다는 얼굴에서 혼혈 분위기가 풍깁니다. 동양 쪽 피가 많이 섞인 것 같은데, 실례가 안 된다면 어디랑 어딥니까?"

"켈트계 백인 피가 섞였죠. 2분의 1이죠. 나머진 일본 쪽이고요. 하지만 앞으로 남미 출신을 만나면 그런 질문은 하지 마세요. 남미 출신에게 그런 질문을 한다는 것 자체가 우스워요. 남미엔 인종이 없어요. 모두 섞여 있죠. 순수가 있을 때 비순수를 구별할 수 있죠. 우린 그런 기준이 없어요. 그래서 아무 의미가 없죠. 인종이라든가, 민족이라든가."

난 민족이라는 단어를 이야기할 때 좀 더 강조하기 위해 억양을 넣었어야 했는데 하고 생각했다.

"한국엔 처음 간다고 했습니까? 북? 남?"

"남쪽입니다. 아니 그것도 정확한 대답은 아니군요. 당신은 한국인이라고 하셨죠?"

"한국인이라, 그것도 정확하진 않습니다."

"무슨 말이죠?"

"우리 지금 수수께끼를 하고 있습니까? 하하, 전 조선인입니다."

"조선인? 조선? 그럼?"

"노스코리아. 공화국에서 왔습니다. 그쪽도 의문을 풀어 줘야 하지 않습니까? 남조선에 간다는 표현이 왜 정확한 대답이 안 되는 겁니까?"

"남한에 가는 것도 아니고 북한에 가는 것도 아닙니다. 남한에 가는 것이기도 하고 북한에 가는 것이기도 하고요. 물론 전 서울에 있는 김포라는 공항에 내릴 예정이긴 합니다."

"점점 수수께끼가 되어 가는군요. 알 수가 없습니다."

"그 나라 사람들은 당신들이 처해 있는 분단에 대해 어떻게 생각하죠?"

"제 개인적인 생각을 묻는 겁니까? 아니면 공화국의 입장을?"

"그 말은 두 가지가 다르다는 의미이군요."

"언제나 그렇습니다. 위의 생각과 아래의 생각이 보편적으로, 지속적으로 일치하는 역사나 사회를 알고 있습니까? 전 모릅니다. 불가능할 겁니다. 그래서 언제나 그 둘은 싸우게 됩니다. 그러지 않았다면 역사는 발전하지도, 발전할 필요도 없었을 겁니다."

"유물사관이군요. 그렇다면 그쪽 사회도 발전하고 있겠네요."

그는 위스키를 깊게 들이마신다. 북한 사람이었다. 나이는 30대 후반으로 보였고 깃이 넓은 화려한 무늬의 남방에 베이지색 바지를 입은 관광객 행색이었다. 정말 관광객일까? 어쩌면 공작원? 생각이 여기에 미치자 다소 긴장이 되었다. 내가 지금 왜 한국에 가고 있는가? 괜한 꼬투리를 만들 필요는 없다. 그는 이미 상당히 취해 있었다. 그는 말을 하기가 힘든지 앞으로 당겨 앉은 자세에서 다시 의자에 깊숙이 몸을 파묻는다. 이제는 뒤로 몸을 젖히고 시선은 공중을 향한 채 말을 한다. 그래도 말이 꼬이거나 하지는 않았다.

"발전할 겁니다. 하지만 우린 너무 많은 것에 찌들어 있습니다."

"경제적인 문제?"

"물론 그것도 중요합니다. 먹고사는 문제보다 중요한 것이 어디 있겠습니까? 이데올로기로 분할된 세계 구조도 따지고 보면 거기서 출발하지 않았습니까? 사실 공화국은 아주 어렵습니다. 남조선 정부는 이런 경제적인 수치로 자기 체제의 우월성을 이야기하죠. 하지만 국민총생산이니 GNP니 하는 것들만으로 전반적인 인간 생활 수준의 우월을 따지는 것은 웃기는 일입니다."

"그러나 북한이 전반적인 생활 수준에서 남한에 비해 떨어지는 것은 사실 아닙니까? GNP가 절대적인 가치가 될 수는 없겠지만 편의상 유력한 비교 방법은 된다고 생각하는데요. GNP도 몇 배나 차이 나지 않습니까?"

"사회주의 경제와 자본주의 경제의 GNP 비교는 무의미합니다. 계산 방식이 다를 수밖에 없다는 겁니다. 상업, 유통 등이 모두 국가 관리 아래에 있는 사회주의 체제에서는 어떤 물품이 생산되면 단 한 번 GNP에 계산되지만 자본주의 경제체제에선 유통 과정을 통해 계속 계산됩니다. 그렇기 때문에 우리는 그 차이를 계산해야 합니다. 아, 물론 상황이 어려운 것은 부인하지 않겠습니다. 사실 이대로 가

다간 곧 체제 위기에 직면할지도 모를 일이긴 합니다. 외신에서 가끔 나가는 보도는 사실입니다. 굶어 죽는 사람이 정말 있는가? 그런 것까지는 모르겠지만 식량 위기는 그런 말이 나올 정도로 심각합니다. 그러나 우리 인민들은 빈곤과 배급 경제에 익숙하기 때문에 제 개인적인 생각으로는 으레 있었던 하나의 위기라고 생각합니다. 다른 때와 조금 다른 것은 사실이지만요. 다만 이를 경제체제의 우월성으로 해석하는 것은 어리석은 방법입니다. 생각해 보세요. 국내 경제는 사회주의, 공산주의로 돌아가지만 국제 경제는 여전히 자본주의 경제입니다. 전 세계 동시 공산화가 그래서 필요한 겁니다. 물론 북조선의 경제 문제는 실패하고 있다고 봐야 합니다. 하지만 이런 점도 생각해야 할 겁니다. 일반 인민이 평생 컬러 TV를 구경하기 힘들어도 기본적인 의식주는 고민하지 않는다는 겁니다. 그런데 이제 그마저 흔들리고 있는 것이 사실입니다. 제가 찌들어 있다고 말한 것은 저를 포함한 공화국 인민들의 사고의 경직성을 이야기하는 겁니다. 우리는 느낌을 강요받고 있습니다. 강요된 증오를 학습합니다. 사랑을 학습합니다. 이 사랑과 증오의 이데올로기에 찌들어 있습니다. 우리 머릿속에는 타협하기 힘든 경직된 질서가 있습니다. 강력합니다. 아무도 도전할 수 없습니다."

"무슨 이야기인지 솔직히 이해가 안 가는군요."

"외부인이 이해할 수도, 이해할 필요도 없습니다."

"어쨌건 공화국을 찬양하는 말들로 들리지는 않는군요. 그런 말들을 함부로 해도 되는 거예요?"

"하하, 괜찮습니다. 난 취했으니까……. 하하하."

"혹시 김 주석에 관해서 이야기하고 있는 건가요?"

"김 주석? 하하, 물론 수령 동지는 위대한 분입니다. 하하하……. 공산주의 국가 지도자 중에 죽어서도 이런 영화를 누리는 사람 많지 않을 겁니다. 수령 동지 사망 후 공화국에서 내보낸 자료 화면을 본 적이 있습니까? 어떤 사람들은 그 화면에 나오는 인민들의 통곡 행렬이 대외 선전용으로 조작된 것이라고 말합니다. 웃기는 소리입니다. 표정을 보세요. 연기를 했다면 모두 오스카상을 받아야 할 겁니다. 어떤 지도자가 그런 인민들의 통곡을 이끌어 낼 수 있겠습니까? 위대한 분입니다. 하하, 위대한……."

"근데 말투가 특이하군요. 북한 사투리인가요? 말씀하시는 것이 딱딱하게 느껴지네요. 했습니다, 혹은 했습니까, 입니다, 다 이런 식이군요."

"북한 사투리라고 할 것까지는 없습니다. 북한에도 여러 가지 사투리가 있습니다. 전 그냥 제 주위 사람들이 다 그러니까……."

말꼬리를 흐리며 그는 잠이 든 듯했다. 김일성 사망 후의 자료 화면은 나도 보았다. 대외 선전용이긴 했겠지만 그의 말대로 조작으로 보이진 않았다. 그들은 진심으로 슬퍼하며 지도자의 죽음을 진정으로 애도하고 통곡하고 절규하고 있었다. 나는 공포를 느꼈다. 어떻게 그런 사회가 20세기에 존재한단 말인가? 나라 전체가 하나의 광신 집단 같았다. 내가 느낀 건 명백한 공포였다. 아버지까지 더욱 무서워졌다.

그와 나눈 길지 않은 대화 속엔 생각해 보고 싶은 몇 가지 문제가 있었다. 내용은 다르지만 통하는 정서를 발견했다고 해야 하나. 북한이라는, 소비에트와 동구권이 몰락한 이후 용하게도 버티고 있는 유일한 공산주의 국가. 중국은 공산주의 본래의 의미를 상실해 가고, 쿠바는 언제 붕괴할지 모르고, 어쨌건 북한만이 얼마 전까지 잘 버티고 있는 듯했다. 별로 오래갈 것 같지는 않지만 말이다. 공산주의라든가 사회주의 같은 사상들에 대해서는 대학 교양 시간에 배운 것이 유일하지만, 또 김일성이 어떤 인물인지도 잘 모르지만 그의 독재는 비난받아 마땅하다. 세상에 어떤 지도자가 이 시대에 50년 가깝게 통치를 할 수 있단 말인가? 또 모를 일이다. 쿠바의 카스트로가 앞으로 몇십 년을 더 살며 독재를 계속해 나간다면 기록을 경신할지도. 어쨌든 그 사실만으로도 지금 옆에 잠들어 있는 사람 말대로 대단한 인물인 것 같다.

"김일성…… 개자식."

아버지였다. 술을 그동안 용하게도 참는 것 같더니, 한동안은 술을 먹어도 조용히 잠드는 것 같더니 결국 오늘 꼭지까지 돌아서 들어온다. 슬슬 짜증이 나기 시작했다. 근데 김일성? 개자식? 저건 또 무슨 말일까? 김일성이라면 북한의 수상을 이야기하나 본데, 아니 수상이 아니라 수령이라고 하던가? 어쨌건 그 사람 이름을 왜 부른 것이며 개자식은 또 뭔가?

"이보라, 너 김일성이라고 아는가? 김일성 말이다."

"북한의 수령 아닙니까?"

"수령은 개뿔이 수령이냐? 개자식, 동지들 다 팔아먹고……. 천벌을 받아서 죽어야 하는데 그따위로 간단하게 죽어 버리다니…… 개자식!"

내 책상 위를 두 손으로 쓸어 버린다. 다음 주 외삼촌 생일에 제네바로 보낼 선물을 아버지 몰래 포장하고 있던 참이었다. 외삼촌은 어머니가 돌아가신 후에도 심적으로 물적으로 도움을 많이 주었다. 책상 위에 어지럽게 놓여 있던 것들이 방바닥에 이리저리 흩어진다. 난 멍하니 방바닥을 보다가 어렵게 입을 뗐다.

"아버지, 그만하세요. 김일성 그 사람이 뭐 어쨌는지 모르지만 아버지 팔아먹은 거 아니잖아요? 도대체 왜 그러세요? 그놈의 조선 이야기 좀 그만해요. 아버진 어쩌다 조선 이야기 할 때마다 180도 다른 사람이 되는 거 아세요? 거기 무슨 증오를 묻어 두고 왔는지 저는 모르고 관심도 없지만 여긴 스위스예요, 아버지. 아버지 국적이 어디에요? 아버진 그 나라 국적 버리고 브라질로 와서 이제 브라질 국적도 버리고 스위스인이 되려 하고 있잖아요? 아버지가 그런 말 할 자격이 있어요? 또 그러시겠죠. 여전히 한민족인지 뭔지 하는 피가 흐르고 있다. 우린 남미 출신이에요. 남미 출신에 딴 나라 딴 민족 피가 안 흐르는 사람이 어디 있어요? 저만 해도 조선, 켈트의 피가 섞여 있어요. 아버지의 그 아집과 집착이 우리 가족을 얼마나 불행하게 만들어 놓았는지 모르세요?"

"네가 뭘 아나? 김일성만 아니었으면 더러운 피가 섞인 너 같은 건 태어나지도 않았어! 그래. 넌 감사해야겠구나. 김일성이한테 머리 숙여 감사하란 말이다!"

"어머니를 모욕하지 마세요! 아버지의 자학일 뿐이에요. 아버지가 어머니를 정말 사랑했던 것을 알고 있어요. 애써 그렇게 자신을 괴롭히면 마음이 편해지나요?"

아버지는 어머니가 브라질을 떠나 스위스로 돌아간 후 조선말로 정조를 지키지 않았다고 생각하는 것 같았다. 아무런 증거도 찾을 수 없는 아버지 혼자만의 착각이었다. 평소엔 안 그러다가 술만 먹었다 하면 그런 이야기들을 끄집어내 오장육부를 뒤집어 놓는다. 난 분명히 아버지도 결코 진정으로 그렇게 생각해서 하는 말들이 아니라는 것을 느낄 수 있었다.

"니 에미 같은 계집은 우리나라 같았으면 조리돌림을 당해도 몇 번은 당했을 년이야."

"여긴 조선이 아니에요, 아버지!"

"조선이라고 다시 말해 봐! 우리나라라고 하라 했지?"

"그게 어떻게 우리나라예요. 아버지의 나라일진 모르지만……."

한두 번 맞는 것이 아니었지만 이번에 맞은 따귀는 내 말을 멈추게 했을 뿐 아니라 이제 아버지를 향한 모든 마음을 멈추게 할 것만 같았다. 아버지의 손에는 예전 같은 힘이 실려 있지 않았지만 그동안 잠잠하던 아버지를 보며 연민을 느끼고 화해의 몸짓을 보내려 했던 내 노력은 그때 끝난 듯했다. 난 멍하니 서 있었다. 어렸을 때처럼 씩씩대며 아버지를 노려보지도 않았고, 뛰쳐나가지도 않았다. 그냥 서 있었다. 멍하니, 아버지의 손바닥에 의해 강제로 돌려진 고개를 바로 할 생각조차 하지 않고. 아버지는 언제나처럼 마루 한구석 긴 의자에 엎어져 들고 있던 위스키를 마시며 흐느낀다. 뭐라고 하는지 들리지 않았지만 어렴풋이 누군가를 부르는 느낌이었다. 부수상이라는 말이었는데 무슨 말인지는 알 수 없었다.

도착을 알리는 기내 방송이 나오고 비행기는 도쿄에 착륙했다. 옆에 앉은 공화국 사내가 내리는 모양이었다. 그는 비행기가 활주로에 채 서기도 전에 일어나서 짐을 챙겼다. 아시안들은 대개가 저렇게 조급하다.

"안녕히 가십시오. 한국인지 북한인지 어디 가시는지도 모르는 분. 만약 공화국에 오시게 되면 혹시 만날지도 모르지요."

"예, 안녕히 가세요. 아마 다시 볼 수는 없을 겁니다. 길지 않은 대화, 유익했습니다."

"하하. 예. 근데 아까부터 두 손에 들고 있는 그 파란색 노트는 뭡니까? 굉장히 낡아 보이고…… 얼핏 보니 한글도 좀 씌어 있던 거 같은데……."

"아, 예…… 이선 저…… 제가 한국어 공부할 때 정리해 놓은 어휘 노트입니다."

"아, 그러셨군요. 그럼. 하시는 일이 잘되길 빕니다."

"그쪽도요."

"참. 근데 이름이 어떻게 되세요? 그러고 보니 통성명도 안 했군요. 전 리선혜입니다."

북한 사람을 만나서 이름을 교환하기는 좀 그랬다. 괜한 걱정거리를 만들 필요는 없다. 리선혜…… 나와는 종씨였다. 아니 우리 아버지와 같은 성이었다. 그는 머뭇거리는 날 보며 내 이름이 튀어나오길 기다리고 있었다. 언뜻 내 눈에 스친 것은 EXIT이라고 쓰인 작은 형광등이었다.

"제 이름은 에메르 젱시아입니다."

"에메르…… 뭐요?"

"에메르 젱시아. 사이다 데 에메르 젱시아."

"남미에서 쓰시던 이름인가 보군요. 어렵네요. 외울지는 모르지만, 안녕히."

"안녕히 가세요."

에메르 젱시아, 사이다 데 에메르 젱시아. 돈 데 에스따 에메르 젱시아. 돈 데 에스또이…… '비상구'라는 제목의 노래 가사다. 그냥 그렇게 이름을 알려 주었다. 브라질에서 내 이름은 에스또네라 리였다. 스위스에서는 지그 베르사미. 베르사미는 어머니의 성이다. 에메르 젱시아가 비상구라는 에스파냐어라는 것을 리선혜라는 사람이 앞으로 알 기회가 있을까? 영원히 알 수 없었으면 좋겠다. 비상구는 어디 있나…… 나는 지금 어디 있나……. 노래 가사가 저절로 흥얼거려졌다. 화장실에 가야겠다. 가는 김에 기내 뒤쪽에 가서 담배라도 한 대 피우고 와야겠다. 일어서면서 무릎 위에 있던 낡은 노트가 바닥으로 떨어진다. 그것은 매우 천천히 떨어지는 것처럼 보였다. 그리고 이 비행기 복도 바닥을 뚫고 알 수 없는 어딘가로 영원히 사라져 그 존재가 끝날 것만 같았다.

이번 달 초 윌리엄 로버트인가 뭔가 하는 양키 군사 고문단장이 퇴역을 앞두고 한 기자 회견에서 10만 병력을 보유한 남조선이 아시아에서 가장 많은 병력을 가진 나라 중 하나라고 이야기했다고 한다. 또 소련이 훈련시킨 북한군이 남한을 침략해도 외부의 대량 증원 없이는 결코 쉽게 성공하지 못할 것이라는 이야기도 덧붙였다고 한다.

그 양키가 인정했던 아시아에서 가장 막강하다는 남한의 괴뢰 도당 정부군은 너무나 맥없이 퇴각했다. 작전 개시 스물네 시간 만에 의정부가 우리 손에 떨어졌다. 파죽지세라는 말을 또 어디에 쓸 수 있을까? 하지만 우리의 기세가 오히려 내심 불안했던 것도 사실이다.

우리 부대는 아직 전투다운 전투를 한 번도 겪어 보지 못한 상태였다. 어쨌든 아침이 밝아 오면 우리는 서울에서 점심 식사 준비를 하게 될 것이다. 출정 전야를 지나 어슴푸레한 새벽에 우리는 충격적인 소식을 듣게 되었는데 한강 인도교 폭파에 관한 것이었다. 군사 전략적으로 이해할 수가 없다. 여전히 한강 이북에 남한군의 주력이 머물러 있었고, 대부분의 중화기나 장비, 보급품도 운송되지 않은 채였다. 왜 벌써 폭파했을까……. 하지만 동지들은 별 의문 없이 우리의 진격에 기뻐하고 도취해 있는 듯했다.

어제 미처 정리하지 못한 여행 가방을 푸는데 옷 꾸러

미 속에 파묻혀 있는 아버지의 노트가 떨어졌다. 날짜나 내용으로 보아 아버지가 한국전쟁 당시 남침을 시작하면서 쓴 전쟁 일기 같았다. 비행기 안에서 첫 장부터 두어 페이지 읽어 보았는데 아직 별다른 내용은 없었다. 38선을 뚫고 남하하여 서울 근처까지 다다랐다는 내용이었다. 상관하지 않으려 했지만 적잖이 신경 쓰이는 것이 사실이었다. 하지만 오늘부터 바빠질 것에 대한 기대가 더 컸다. 이제 다시 정보부로 돌아온 것이 아닌가. 어떻게 보면 따분했던 그동안의 중립국 감독위 생활에서 탈출했다. 통역이 가장 자신 있는 일이긴 하지만 매일매일 똑같은 반복이 지겨워지는 참이었다. 떨어진 노트를 펼쳐진 그대로 집어 들었다. 또 예의 갈겨쓴 한글이 쏟아져 나왔고, 그것을 더 이상 읽고 싶지 않은 것은 악필이라거나 한문이 많이 섞여 있다는 이유만은 아니었다.

날짜가 적힌 일지 형식의 노트를 보면서 잠시 게바라의 전투 일지 생각을 했다. 당치도 않은 생각이었다. 이런 어설픈 얼치기를 감히 게바라에 비기다니. 에르네스토 게바라 데 라 세르나. 체 게바라라는 이름으로 더 유명한 이 사내는 좌파였지만 내가 대학 다니던 시절 가장 존경하고 숭배했던 인물이다. 혁명을 이룩하고 그 후 권력에 초연했으며 다시 싸우다 볼리비아에서 장렬히 전사…… 그의 삶은 혁명가로 포장된 권력 지향의 좌파들과 달랐다. 게바라의 전기는 내가 읽었던 가장 감명 깊은 책이었다.

쿠바 게릴라 시절에 턱수염을 텁수룩하게 기른 게바라를 그린 포스터가 내 방의 한 면을 장식하고 있다. 게바라를 생각하면 쿠비가 떠오른다. 쿠비를 처음 만나게 된 것도 게바라에 대해 보인 공통의 관심 때문이었다. 쿠비는 아내를 부르는 나의 애칭이다. 인간은 자기 외부 세계에 대해 이름, 언어를 통한 명명 행위로써 관계를 맺는다. 어떤 사물에 대해 특별한 나만의 언어가 생기면 그 사물은 특별한 관계를 갖게 되므로. 치기 어린 젊은 시절에 아내를 쿠비라고 불렀다. 게바라가 인생을 바쳤던 쿠바 혁명에서 따왔다. 게바라를 좋아하기도 했지만 쿠바라는 말의 어원이 그녀와 어울렸던 이유도 있었다.

쿠바의 원주민들은 자유롭게 살아가던 어느 날 에스파냐 함대의 침략을 받는다. 에스파냐인들은 이 풍요롭고 아름다운 섬과 관계를 맺기 위해 이름을 지어야 했다. 처음엔 당시 황태자의 이름을 따서 후아나로 지었다고 한다. 쿠바에서 최고로 치는 후아나 리브레라는 칵테일의 이름은 아마 여기서 왔으리라. 그다음엔 어떤 신부가 페르디난드라고 부르자고 했으나 이 단어도 곧 사장되었고, 산티아고라고 명명되기도 했지만 에스파냐에서 보낸 우편물을 산티아고라는 이름을 훨씬 먼저 사용하고 있던 칠레 남부의 도시에 쫓아가서 찾아와야 하는 문제가 생겼다. 그 후

아베마리아 등의 이름을 거쳐 결국엔 쿠바가 되었는데 문제는 누구도 이 쿠바라는 말의 어원을 모른다는 것이었다. 쿠비는 알 수 없는 여자였다. 그래서 난 그녀를 쿠비라고 불렀다.

내가 쿠비와 만난 것은 브라질에서 대학에 다닐 때였다. 난 언어학과 1학년이었고, 쿠비는 미대를 다녔다. 내가 쿠비의 존재를 안 것은 학교 교지에 실린 그녀의 만화를 통해서였다. 그녀는 게바라가 혁명 중에 겪은 에피소드를 교지에 만화로 연재했다. 당시 게바라에 빠져 있던 나로서는 그 만화들을 주의 깊게 읽을 수밖에 없었고, 그녀의 만화에 나타난 관념의 뛰어난 이미지화는 충격과 감동으로 다가왔다.

하지만 우리는 곧 헤어져야 했다. 난 대학 1학년을 채 마치지 못하고 어머니의 초청에 응해야 했기 때문이다. 그다지 깊은 관계는 아니었기에 우리는 어설픈 사랑에 어설픈 이별을 했다. 재회는 제네바에서 극적으로 이루어졌다. 난 스위스에서 다시 대학에 입학했고 전공은 브라질에서와 같이 언어학이었다. 마지막 학기를 준비하고 있던 뜨거운 여름 그녀와 다시 만났다. 제네바에는 여러 가지 국제적인 정치, 문화 행사 등이 거의 매일 열린다고 해도 과언이 아니다. 내가 살던 주세프모타에서 그리 멀지 않은 아리아나 박물관에서도 국제 만화 박람회가 열리고 있었다. 학교 친구들과 함께 나라별로 마련된 코너를 관람하던 중 난 자연스럽게 브라질을 찾게 되었다. 하지만 브라질은 없었고 '제3세계 만화'라는 코너가 전부였다. 거기엔 아프리카와 남미의 몇 나라들 작품이 함께 전시되어 있었다. 눈길을 끈 것은 '산디니스타 니카라과'라고 이름 붙여진 풍자만화였다. 거기서 쿠비의 이름을 발견하게 된 것이다.

대학 졸업 후 만화가로 활동하며 만화 운동을 하던 쿠비가 제네바에 와 있었다. 햇수로 5년, 만 4년 만의 만남이었다. 우린 어렵지 않게 마음이 통했고 남미와 전혀 다른 북구의 하늘 아래서 그녀의 체류 기간 동안 사랑을 나눴다. 그 후 지구를 종단하는 우여곡절을 거친 2년의 연애 끝에 결혼을 하려 했는데 또 문제는 아버지였다. 난 아버지를 전혀 신경 쓰지 않겠다고 다짐했시만 쿠비는 아버지의 승낙을 받고 결혼하자고 했다. 우리 아버지를 몰라서 그런다고 설득했지만 막무가내였다. 물론 난 그런 쿠비를 이해할 근거가 있긴 했다. 천애 고아로 자라난 그녀는 가족을 그리워했다. 그런 의미에서 그녀는 운이 없었다. 아버지와 나에게서 그런 걸 기대할 수는 없었다.

당연히 아버지는 반대했다. 만화가와 결혼해선 안 된다든가, 진보적인 여자는 안 된다든가 하는 말들을 한 번도 들은 적은 없지만, 또 부모 없이 자라난 여자와 안 된다고 말한 적도 없지만, 그 밖에 내 결혼에 대해 그 전에 한 번도 언급한 적은 없지만 우리 결혼을 반대할 것이라고 예측하기는 어렵지 않았다. 그녀가 조선인이 아니었기 때문이다.

지금 생각하면 아버지의 한국에 대한 감정은 애증 같은 것이었다. 가끔 혼자 술 마시고 주절거리는 말들을 들어보면 북한과 남한을 모두 증오하고 있었다. 그러면서도 나에겐 한국어를 가르치느라고 애썼다. 언어만 틀어쥐고 있으면 언제든지 돌아갈 수 있다고 생각한 듯하다. 당신은 이미 틀렸고, 유일한 핏줄인 내가 한국어만 알고 있으면 결국엔 돌아가게 될 거라고. 한국 여자와 결혼해 그가 생각하는 조국에 뿌리를 내릴 수 있을 것이라고 생각한 모양인데 웃기는 수작이었다. 동양인, 특히 한국인은 마치 자손에 대해 소유권을 갖고 있고 그 자손이 자기 피조물인 양생각하는 경향이 있다.

이런 의미에서도 난 한국이 싫었다. 아내는 달랐다. 어떻게 해서든 아버지를 설득해 축복받는 결혼식을 하자고 날설득했다. 그때 이미 난 군에 근무하면서 아버지 집에서 나와 살고 있었고 아버지에 대한 마지막 예의로 아내와 함께 아버지를 설득했다. 결혼만 하면 이제 나도 가정을 꾸리고 아버지와 인연을 끝내리라 하는 생각도 있었다.

결국엔 승낙을 못 받았지만 그다지 심한 반대를 겪지도 않고 우린 결혼을 했다. 쿠비는 아버지를 모시고 살자고도 이야기했는데 이것만큼은 나도 양보할 수가 없었다. 모시고 안 모시고를 떠나서 내가 들려주었던 이야기를 그녀가 조금도 이해하지 못했다는 생각이 들었다. 아버지와 나의 관계에 대해, 우리 가정의 불행이 아버지로부터 어떻게 시작되었으며 내 비뚤어진 성격이 어떻게 형성되었는지에 대해 나누던 수많은 밤의 이야기가 모두 허사였다는 생각. 내 강경한 태도에 그녀는 고집을 꺾었다. 물론 나도 가족의 따뜻한 사랑을 받지 못하고 자라난 쿠비를 이해했지만 내 가족(가족이래 봤자 이제 아버지와 나뿐이지만)이 쿠비에게 결코 그러한 것들을 선뜻 선사하지 못할 것임을 너무나 잘 알고 있었다. 어쨌든 우린 주세프모타 근교의 작은 아파트에 새살림을 꾸몄다. 결혼 후에도 쿠비는 틈만 나면 아버지를 찾아갔다. 못마땅했지만 그것까지 뭐라고 할 수는 없었다.

쿠비가 전해 준 아버지의 일기장. 40년이 훨씬 넘은 노트치고 보관 상태가 아주 좋았다. 륙색에서 꺼낸 노트는 비행기 안에서 보다 말고 쑤셔 넣은 탓인지 그 페이지가 그대로 펼쳐져 있었다. 일기 속에서 아버지는 이제 서울에 입성한 모양이었다. 한국전쟁은 3년 정도 계속되었다고 하는데 그럼 여기에 3년 분량이 다 들어 있나? 노트를 펼쳐 들고 한동안 멍해 있던 나는 갑자기 울리는 기상나팔 소리에 나쁜 짓을 하다 선생한테 걸린 아이처럼 황급히 노트를 서랍에 집어넣었다. 채 접지 못한 노트에서 글자가 쏟아졌다.

우리는 사흘 만에 서울을 해방시켰다. 서울을 떠난 지 1년 10개월 만이다. 연도에 늘어선 수많은 남한 인민의 열화와 같은 환영을 받으며 우리는 서울에 입성했다. 그들은 어디서 구했는지 공화국기를 흔들며 "조선 민주주의 인민 공화국 만세!" 하고 외쳤다. '장백산 줄기……'로 시작되는 김일성 장군의 노래가 울려 퍼지는 것이 내심 마음에 들지 않지만 어쨌든 기분이 좋았다. 내가 서울에서 박헌영 선생을 따라 월북하기로 결의했을 때, 나를 비웃던 그 지식인 나부랭이들이 생각난다. 지금의 내 모습을 보면 뭐라 할까? 저절로 웃음이 나왔다.

오늘의 화제는 한강 인도교에 관한 것이었다. 이승만 미제 꼭두각시 정권은 수많은 인민을 수장시키며 한강 다리를 끊는 만행을 저질렀다. 우린 끊어진 인도교를 보며 더욱더 전의를 다진다. 미군을 끌어들이기 위한 정치적인 수작이 아니냐는 소문이 있었지만 아무도 상관하지 않았다. 우리는 중앙청에 공화국기를 올렸다. 펄럭이는 깃발을 보며 가슴 뿌듯했다. 그전의 모든 의문이 사라진다. 우리가 전쟁에서 이길 수 있을까? 살아서 돌아갈 수 있을까? 내가 과연 사람을 죽일 수 있을까? 남조선은 해방될까? 이제 궁금하지 않다. 우리는 예정대로 다음 주 일요일이면 부산에서 전후 피해 복구와 조국 재건에 대해 열띤 논의를 진행하고 있을 것이다.

하루 사이에 여름과 겨울이 바뀌어서인지 처음 겪는 일도 아닌데 차가운 공기에 몸을 떨어야 했다. 남미 출신은 추위에 약하다. 사실 한국으로 처음 발령받을 때의 두려움 중에는 기후도 있었다. 태어난 곳이 스위스이긴 하지만 너무 어렸을 때 어머니를 따라 브라질로 와 내 기억도 브라질에서 시작한다. 브라질에서 어린 시절과 성장기를 다 보냈기 때문에 다시 스위스로 돌아갈 때도 기후를 걱정했다. 그 이전까지 외국이라고는 아르헨티나나 니카라과에 가 본 것이 전부라 겨울은 사실 상상할 수 없는 두려움이었다. 하지만 스위스는 걱정했던 만큼 춥지는 않았다. 그런데 위도상 더 남단에 위치한 이 나라의 겨울은, 더군다나 이곳 판문점의 겨울은 혹독했다. 어젯밤 겨울비가 내려서인지 아침은 어제 같지 않게 날씨가 보통 쌀쌀한 것이 아니었다.

식사를 마치고 목덜미를 스치는 차가운 바람을 애써 참으며 중립국 감독위 건물의 정보과에서 수사 팀과 상견례를 했다. 스위스인 대령과 체코인 중령 정도가 아는 얼굴이었고 나머지는 처음 보는 사람들이었다.

"휴가 잘 보내고 왔어? 브라질도 다녀왔다며?"

이바노프 체코 중령이었다. 내가 알기론 유일하게 나보다 더 오래 한국에 근무한 중립국 감독위 장교였다. 체코인답지 않게 영어를 유창하게 했다.

"그럭저럭…… 나 없는 동안 별일 없었나?"

"이 이상 별일이 어디 있겠어? 수사 책임자라며? 골치 좀 썩겠군."

"한국어가 웬수지……."

"이곳에 오기 전 스위스에선 군 수사기관 정보장교로 날렸다며? 잘해 봐. 나도 전에는 그런 쪽에 있었는데."

"그럼 네가 맡아 보지그래?"

"난 한국어를 모르잖아."

"무슨 상관이야. 통역은 내가 맡지. 넌 한국에 나만큼 오래 있었고……."

"됐어. 저 동양인이 아마 남쪽에서 파견된 수사 실무자 같은데……."

이바노프 중령이 가리킨 곳에는 아마 한국군에서 파견된 듯한 동양인 하나가 눈에 띄었다. 계급이 중위인 것으로 봐서 확실했다. 시원한 이마에 쌍꺼풀 없이 큰 눈, 이곳에 근무하는 한국군들이 대개 그렇듯이 동양인치고 꽤 건장한 체격이었다. 옆구리에 찬 권총이 눈에 띄었다. M-9 베레타. 어제 꿈에서 본 권총과 모양을 다시 한번 맞춰 보았다. 하지만 꿈속의 환영은 다시 잡힐 듯 잡힐 듯 기억 속으로 숨어 버린다. 사실 생각해 보면 M1917과 M-9 베레타를 구별하기는 너무나 쉬운 일이다. 리볼버와 오토로더를 구별하지 못하다니. 하지만 어제 꿈이 기억으로 남은 부분은 하얀 손가락과 검은 총구, 열 몇 발의 총소리뿐이다. 머릿속에서 한국군 중위의 하얀 손가락에 투박한 리볼버도 잡게 해 보고 옆구리의 세련된 오토로더도 들려 보았지만 둘 다 어울리면서, 동시에 둘 다 어색하다. 내가 뚫어져라 쳐다보는 것을 눈치챘는지 나에게 힐끔 시선을 돌린다. 만약 영어에 서투르다면 이 방에서 그와 이야기가 통할 사람은 나밖에 없으리라. 간단한 브리핑을 하는 폴란드 중령의 서투른 영어에 별다른 관심을 보이지 않는 것으로 미루어 영어를 살하는 것 같지는 않았다. 난 브리핑이 끝나고 그에게 다가갔다.

"집이 서울인가요?"

내가 서울의 복잡한 거리에서 갑자기 다가가 한국말로 길을 물었다면 그는 별로 당황하지 않았을 것이다. 하지만 이곳은 그를 제외하고는 동양인을 찾아볼 수 없는 중립국 감독위이고, 새하얀 피부에 동양인인 듯하면서 이국적인 냄새가 풍기는 중립국 감독위 장교의 또박또박한 한국어는 역시 당황스러웠을 것이다. 하지만 그는 곧 표정을 수습하고 경례를 붙인 다음 말을 이었다.

"말씀 들었습니다. 한국어를 비롯한 5개 국어에 능통하신 소령님이 한 분 계신다는 말씀 말입니다. 베르사미 소령님 맞습니까?"

"맞아요, 생각보다 정말 젊은 사람이 왔군요. 수사 실무는 우리가 맡아야 할 텐데 잘된 일이죠. 아마 저기 대령, 중령 들은 우리의 수사 실적을 가지고 보고서나 만드는 게 다일 거예요. 집이 어디냐고 물었는데요. 그리고 어디 소속이었나요?"

"예. 집은 서울시 마포구 용강3동 359-12번지입니다. JSA 판문점 공동 경비 구역 경비대 사령부 소속 강, 상, 훈 중위입니다."

역시 서울 출신이었다. 똑같은 군복을 입혀 놓아도 도시 출신들은 티가 났다. 이곳에서 동양인들을 관찰하면서 생긴 버릇인데, 그 사람의 말투와 인상 등으로 출신을 찍으면 거의가 맞아 들어갔다. 처음 내가 이 땅에 왔을 때 서울이라는 도시는 거대하게 다가왔다. 분주했으며, 책이나 텔레비전에서 본 것처럼 높은 빌딩이 많았고, 특히 자동차는 상상을 초월했다. 거리는 크고 넓었지만 사람과 자동차들로 꽉 막혀 있었다. 그래서인지 사람들의 걸음은 군인인 나보다 훨씬 빨랐고, 난 입국 신고를 하기 위해 스위스 연방 공화국 대사관에 도착하기까지 서너 번이나 사람들과 몸을 부딪쳐야 했다.

"이봐. 나중에 보자고, 이만 갈게."

이바노프였다.

"그래, 나중에 언제 술이나 한잔하지."

"그 술, 빨리 해야 할 거야. 곧 돌아가야 할 것 같아."

"무슨 소리야? 돌아가다니…… 왜?"

"우리나라 사정 알잖아……."

그러고 보니 체코슬로바키아 연방이 와해된 지도 꽤 되었다. 당시엔 여기 체코 장교들은 어떻게 되나 궁금했는데, 이곳까지 그 영향이 미치지 않은 듯하더니 결국엔 떠나는 모양이었다. 체코슬로바키아 연방의 와해는 당연했다. 그 두 민족은 같은 국가를 이루어선 안 됐었다. 물론 결과론에 지나지 않을 수 있다. 내가 그 나라에 대해 높이 평가하는 것은 체코와 슬로바키아가 평화적이고 민주적인 방식으로 국가를 해체하고 민족자결권을 행사했다는 점이다. 이바노프 같은 경우엔 보헤미아 출신이니 체코로 돌아가게 될 것이다. 작년에 슬로바키아 출신 장교 몇 명이 본국으로 돌아가기도 했다.

"강상훈 중위가 기무사까지 안내할 것이오. 가서 피의자 사병의 신병 인도부터 받으시오. 중립국 감독위 수사본부로 압송하고 유엔 대표부 장교들과 군 정전위, 중립국 감독위 영관급 장교들 입회 아래 실시될 첫 번째 브리핑을 준비하시오. 그 전의 개인적인 취조가 금지된 건 알고 있죠?"

잔 대령이었다. 차라리 스위스 레토로망스어나 독일어로 듣는 것이 편하리라고 생각될 만큼 이 스위스인 대령의 영어는 듣기 힘들었다. 사실 아직까지 사건의 전모도 제대로 파악하지 못하고 있었다. 아까 폴란드인 중령이 간단한 브리핑을 할 때도 난 강 중위의 옆구리에 채워진 베레타에만 신경을 쓰고 있었다. 강 중위와 같이 가면서 자세히 물어보리라 생각했다.

"그런데…… 북한 측은 어떻게 되었습니까? 수사 실무자 파견이 늦어지는 겁니까?"

"글쎄…… 그게 좀……. 알잖소? 북쪽 애들 일하는 방식…… 외교든 공작이든 말이오. 처음엔 공정성을 기하기 위해 중립국 감독위에서 수사 팀을 구성하고 수사 실무자를 한 명씩 파견하는 데 동조했지만 소련과 동구권이 무너지고 미군이 남한에 주둔하고 있는 한 유엔도 중립국 감독위도 군사 정전위도 중립적일 수 없다면서 다시 거부하고 있소. 항상 하는 이야기 있잖소? 미군 철수하라는 거……. 또 군사 정전위의 중국군 장교들을 포함해 구성하라는 이야긴데, 그러면 미군 장교들도 수사 팀에 들어올 수밖에 없소. 일단 수사는 진행하고 봅시다."

"중국 쪽이라고 다를 게 있나요? 막막하겠죠. 북쪽에선."

"쿠바에서 카스트로라도 불러오라는 말 아니겠어요?"

스웨덴 장교가 끼어들었다. 모두들 웃기 시작했다. 북한의 지적은 옳다. 공산권이 모두 몰락한 마당에 유엔과 미국이 무엇이 다른가. 70년 동안의 위대한 실험은 끝났다. 20세기를 둘로 갈라놓고 수많은 인명이 끝없이 죽어 나가야 했던, 런던의 한 더러운 골방에서 마르크스가 꾸던 위대한 꿈에서 인류는 깨어나고 있었다. 하지만 여전히 미몽 속을 헤매고 있는 건 아버지다. 그 꿈은 이제 달콤함에서 악몽으로 변한 지 오래이지만 말이다.

"여기서 피의자 사병이 있는 기무사까지 대략 한 시간 정도 걸립니다. 제가 모시겠습니다. 한국말을 정말 잘하십니다. 처음엔 깜짝 놀랐습니다. 동양적인 분위기도 많이 풍기고. 조상 중에 동양인이 있나 봅니다. 한국엔 얼마나 계셨습니까?"

"햇수로 5년, 만으로 4년째죠. 휴가를 마치고 브라질 여행을 하다가 어제 돌아왔습니다. 남미 출신이에요. 어려서 남미에서 자라서인지 남미 기질을 많이 받은 것 같아요. 남미인은 천성적으로 낙천적이라 서울 같은 도시는 맞지 않아요. 처음에 서울에 도착했을 땐 많이 당황했죠. 이곳은 서울 같지 않아서 마음에 들었어요."

"많이 복잡했겠죠?"

"차가 많긴 하더군요."

"서울 교통 문제 그거 아주 큰 일입니다. 그래도 도시에서 근무하시는 게 아니니 다행입니다. 여기는 괜찮지 않습니까? 공기도 아주 좋은 곳입니다. 아마 판문점이 우리나라에서 자연환경이 가장 좋은 곳이 아닌가 생각합니다."

스위스인 대령에게 가볍게 경례를 하고 나는 피의자 사병의 신병을 확보하고 있다는 기무사로 가기 위해 강 중위의 안내로 군용 지프에 몸을 실었다. 의례적이고 형식적인 신병 인도 확인증과 수사 협조 의뢰서 등이 담긴 누런 봉투에는 중립국 감독 위원회를 뜻하는 약자인 NNSC 마크가 찍혀 있었다. 이 마크는 한국인들이 흔히 끗발이라고 표현하는 판문점 지역 안의 위세와 위엄을 상징한다. 한 시간 정도 걸린다고 했다. 말을 좀 붙여 올 만도 한데 통그는 말이 없었다. 내가 무언가를 물어도 간단하게 한 문장 정도로만 대답하고 묵묵히 운전만 했다. 차는 이미 판문점 영내를 완전히 벗어났다.

"원래 그렇게 말이 없습니까?"

"아닙니다. 어제 돌아오셨다니 시차도 아직 적응이 안 되셨을 테고 피곤하실 것 같아서 가는 동안만이라도 주무시라는 배려였습니다. 수사가 시작되면 그때부터 무척이나 바쁘실 텐데 좀 쉬셔야 할 거라고 생각했습니다."

"아니에요. 이렇게 아무 이야기 없이 차를 타고 가니까 오히려 지루해서 더욱 피곤해지는군요. 아까 중립국 감독위에서 폴란드인 장교가 브리핑을 할 때 딴생각을 하느라 잘 듣지 못했거든요. 사실 어제 오자마자 정보부로 배속을 받았지요. 원래는 통역부였어요. 그래서 아직 사건 개요도 제대로 파악하지 못한 상태입니다. 사건에 대한 이야기나 좀 듣고 싶은데요. 남한 측의 입장도 좀 알고 싶고요. 솔직히 좀 불안한 것도 있고요. 내가 뭐 주의할 거라도 있으면 중위가 말 좀 해 보지요."

"저도 별로 드릴 말씀은 없습니다. 우리 측 입장이야 신문에서 떠드는 것 그대로입니다. 그리고…… 다른 건 모르겠지만 한국어는 정말 저보다 잘하시는 것 같습니다."

"그건 과찬 같고요, 허허. 말만 잘해서 되는 게 아니죠. 정말 통역을 잘하려면 그 나라 언어만 아니라 문화, 역사, 풍습 등도 잘 알고 있어야 하겠죠."

"말씀을 낮추셨으면 합니다. 계급도 제가 아래이고 더구나 나이도 훨씬 많으신 것 같습니다."

"계급이야 어디 같은 소속인가요? 한국군이고, 난 따지고 보면 유엔군인데……. 하지만 불편하다면 다음에 기회 봐서 말을 놓기로 하죠. 공동 경비 구역 경비대 소속이면 최전방이군요. 얼마나 근무했어요?"

"소위 임관하고 나선 GP에 있었습니다. 이곳으로 차출된 건 1년이 좀 못 됩니다. 남한 최전방인 셈입니다. 비무장지대 남쪽 한계선보다 북쪽입니다."

"무섭지 않아요?"

지난 5년 동안 남한 군인이나 북한 군인에게 묻고 싶던 말이었다. 내가 5년 전 처음 이곳에 발을 들여놓을 때 느낀 공포를 잊을 수가 없다. 스위스나 브라질하고는 비교도 할 수 없다. 남미는 한 번도 큰 전쟁을 겪지 않은 유일한 대륙이고 스위스 또한 무장 중립으로 나폴레옹의 프랑스 군대에 점령당한 것을 제외하면 현대에 들어와 1, 2차대전의 소용돌이 속에 유럽에서 평화를 지켜 낸 거의 유일한 나라 아닌가? 이곳은 적을 바로 눈앞에 두고 언제 전쟁이 터질지 모르는 휴전 상태에 있는 나라다. 하지만 모두 무감각해 보였다. 여기엔 매일 반복되는 자극의 일반화에 의한 것이라고만 생각할 수 없는 무엇이 있었다. 이 나라 밖에서 한반도 전쟁 위험을 한창 떠들고 있을 때도 정작 이곳은 고요했다.

더구나 요즘은 북한 인민무력부장의 '전쟁 불사', '정전 협정 무효' 발언 등으로 한창 긴장이 고조되고 있는 시기 아닌가? 계속되는 미국의 핵 압력에서 북한이 선택할 수 있는 외교는 자명했다. 그 체제를 유지하려면 어쩔 수 없었을 것이다. 이제 미국이 쿠바와 북한을 정치적, 경제적으로 함락하고 중국과 관계만 잘 유지한다면 20세기를 달구었던 가장 큰 대결 구도는 그 대단원을 눈앞에 두고 있다. 핵을 둘러싼 요즘 분위기를 보면 남한 측도 의외의 강

경론을 펴고, 미국은 사실상 사태의 주범이고……. 이러한 상황에서 이번 사건이 가지는 의미는 상당할 것이다. 언제나 전쟁이란 모든 조건이 형성되어 있는 상태에서 조그만 사건 하나하나를 빌미로 물고 늘어지면서 일어나는 것이 아닌가. 국제 정세로 비추어 볼 때 북한의 붕괴는 당연한 수순이다. 북측에서 소련과 동구권이 몰락한 이 마당에 유엔과 미국이 뭐가 다른가 생각하는 것은 당연했다. 어쨌든 휴전 상황이라는 보이지 않는 전쟁의 한가운데 서 있음을 새삼 인식할 때마다 두려워지는 것은 사실이었다.

"적들은 외세 개입 전 7일 내에 한반도 점령을 완료한다는 시나리오를 갖고 남침 기회를 노리며 맹훈련 중이지만 우리 국군은 조금도 동요하지 않고 철저히 대비하고 있습니다. 걱정 마…… 아, 아닙니다. 소령님 신분을 잊고……. 소령님은 국군 소속으로 오신 게 아닌 걸 깜빡했습니다. 언제나 이런 입에 발린 소리를 해야 하니까 말입니다."

"그래요, 난 전쟁을 하러 온 게 아니라 막으러 온 셈이지요. 하지만 그동안 내가 여기서 실질적으로 한 일이 그런 거창한 일이 아니라는 것은 잘 알고 있어요. 그냥 가끔 한국군과의 통역이나 하고 유엔에 제출할 형식적인 보고서나 작성하는 것이었어요."

"이젠 아니지 않습니까. 이번 사건에 대한 조사를 중립국 감독위로 넘기는 과정에선 우리 측에서도 갈등이 많았습니다……. 사실…… 지금 신병 인도를 받는 과정에서도 문제가 생길지 모릅니다……. 음…… 또 제가…… 쓸데없는 이야기를 한 것 같습니다."

"갈등이라뇨?"

"지금 이 사건이 남북한의 외교 쟁점이 되고 있지 않습니까? 아시다시피 사건의 수사 결과가 어떤 형태로 종결되느냐에 따라서 남북한 관계가 극한으로 치달을 수도 있습니다. 신문에 다 나오는 이야긴데…… 신문을 안 보신 것 같습니다. 하긴 보도관제령이 나가서 자세한 내용은 보도되지 않았을 겁니다. 그래도 대략은 신문에 났는데……. 아, 오늘 신문은 못 보셨겠습니다."

"난 처음에 내가 배운 한국말이 틀린 줄 알았어요. 이곳에 와서 접하는 사람들은 모두 군인이었기 때문이죠. 문장의 종결을 '다', '까'로 맺는 말투 말입니다. 굉장히 딱딱하게 들려요. 일반인들의 말투와 확연히 구분되더군요."

"예. 우리 국군은 언제나 말을 할 때 '다', '나', '까' 이 세 음절 중에 하나로 문장을 맺어야 합니다."

"재미있군요……."

문득 비행기에서 있었던 일을 떠올렸다.

"군인의 말투란 말이군요. 그럼 북한군도 그래요?"

판문점에 햇수로 5년이나 근무하면서도 북한군이나 남한군들과 거의 교류가 없었다. 내가 일부러 기피한 경우도 있겠지만 업무상 그다지 마주칠 일이 많지 않았다.

"북한 군인들 말투도 그런 편입니다만 좀 더 촌스러운 것 같습니다. 생활 용어는 어떤지 잘 모르겠습니다. 제가 판문점에 근무하면서 인민군들 얼굴이야 자주 봅니다만 말을 할 기회가 어디 있겠습니까? 아시겠지만 한 1년 근무하다 보면 그쪽 애들 얼굴은 하나하나 다 알게 됩니다. 저놈은 어떤 습관이 있고 이놈은 어떤 계급이고…… 언제 진급했고……. 2~3미터 거리에서 마주칠 때도 있습니다. 하지만 그렇게 마주칠 때도 저는 남방 한계선 아래에, 상대는 그 위에 있습니다. 그 선을 중심으로 묘하게 비켜 다니는 겁니다. 제가 1년이 아니라 10년을 근무한다 해도 다르지 않을 겁니다. 같은 언어를 쓰는 사람들과 한마디 말도 나누지 못하고 언어가 정지된 유일한 곳…… 그게 바로 판문점입니다. 그쪽도 제 얼굴을 알 겁니다. 마주치면 어색한 침묵이 흐릅니다. 한번 웃어 주고 싶은 생각도 들지만……. 또 쓸데없는 이야기를 한 것 같습니다. 오늘 신문인데 보시겠습니까? 간단한 사건 내용이 실렸을 겁니다. 가서 직접 겪으면 보도 내용과는 또 다를 겁니다만……."

난 신문을 펼쳐 들었지만 제대로 읽을 수가 없었다. 신문이 세로로 글자가 배열된 데다가 단어마다 한자를 음도 달지 않고 섞어 놓았기 때문이다. 한자는 제대로 배울 기회가 없었다. 아니 한자만은 정말 배우기가 힘들었다. 아버지가 한창 한국어를 가르친다고 나와 갈등을 일으키던 고등학교 시절 어디서 구했는지 한자책도 몇 권 사다 놓았지만 한자만은 정말 배울 수가 없었다. 그것은 내가 접한 다섯 개 언어 중 첫 뜻글자였다. 내가 언어를 학습하면서 익숙했던 것은 몇십 개 이내의 일정한 문자를 통한 조합과 배열이었다. 한자는 상용으로 쓰는 것만 2000자에 가깝다고 들었다. 한국에서 자라난 사람들은 한자 문화권에 나는 덕에 언어를 체득하는 과정 중에 개인차는 있지만 자연스럽게 한자를 배운다고 하는데 난 그럴 수가 없었다. 난 일찌감치 한자를 포기했다. 문화와 사고가 너무나 달랐기 때문일 것이다.

"어떤 사건인지 직접 듣고 싶은데…… 설명해 줄 수 있어요? 대충 듣긴 했지만 아직 감이 안 잡혀요. 신문은…… 사실 내가 한자가 좀 약합니다."

"예. 아시다시피 남한 측 판문점 경비대 소속 한 사병이 인민군을 사살한 사건이 발생했습니다. M-9 베레타 권총 열세 발을 모두 그 살해된 인민군의 몸에 박아 넣었습니다. 어제 중립국 감독위에서 시신을 확인했다고 하던데 시체는 보셨습니까? 다 아시는 이야기겠지만 판문점 공동 경비 구역 안에선 원칙상 권총 이상의 무기를 휴대하지 못하도록 되어 있습니다. 그래서 대한민국 군인들 중 유일하게 판문점 경비대 소속 사병들만이 권총을 사용할 겁니다. 그리고 이 권총이 이번 사건의 살인 무기가 되었습니다."

"인민군을 적군으로 간주하지 않나요? 근데 적군을 사살한 것이 왜 문제가 되는 겁니까? 물론 전시 상황은 아니지만."

"그렇습니다. 지금은 전시가 아니라 휴전 상태입니다. 문제는 휴전선입니다. 우리 측에서 문제가 되는 것은 그 사건이 난 곳이 바로 휴전선 이북이라는 겁니다. 한국군 병사가 이북에 넘어가 있었다는 이야기입니다."

"판문점에서 남쪽이든 북쪽이든 마음만 먹으면 넘어가는 것은 어려운 일이 아니죠."

"하지만 그런 생각이 반드시 옳은 것은 아닙니다. 판문점 지역의 그 넓지 않은 면적에 양측 경비병 수십 명이 쉴 새 없이 왔다 갔다 합니다. 갑자기 북쪽이나 남쪽으로 뛰거나 그랬다간 양쪽에서 집중사격을 당하게 될 겁니다. 근무 지침에도 월북하려는 자국 병사에게 사격을 해야 한다고 나와 있습니다. 아직 한 번도 그런 적은 없지만…… 바꿔 말해서 그런 일이 없었다는 건 말이 그렇지 사실 판문점을 통해 월북이나 월남하기가 쉬운 일이 아니라는 이야기기도 됩니다."

"하지만 저녁 8시 이후에 판문점은 판문점 동서쪽으로 100미터 거리에 있는 남북 초소 네 개 외엔 텅 비지 않습니까. 그때라면 어떨까요?"

"그렇습니다. 사건은 8시 이후에 벌어졌으니까요. 만약 그 시간에 그 지역을 경비해야 할 초소병이 월북할 마음을 먹었다면 어느 정도 거리만 전력 달리기를 해서 망명할 수도 있습니다. 문제는 넘어간 이유도, 북한군을 살해한 이유도 알 수가 없다는 겁니다. 북한 쪽에선 이번 사건을 영토 침범이라는 이유로 외교 쟁점화하려 하고, 우리 측의 뜻은 진상 조사에 있죠. 사건이 일어난 지점이 이남이거나 비무장지대였다면 그 사병은 아마 포상 휴가에 일 계급 특진했을 겁니다. 월북을 하려 했다면 거기서 서성댔을 리가 없고, 또 인민군을 살해할 이유는 더욱 없었겠죠. 모든 비밀을 당사자인 사병만 알 텐데 그 사병은 지금 48시간 넘도록 물 한 모금 밥 한 순가락 먹지 않고 단 한 마디 말도 안 하고 있습니다. 시기도 시기이고, 북한에서 이를 불법 영토 침범이니 뭐니 하며 매스컴 플레이를 하는 것에 어느 정도 대처하기 위해서 사건 수사를 중립국 감독위에 위임하게 된 겁니다. 공정한 수사를 통해 진상을 밝힌다는 거죠. 제가 다 아는 이야기만 말씀드렸습니까?"

차는 K-2 벙커라고 쓰인 팻말을 지나 황량한 벌판에 덩그러니 세워져 있는 기무사 판문점 분실 건물 앞에 정차했다. 개 짖는 소리에 깜짝 놀라 돌아보니 건물 한구석의 철망으로 둘러싸인 우리에서 군용 셰퍼드 한 마리가 노려보고 있었다. 어렸을 때 개한테 심하게 물린 적이 있어서인지 난 개가 싫었다. 더구나 저렇게 시커먼 털에 눈만 반짝 반짝 빛나는 개들은 더욱더.

"놀라셨습니까? 개를 싫어하시나 봅니다. 하긴 저 개도 이번 사건의 피해자인 셈입니다."

"그건 또 무슨 말이죠?"

"DMZ 수색견으로 활약했죠. 매번 수색 때마다 데려가는 것은 아니지만……. 아까 지나오다 보신 B-2 초소는 이 사건의 당사자인 사병이 근무하던 곳입니다. 그 사병이 자대 배치를 받고 나서 바로 저 군용견 담당으로 보직을 받았다고 합니다. 부대 사정에 따라 보직이 몇 번 바뀌긴 했는데 저 개만은 그 사병이 거의 혼자서 돌보다시피 했다더군요."

"그러면 피해자란 말은?"

"그 사병이 기무사에 잡혀 들어간 후에 옮겨 왔는데 밥을 먹지 않습니다. 새로 바뀐 담당 사병이 죽을 맛인가 봅니다. 미쳐 버린 개라는 이야기도 있던데 모르겠습니다. 저러다 죽기라도 하면 담당이 큰일 나거든요."

"주인 따라 그런가 본데…… 불쌍하네요."

아닌 게 아니라 그 개는 처량해 보였다. 나를 향해 짖으며 노려보다가 그도 이내 귀찮아진 듯 웅크리고 앉아 하늘만 바라보았다. 예전에 쿠비에게 들은 이야기가 생각이 났다. 연애 시절 나도 잘 알고 지내던 예냐라는 쿠비의 친구가 몰티즈 한 마리를 기르고 있었다고 한다. 결혼을 하게 된 예냐는 개를 끔찍이 싫어하는 남편 때문에 몰티즈를 친정에 두고 갔는데 그 개가 시름시름 앓다가 죽어 버렸다. 쿠비가 놀란 것은 예냐의 태도였다. 적어도 겉으로 보기에 예냐는 그 사실에 대해 무덤덤한 듯했다는 것이다. 마치 그러리라는 것을 알고 있는 듯한 태도였다고 쿠비는 이야기했다. 쿠비는 그녀의 그런 태도에 소름이 끼쳤고, 그 개의 짝사랑에 진심으로 슬퍼했다. 예냐가 그 개에게 파블로프의 조건반사 실험을 했다는 것은 후에 알게 되었다. 파블로프가 했듯이 그녀는 개에게 음식을 줄 때 항상 종을 울렸다고 한다. 그것은 개가 태어났을 때부터 시작되었고, 개는 파블로프의 논문에 나온 것처럼 얼마 후엔 종소리만 울려도 침을 질질 흘리게 되었다. 나중엔 종을 치지 않으면 식욕을 느끼지 못했다고 하는데, 그것은 종소리를 울리지 않았을 때 먹이를 먹으려고 하면 채찍으로 호되게 때리며 식사를 하지 못하게 했기 때문이었다. 겉보기와 다른 예냐의 잔인한 취미에 쿠비는 몸서리를 치며 정말로 그 개를 불쌍하게 생각했다. 우연한 기회에 개를 보게 되었다는데 예냐와 떨어진 그 처참한 몰골은 이루 말할 수가 없었다고 한다. 아마 일주일 후에 죽었을 것이다. 쿠비가 본 마지막 모습이 어땠는지 정확히 알 수 없지만 이 군용견의 초췌한 몰골과 크게 다를 것 같지 않다.

"여기가 기무사입니다. 수사 협조 공문은 이미 발송된 상태이고 여기 2층 사령부에 가서 제가 신병 인도 요청에 관한 서류를 꾸미겠습니다. 올라가시죠."

"근데 아까 그 사병 말이에요. 신병을 어떻게 남한 측에서 확보하고 있습니까? 이북 지역에서 인민군을 살해하고 다시 남한으로 넘어왔나요?"

"사병은 어깨에 총알이 스친 상처를 입은 채 다시 남하, 휴전선 경계선에 배를 깔고 쓰러져 있었습니다. 머리는 남한에 다리는 북한에 있는 상태였죠. 총소리에 비상이 걸리고 우리 측 초소병이 발견해 후송되었습니다."

판문점에 5년 동안 근무하면서도 이곳은 처음 방문한다. 한국군의 군 정보기관이라는 기무사의 판문점 분실은 지은 지 얼마 안 된 듯 깔끔한 건물이었다. 연한 밝은 회색으로 칠해 햇빛에 반짝이는 건물 외벽과 달리 창문마다 두꺼운 철망에 가려져 있어 음침한 느낌을 주는 3층 건물이었다. 지프에서 내려 정문 초병들의 경례를 받고 건물 안으로 들어갔다. 건물 앞 작은 연병장에 군용 지프가 다섯 대 주차되어 있었고, 그 사이로 번호판 대신 성판[1]이 달린 검은색 로얄 프린스가 한 대 눈에 띄었다. 빨간 바탕에 은빛 별 두 개……. 투스타가 와 있었다. 기무사령관? 아니다.

---

1 장성급 전용차에 다는 별이 그려진 알루미늄판.

지금 한국군 기무사령관은 중장이다. 하여간 주요 인물이 판문점 분실에 내려와 있는 것은 틀림없었다. 보초병과 홀 안에서 서성거리는 장교들의 표정으로도 어렵지 않게 짐작할 수 있었다. 들어올 때 입구 아스팔트에 물이 뿌려져 있던 것을 떠올리며 고개를 끄덕였다. 2층 사령부에 올라간 강 중위를 1층 로비에서 기다리고 있는데 한국군 기무사 장교들이 지나가면서 흘끔흘끔 나를 쳐다보며 수군댔다. 아마 이번 사건에 대한 대화들일 것이다. 대개 중립국 감독위 장교들은 한국말을 하지 못한다. 그래서인지 나를 신경 쓰지 않고 대화하고 있었다. 계단에서 강 중위가 내려오며 말을 걸었다.

"이거 예상은 어느 정도 했습니다만…… 오늘 신병 인도가 쉽지 않겠습니다. 예전보다는 훨씬 덜하다지만 아직까지 기무사 애들이 끗발이 좀 있거든요. 쉽게 말해서 텃세 부리는 거죠. 소령님께서 이쪽 실무 담당 대령을 직접 만나시는 편이 좋겠습니다. 중립국 감독위 끗발도 알아주니까요."

"무슨 이야긴지 솔직히 이해가 안 가는데요. 중립국 감독위에 이번 사건의 수사를 일임하는 데는 남한 정부도 동의한 것으로 압니다. 당연히 피의자 사병의 신병도 수사 실무 팀에서 맡아야 하는 것 아닌가요."

"물론 신병을 인도하기로 합의했지만 구체적인 날짜와

시기는 언급된 적이 없습니다. 오늘은 곤란하다는 겁니다."

"투스타가 뜬 것과 관련이 있는 겁니까? 지금 누가 여기에 있습니까?"

강 중위는 목소리를 낮추었다.

"기무사 참모장이 회동했습니다. 이곳 분실 실장은 지금 참모장을 접견 중입니다. 전 정보과 대위를 만났는데 오늘은 곤란하다고 하는 겁니다. 그래서 중립국 감독위에서 수사 실무자가 와 있다고 그랬더니 참모장과 접견이 끝난 후 실장을 직접 만나 보라고 하더군요. 말하는 품으로 보아 아마 참모장의 회동이 이번 사건의 신병 인도와 관련이 있지 않나 싶습니다."

"외압 같은 걸 이야기하는 건가요?"

나는 대답을 기다리지 않고 급히 2층에 있다는 실장실로 걸음을 옮겼다. 실장과 그 투스타가 접견하고 있을 것이 확실한 실장 집무실 앞 대기실에서 전화를 받던 기무사 소위가 나를 막았다. 나는 소위의 한국말을 충분히 알아들었지만 프랑스어로 소리쳤다. 내 가슴의 NNSC 마크를 보고 그 소위는 나에게 기다리라는 몸짓을 취한 후 안으로 들어갔다. 난 내가 선택한 방법에 만족했다. 한국인들에게 이런 방법은 의외로 효과가 있었다. 내 갑작스러운 행동에 당황한 강 중위는 나에게 기다려 보자며 소파에 앉기를 권했다. 집무실에서 나온 소위가 강 중위에게 조금만 기다리라고 말했다. 그리고 뜨거운 커피라도 한잔 나왔다면 차갑게 식어 버릴 만한 시간이 흘렀다. 난 자리에서 일어나 내실 문을 열었다. 강 중위와 기무사 소위가 나를 제지하려 했지만 이미 문이 열린 후였고, 투스타가 됐다는 몸짓을 하자 소위는 물러섰다. 나와 강 중위는 내실 안으로 들어섰다. 안에 있던 실장이라는 사람은 대령 계급장을 달고 있었다. 강 중위와 나는 투스타와 대령에게 경례를 붙였다. 강 중위는 '멸공'이라는 구호를 붙였다. 대령은 가볍게 경례를 받고 투스타는 회전의자를 빙글 돌리며 돌아앉았다.

"NNSC 위세가 이렇게 대단한 줄 몰랐군. 도대체 이게 무슨 짓인가?"

대령은 강 중위에게 말했다. 필경 내가 밖에서 프랑스어로 외치는 소리를 들었을 것이다. 내가 한국어를 안다고 생각하지 못하는 듯했다. 강 중위는 시정하겠다는 말과 함께 중립국 감독위 수사 팀에서 신병 인도가 급하다는 뜻의 말을 했다. 대령은 투스타 앞으로 가서 작게 뭐라고 말했다. 내가 이 방에 들어선 후 처음으로 투스타가 입을 열었다.

"아까 하던 이야기나 확실히 마무리해 두지. 어차피 저 중립국 감독위 소령과 이야기하려면 통역을 불러야 할 것이 아닌가? 어디까지 이야기했지? 자네, 아까 뭐라고 했나? 묵비권? 아니 묵비권이라니, 자네 지금 인권 운동하나? 내 말 잘 이해하길 바라네. 이만 가 보겠네. 보좌관! 사령부로 돌아간다."

투스타는 피우고 있던 담배를 비벼 끄고는 우리의 경례를 받지도 않고 보좌관이라는 소령과 함께 나가 버렸다. 실장이라는 대령은 나를 물끄러미 쳐다보다가 인터폰에 손을 뻗었다. 아마 통역을 부르려는 모양이었다.

"통역은 필요 없습니다. 전 어제까지 중립국 감독위 통역장교였습니다. 그리고 이번 사건 합동 수사본부 수사 실무의 전권을 맡았습니다. 지그 베르사미 소령입니다. 피의자 사병의 신병 인도를 받으러 왔습니다. 무례를 용서하시기 바랍니다."

그는 유창한 한국어에 소금 놀라다가 곧 표정을 수습하고는 담배를 물었다.

"잘 왔어요. 밑의 정보과에서 무슨 말을 듣고 온 모양인데 오늘은 곤란합니다."

경상도다. 마흔서넛 정도로 보이는 대령의 말에는 경상도 사투리가 조금 섞여 있는 듯했다. 처음 어떤 사람을 만날 때마다 그 사람의 말투로 출신을 따져 보는 것이 어느새 버릇이 되었다. 그리고 이제 거의 틀리는 일이 없을 정도로 맞아 들어간다.

"중립국 감독위의 공동 수사는 남한 당국에서도 합의

한 사항입니다. 그리고 수사를 위해선 당연히 피의자 사병의 신병도 우리 측에서 확보해야 하는 거 아니겠습니까?"

"신병 인도를 안 한다는 게 아니라 오늘은 곤란하다는 거요."

"이유를 물어도 되겠습니까?"

"지금 사병은 치료 중이오. 사안이 급한 줄은 알지만 그런 환자를 데려다 지금 바로 취조를 시작하는 것도 무리일 겁니다. 그리고 중립국 감독위에 그 사병을 수용할 의료 시설은 준비가 되어 있소? 이쪽 담당 의사에 따르면 어제 큰 수술을 했답니다. 아직은 절대안정이 필요하죠."

"이쪽에선 어깨를 스친 가벼운 상처라고 알고 있는데요."

"관통상이오. 오른쪽 어깨."

"그런 내용은 보고받은 적이 없습니다."

"나중에 데려가서 확인해 보면 될 게 아니오."

"지금 확인하죠."

"어허, 왜 이러시나. 우선 중립국 감독위 수사 팀에서 사병을 위한 의료 시설을 준비해야 할 거요. 그 후에 인도받는 것이 순리 아니오?"

"이 사안의 급박함을 모르십니까? 빨리 수사를 시작하고 종결해야 합니다. 오래 끌면 끌수록 서로에게 빌미가 되는 겁니다."

"까놓고 수사할 게 뭐가 있겠소? 모르겠소?"

"무슨 말이죠?"

"납치란 말이오, 납치. 체제 경쟁에서 북한이 패배한 것은 이제 자명한 사실이오. 미국의 핵 압력에 국제적으로 고립되고 북한 주민들은 극심한 생활고에 중국을 통해, 제3국을 통해, 휴전선을 통해 계속해서 귀순하고 있는 상황이란 말이오. 국면 전환을 위해 한국군 사병을 납치, 귀순으로 조작하려 한 겁니다. 또 판문점에 근무하는 사병이라면 2급 이상의 기밀들을 매우 많이 알고 있죠. 병력 상황, 부대 위치, 부대 이동 사이클 등 말이오. 알죠? 지난주에 저쪽 인민무력부장이란 놈이 지껄인 전쟁 불사 발언……. 귀순으로 조작하고 기밀을 알아내려 했을 거요. 그 사병이 근무하던 초소와 지금 피해자라고 떠들어 대는 북한 가-1 초소 사이의 거리는 50미터가 채 되지 않아요. 더군다나 판문점 근처의 초소가 다 그렇듯이 그 사이엔 어떤 장애물도 없소. 몰래 넘어와서 납치한 겁니다. 그래서 사건이 북쪽에서 벌어진 거요. 납치를 당해 북쪽으로 끌려가던 사병은 당연히 반항했겠죠. 그 와중에 총격전이 벌어진 겁니다. 조사하고 말 것도 없어요. 뻔한 스토리 아니오?"

"대령님 의견은 수사에 참고하겠습니다. 하지만 그건 저희 측에서 조사하면서 밝혀낼 일들이죠. 어쨌든 전 지금 데려가야겠습니다."

"소령! 내 말을 그렇게 이해 못 합니까?"

"정 이렇게 나오면 유엔에 정식으로 보고하고 중립국 감독위 차원에서 남한 정부에 공식적인 항의를 준비할 수도 있습니다. 남한 당국의 조직적인 수사 방해……. 말은 얼마든지 더 심하게 만들 수 있는 겁니다."

대령은 당황한 듯 필터까지 거의 타들어 간 담배를 쥔 손을 가늘게 떨며 잠시 생각하는 듯했다. 사실 오늘 신병 인도를 받지 않아도 큰 문제는 없다. 실제로 사병의 부상이 생각했던 것보다 심하다면 수용할 시설도 마련되어 있지 않은 중립국 감독위로서는 난처한 일이기도 하다. 하지만 앞으로 공조수사를 하게 되면 남한 기무사와 부딪힐 일이 많을 텐데 기선을 제압해 둘 필요가 있었다. 대령은 타협안을 내놓았다.

"그럼 이렇게 합시다. 오늘 내가 신병 인도 확인서에 사인을 하겠소. 소령은 돌아가서 의료 시설을 준비해야 할 거요. 내일 아침 8시까지 이쪽 차량으로 중립국 감독위에 인도하겠소. 어차피 오늘부터 바로 취조할 것은 아니잖소? 그리고 사병에 대한 모든 기록을 넘겨줄 테니 우선 오늘은 그것부터 검토하는 것이 어떻겠소?"

대령의 태도가 한결 누그러졌다. 이 정도면 타협이 손해라는 생각은 들지 않았다. 대령의 말에 동의하고 사병에 대한 신상 기록 카드와 신원 조회 자료 등을 받아 강 중위와 함께 기무사 판문점 분실을 빠져나왔다. 내일부터 시작될 취조에서 사병만 잘 협조해 준다면 일이 생각보다 쉽게 잘 풀릴 듯했다. 하지만 몇 가지 걸리는 것들이 있었다. 왜 굳이 오늘 신병을 인도하는 것을 극구 거부했을까? 수용 시설 문제라면 기무사 측에서 우리를 배려해 줄 이유는 없다. 또 기무사 참모장이라는 투스타의 방문은 어떤 의미인가? 갑자기 대령과 투스타가 접견하는 집무실에 들어갔을 때 투스타가 했던 이야기…… 묵비권? 자네 인권 운동하나라는 말. 이번 사건과 관련이 있는 이야기는 아닐까.

지프는 마른 흙먼지를 날리며 비포장도로를 달렸다. 겨울 가뭄에 시달리고 있는 말라비틀어진 논과 밭은 내 마음을 더욱 건조하게 했다. 강 중위는 운전하며 이런저런 이야기를 계속하고 있었다. 기무사 끗발도 NNSC에 비하니 별거 아니다, 대령 아코가 죽은 모습을 보니 속이 시원하더라, 수사 팀에 있는 동안 기무사 애들한테 안 꿀려도 되겠더라 하는 시시콜콜한 이야기였다. 난 그냥 웃으며 별로 대꾸하지 않았다. 날씨가 건조해지면 왠지 짜증이 난다.

"근데…… 이봐요. 강 중위. 아까 기무사 대령이 한 이야기 어떻게 생각해요?"

"무슨 이야기 말씀입니까?"

"납치라는 거 말이오……."

"글쎄요. 소령님 말씀대로 조사해 보면 밝혀질 일이지만 일리 있는 이야기 아니겠습니까? 지난 50년 동안 저들의 대남 공작을 봐도 그렇고……. 지금 북측이 주장하는 대북 공작으로서 특수부대원의 북파, 잠입설은 터무니없는 이야기라고 생각합니다. 기록을 보시면 알겠지만 그 사병은 논산 훈련소에서 차출된 일반 카투사병입니다. 입영한 이래 쭉 이곳 판문점 경비대에서 근무했고요. 특수부대원 발상은 말도 안 됩니다."

"월북설도 있는 듯한데……."

"동기가 없다고 생각합니다. 물론 앞으로 조사해야 될 일이지만."

김수혁. 기록들을 훑어보며 처음으로 이 사건의 핵심 인물인 피의자 사병의 이름을 알게 되었다. 지방대 심리학과를 2학년까지 다니고 김수혁은 카투사 시험에 합격한 후 논산으로 입영, 평택에서 후반기 교육을 받고 다시 판문점으로 차출되어 판문점 공동 경비 구역 경비대에 근무했다. 그 후 별다른 문제 없이 평균적인 병영 생활을 했으며 사건 당시 병장 진급을 보름 남겨 둔 상병 말호봉으로 판문점 B-2 초소의 초소병이었다. 보직은 아까 그 군용견 담당이었고 군 생활 중간에 험비와 부식차를 운전하기도 했다. 초소병이야 보직이 아니라 돌아가면서 하니까. 좀 특이한 경우이긴 하지만 보직이 몇 번 바뀌는 동안에도 군용견 담당 업무는 변한 적이 없었다. 전과 기록은 전무하고 학생 시절 운동권이나 기타 용공 서클에서 활동한 기록도 없었다. 아버지는 중소기업체 이사이고 재산 상태는 중산층 정도로 양호한 편이었으며 8촌 이내의 친척 중에 주목할 만한 기록을 가진 사람은 없었다. 2녀 1남 중 막내로 위의 두 누이는 모두 결혼한 상태였다. 자격증은 1종 보통 운전면허와 군에 와서 취득한 지프차 등을 운전할 수 있는 경승용차 군 면허가 있었다. 내가 주목한 것은 포상 휴가 기록과 고등학교 시절의 경력들이었다. 그는 사단 사격 대회에서 만점을 받아 포상 휴가를 나간 기록을 비롯해 군 생활 중 상당히 뛰어난 사격 솜씨를 보였다. 또한 고등학교 시절 전국체전 서울시 사격 대표 선수로 활약한 경력이 있었다. 시격에 뛰이닌 사병이라는 것은 이번 사선의 충분한 암시가 될 수 있다.

"북파 간첩이요? 그건 말도 안 됩니다."

"첩보전은 어디에서나 있는 것 아닙니까? 기록에도 보면 사격엔 특출한 사병 같은데……."

"그 정도는 아무것도 아닙니다. 소령님도 많이 해 보셨을 것 아닙니까. 정지해 있는 표적에 총알 좀 잘 박아 넣는 것 가지고……. 특수부대원들은 미 육군 보병 학교의 레인저 훈련에 버금가는 사격 훈련을 받습니다. 사단 사격 대회 1등이니 포상 휴가니 가지고 특수부대 운운할 수는 없는 겁니다. 사격만 잘한다고 될 일도 아닙니다. 북측의 주장대로 북파된 특수부대원이라면 적어도 몇 달간은 밀봉 교육을 받아야 합니다. 김수혁 상병은 판문점에서 정상적인 군 생활만을 했습니다. 한 번도 다른 곳에 전출된 적이 없단 말입니다."

"심정적으로 남한 측에서 주장하는 납치설에 동조하고 있다고 생각해도 되겠어요?"

"그렇게 생각하셔도 큰 무리는 없을 겁니다. 물론 제 개인적인 생각입니다."

중립국 감독위에서 스위스인 대령에게 남한 기무사에 다녀온 내용을 보고하고 세 시간에 걸쳐 수사 팀과 회의를 마친 뒤에야 기숙사로 돌아왔다. 내일 군사 정전위와 유엔사 장교들을 상대로 수사 기조 및 수사 방향에 대한 브리핑을 해야 한다. 관련 서류들을 정리하고 영어와 프랑스어로 번역하고 나니 해가 저물고 있었다. 내 숙소 건물은 북한 지역에 3분의 1이 걸쳐 있다. 우린 이 지역에서 유일하게 양쪽 지역을 드나들 수 있다. 남북 병사들에겐 당연히 불가능한 일이지만. 이 땅에 적(籍)을 두고 있다는 이유만으로 서로에게 다가갈 수 없다는 아이러니는 내가 이방인이라는 이유만으로 양쪽 모두를 들락날락할 수 있다는 것만큼이나 부조리한 것이었다.

내일 아침 일찍 브리핑을 마치고 나서 기무사에서 인도

된 김수혁 상병의 취조를 시작할 수 있을 것이다. 김수혁 이외에 기무사에서 참고인 자격으로 신병을 확보하고 있는 일병이 있다고 한다. 김수혁과 함께 B-2 초소 근무를 섰고, 남방 한계선 부근에 쓰러져 있는 김수혁을 제일 먼저 발견한 사병이다. 후에 필요에 따라서 정황 심문을 벌일 수도 있다. 하지만 우선 사건의 성격상 결정적인 실마리는 김수혁의 취조에서 풀 수 있을 것이다. 현장 조사와 증인 심문의 수사 방향도 내일 첫 취조에서 결정될 가능성이 크다. 사건 현장에는 김수혁과 피해를 당한 북한 초소병두 명, 모두 세 명이 있었다. 그중 한 명은 처참히 사살당했고, 또 한 명은 어느 정도인지는 모르지만 부상당해 북측에서 신병을 확보하고 치료 중이라고 한다. 부상당한 북한 초소병이 이 사건의 유일한 목격자다. 그런데 아직 북측에선 공조수사를 위한 수사 실무자를 파견하지 않은 상태다. 공조수사가 이루어지지 않는다면 북한 초소병의 취조가 불가능해질지 모른다. 만약 그렇게 된다면 이번 사건의 해결은 더욱 김수혁 사병의 자백에 결정적으로 의존하게 될 것이다.

담배 연기를 빼기 위해 창문을 조금 열었다. 공기가 차가웠지만 신선했다. 서울은 도착하자마자 숨부터 막혀 오던데 역시 이곳은 달랐다. 기온은 아침보다도 뚝 떨어져 있었다. 바람도 심해졌다. 날이 저물고 나서 몰아치기 시작한 서북풍은 환기를 위해 열어 놓은 창문으로 들어와 윙윙거리며 날카로운 소리를 냈다. 다시 창문을 닫고 바라본 풍경은 예상외로 조용하고 평화로웠다. 자유의 다리를 건널 때부터 귀를 찌르던 대남 방송과 대북 방송의 복잡한 혼음도 이제 그쳐 가고 있다. 이곳이 전 세계 3대 화약고 중 하나란 말인가? 철조망과 간간이 들려오는 나팔 소리만 아니라면 내 눈앞에 펼쳐진 광경은 북구의 어느 한적한 별장에서 바라보는 풍경과 다르지 않았다. 해가 지고 있었다. 북쪽 남쪽 할 것 없이 저녁노을이 빨갛게 물들었다.

네다섯 평 정도 될 법한 작지 않은 방이었다. 한쪽 구석에 철제 의자와 책상이 있고, 그 반대쪽 침대에 하얀 시트와 카키색 담요가 가지런히 놓였다. 창은 철창살에 가로막혀 맞은편 벽에 걸려 있다. 이 방에 있는 내 개인 재산 중에 가장 값나가는 비디오와 텔레비전은 진작부터 갖고 싶었지만 게으른 성격에 차일피일 미루다가 작년에 마련하게 되었다. 워낙 영화를 좋아해 브라질에서도 군에서 첫 월급을 탔을 때 비디오플레이어부터 장만했다. 다행히 부대 안에 주로 미군 장교들이 찾는 비디오 가게가 있어 거기서 가끔 빌려 보고 있다. 비디오의 이젝트 스위치에 들어온 불을 보고 어젯밤에 보았던 「블레이드 러너」 비디오 테이프를 가져다주지 못한 것을 떠올렸다. 2019년 미래 사회를 배경으로 한, 리플리컨트라 불리는 인간과 흡사한 사이보그들의 이야기였다. 타이렐이란 주식회사에서 만든 그들은 수명은 4년이며 VK 테스트라는 특수한 검사를 하지 않으면 도저히 구분하기가 어려울 정도로 인간과 유사하다. 리플리컨트 자신도 인간인지 아닌지를 구분하지 못할 정도인데 그들 머릿속에 인간 같은 기억들이 인위적으로 주입되어 있기 때문이었다. 당장 오늘 출고된 리플리컨트라도 머릿속에는 어린 시절의 기억, 어머니, 아버지, 형제, 학교생활, 심지어 어제 무슨 일을 했는지 등에 대한 기억이 있다. 나이 24세인 제품으로 만들어졌다면 24년간의 기억이 뇌에 들어 있는 것이다. 실제로 그런 일이 일어난다면 정말 무서운 일이리라. 자신의 모든 의식이 인위적으로 만들어진 것이며, 또한 그 의식을 지배하는 존재를 알지 못하고 살아간다면 말이다. 흥미로운 콘셉트에 고전 SF의 전통적인 이상을 다루고 있는 작품이라는 생각이 들었다. 하지만 역시 SF는 내 취향이 아니다. 비디오 가게의 GI가 추천하길래 가져왔지만 역시였다. 더군다나 보통 SF와는 달리 상당히 지루한 영화였다. 한국 영화도 꽤 있었는데 영어 자막이 없는 것들은 아마 진열장이 생긴 이래 그냥 장식품으로 오래도록 놓여 있었을 것이다. 왜 그것들이 미군 장교들이 주로 출입하는 비디오 가게에 있는지 알 수 없는 노릇이었다.

목제 옷장에 옷가지들을 정리했다. 짐에서 책들을 꺼내

책상 위의 낡고 작은 반책장에 대충 쑤셔 넣었다. 비행기 안에서 제대로 접지도 못한 푸른색 낡은 노트를 책장에 꽂으며 쿠비 생각을 했다. 얼떨결에 받아서 오긴 했지만 아직도 아내의 생각을 이해할 수가 없었다.

아버지를 향한 쿠비의 열정은 여전히 내가 이해할 수 없는 부분이다. 무엇 때문에 그에게 극진한 걸까? 처음엔 쿠비가 아버지와 나의 관계가 좋지 않다는 것을 알고 아버지에게 자신이라도 잘 보여서 유산이 딴 곳으로 상속되는 것을 막으려는 줄 알았다. 그래서 난 이야기했다. 아버지의 재산이라곤 어머니가 물려준 사과 궤짝 같은 집이 전부라고, 돈이라 봐야 아버지가 남은 생을 사는 데 필요한 최저 생계비 정도에 불과하다고 말이다. 조심스럽게 이야기했는데도 아내는 벌컥 화를 내면서 자신을 어떻게 그런 사람으로 보느냐며 분노했다. 그 분노가 너무나 진지하고 격렬해서 유산 이야기는 물론 아버지에 관한 이야기도 다신 꺼내지 못할 정도였다.

아내는 한국으로 향하는 나에게 몇 가지 부탁을 했다. 이 근처 해안리라는 지역에 대한 사진을 포함해 휴전선에 관한 각종 자료와 비무장지대의 자연 사진들을 편지와 함께 보내 달라고 했다. 원래 여행을 좋아하는 성격인 데다 세계 각국 명승지나 미답지 등의 사진을 모으는 취미가 있는 쿠비는 내가 외국에 나가는 일이 있으면 언제나 그러한 것들을 부탁했다. 다만 이번 해안리라는 지명은 이 나라에 5년이나 근무한 나로서도 처음 들어 보는 곳이었다. 그녀가 어떻게 극동 한구석에 있는 나라의 그런 지명을 알까 하는 의문이 들었지만 그 답을 아는 데는 오래 걸리지 않았다. 아버지였다.

아침은 공기가 더 차가웠다. 새벽에 잠을 설칠 정도였다. 잠자리에 들었을 때 추위와 건조함 때문에 잠이 잘 오지 않았지만 전날 신경을 많이 써 피곤하고 지친 탓인지 걱정보다 빨리 잠이 들었다. 긴 운동복 바지에다 긴소매 셔츠의 지퍼를 목까지 올렸는데도 새벽녘엔 추워서 몸을 더욱 웅크려야 했다. 아침에 일어나면서 더 힘들었던 건 입술과 콧속을 말라비틀어지게 한 견딜 수 없는 건조함이었다. 난 후각이 무척 예민한 편이다. 그래서 코가 막히면 다른 사람보다 훨씬 불편함을 많이 느끼는지 모른다. 이런 건조한 아침의 코막힘은 더 짜증이 난다. 어제 분명히 수건을 물이 뚝뚝 흐를 정도로 적셔서 걸어 두었는데도 아침에 뽀송뽀송하게 말라 있었다. 창문을 열었더니 역시 차갑고 건조한 공기가 들어왔다. 건조한 것은 참기 힘들다. 내 몸도 정신도 말라비틀어져 부서질 것 같다. 몇 번 킁킁거려 보았지만 아무 냄새도 맡을 수 없었다. 지독한 싸구려 로션 냄새도 그냥 어렴풋할 뿐이었다. 이런 건조함이 이유가 될 때 말고도 예전에 코가 마비되다시피 한 적이 있었다. 아버지

의 공항 사건 때였다. 화약 냄새가 며칠 동안 콧속에 가득
차 맴도는 듯했다. 다른 냄새를 맡을 수 없었던 것은 물론
이다. 그 이후 화약 냄새에 굉장히 민감했던 것 같다. 알레
르기까지는 아니었지만 약간의 화약 냄새에도 심한 재채
기를 하곤 했다. 어제 북한 측 피해자 사병의 시체를 대했
을 때 진동하는 화약 내는 정말 견디기 힘들었다. 어떻게
보면 군인이 된 것은 아이러니다. 화약 냄새를 참지 못하
는 군인이라……. 어쨌건 코가 막힌 갑갑함으로 아침이 시
작되었다. 다행히 아침의 건조함으로 인한 코막힘은 그리
오래가진 않는다. 오후가 되고 활동을 하면 곧 뚫리리라
기대하며 기숙사를 나섰다.

피엑스부터 들렀다. 또 어영부영 가습기 없이 이번 겨울
을 지낸다는 건 생각하기조차 싫었다. 물론 피엑스에 가습
기가 있을 것이라고는 생각하지 않지만 커피포트 등 대용
할 만한 다른 것이나 가습기를 구입할 방법은 알아낼 수
있을 것이다. 나라 전체가 습한 기후였지만 어린 시절을 세
카 지대인 북동부에서 지냈기 때문에 다른 남미 출신들보
다는 건조함에 더 잘 견디련만 그렇지 못했다. 어쨌든 커
피포트는 하나 마련해야겠다. 이번에 브라질에서 가져온
고급 원두가 륙색 안에 고스란히 있었다.

"커피포트는 없을 겁니다."

피엑스에서 커피포트를 찾고 있는 나에게 어느새 다가

와 말을 건넨 것은 나를 기무사까지 안내했던 남한 측 수사 협조 실무자인 어제의 한국군 중위였다. 스물대여섯 되어 보이는 맑은 얼굴이 웃고 있었다. 카키색 하의에 푸른색이 섞인 회색 상의 어깨엔 JSA 소속임을 표시하는 견장을 둘렀다. 허리엔 그 M-9 권총을 차고 있었다. 처음 보았을 때부터 인상이 좋았던 그에게 왠지 모르게 정이 갔다. 어차피 수사 팀에서 앞으로 같이 고생하게 될 텐데 친하게 지내 두는 것이 편할 듯싶었다. 또 이 친구와 친하게 지내면 타지에서 외로움은 그런대로 달래겠다는 생각도 들었다.

"역시 커피포트는 팔지 않는군요. 혹시나 했는데⋯⋯."

"소령님도⋯⋯ 참⋯⋯. 다음에 만날 내는 말 놓기로 하지 않으셨습니까?"

"아, 참, 그랬지. 그래도 될까⋯⋯. 그래 커피포트는 어디서 구하면 되겠나?"

"왜 그러십니까? 숙소에 커피포트도 하나 없습니까? 중립국 감독위에서 그 정도는 나오는 걸로 아는데 아닌가 보군요."

"처음에 나온 게 있긴 한데 고장 났어. 아니 내가 고장 냈지. 전압을 잘못 꽂아서 말이야. 생각 같아선 원두를 빻는 기계라도 하나 들여놓고 싶지만 가습 효과도 겸할까 해서 커피포트를 찾는 거지. 어차피 전기세야 내가 내는 게 아니니까."

"날씨가 꽤 건조하긴 합니다. 제가 이맘때만 되면 꼭 감기가 걸리곤 했습니다."

"나도 그래. 수건을 푹 적셔서 널어놓고 자는데도 소용이 없어."

우습게 들릴진 몰라도 이대론 견딜 수 없다. 빨리 커피포트든 가습기든 어디서 구해야 할 텐데. 외출이 허락되면 강 중위의 도움을 받아라도 빨리 구입해야겠다. 항상 이렇다. 만약 이곳에서 내가 원하는 커피포트나 가습기를 구입할 수 없다는 사실을 알지 못했더라면 이렇게 갑자기 조바심이 나지는 않았을 것이다. 또 어영부영 이 겨울을 날 수도 있었다. 내가 원하는 것을 구할 수 없다는 것이 확인되는 순간 내 편집증은 본격적으로 발동되는 것이다. 예전에도 그런 적이 있다.

"언제 한번 나갈 일이 있으면 거울을 좀 사야겠는데 도와주겠나?"

"도울 수만 있다면 언제든지 돕겠습니다."

"아, 참, 자네 해안리라고 아나? 이 근처 어디인 거 같은데……."

"해안리……? 해안 마을을 말씀하시는 겁니까? 이 근처는 아닙니다. 거리는 꽤 됩니다. 차 타고 한 두세 시간 정도……. 민통선이죠. 하긴 유명한 곳입니다. 펀치볼이라는 이름으로 더욱 유명합니다."

펀치볼…… 그래, 펀치볼이라면 나도 들은 적이 있다.
여기에 오기 전에 브라질에서 동료 장교에게 들었고, 그
보다 먼저 아버지의 입을 통해서였다. 그래, 그 시절만 해
도 아버지는 나에게 다른 아버지처럼 자상하고 인자해 보
였으며, 가끔 아버지가 이야기를 꺼내던 한국이라는 나라
에 대한 내 감정도 호기심과 동경이었다. 난 자연스럽게 한
국어로 아버지와 이야기했으며 아버지는 날 자랑스러워했
다. 내가 초등학교에 다니던 시절 같은 이름의 펀치볼이라
는 샌드백 비슷한 장난감을 사 달라고 졸랐을 때 나를 달
래는 아버지를 통해 한국에 가면 그런 장난감이 아니라
정말 굉장한 펀치볼이 있다는 말을 들었다. 마치 하늘에
서 신이 수먹으로 내리친 듯한 지형의 멋진 곳이라고 했다.
난 그때 내가 사 달라던 장난감 펀치볼의 ball이 공을 뜻하
는 말이고 아버지가 이야기하는 한국의 펀치볼이라는 지
명의 bowl이 그릇을 뜻하는 말이라는 사실을 깨닫지 못하
고서 그냥 꿈꾸는 듯한 눈빛으로 어딘지 모를 먼 곳을 바
라보는 아버지를 역시 꿈꾸듯이 쳐다봤을 뿐이었다. 그 후
아버지의 강압적인 한국어 공부에 시달리며 한국에 대한
막연한 거부감이 커져 아버지가 한국 이야기를 꺼낼라치
면 난 또 지겨운 한국 넋두리구나 하고 흘려듣게 되었다.
아버지와 나의 관계가 소원해진 것은 그뿐만 아니라 어느

순간부터 아버지가 술을 입에 대고 난폭해졌으며 어머니와 나에게 손을 댔기 때문이었다. 분명히 어느 순간부터였다. 내가 기억하기는 열 살인가 되던 해인 것 같다. 중학교에 입학한 이후로 아버지에 관한 좋은 기억은 없다. 아버지와 펀치볼 이야기를 하면서 나눈 철없던 시절의 대화가 마지막이었던 것 같다. 그 이야기도 까맣게 잊고 있었는데 강 중위의 입을 통해 그 지명을 듣는 순간 어린 시절의 그 상황이 또렷이 기억났다. 그곳이었구나.

아버지는 아내에게 무슨 이야기를 했을까? 아버지 성격에 며느리를 붙잡고 40여 년 전 무용담을 자랑했을 리는 없다. 아버지는 나에게 내가 기억하는 한 한 번도 한국전쟁에 대해 이야기한 적이 없다. 아니 또 모른다. 난 철이 들면서 아버지와 그런 이야기를 할 기회가 전혀 없었고, 그래서 아버지 또한 나에게 그런 이야기를 털어놓을 기회가 없었는지도 모른다. 그런 아버지가 자신에게 극진한 며느리에게 한국전쟁에 대해 복받친 이야기를 했을 수도 있다.

내가 알고 있는 펀치볼은 지구의 가장 큰 크레이터로 알려졌다가, 지질 조사 후 그저 깊고 거대한 침식 분지였다는 게 밝혀진 곳이다. 언젠가 잡지에서 읽었다.

"가 본 적이 있나? 펀치볼."

"예. 스위스 갈 필요가 없죠. 스위스에 가 본 적은 없지만요."

"어떤 면에서 그렇다는 이야기지?"

"아름다워요. 어떻게 보면 신비하고 범접하기 어려운 경외심까지 불러일으키죠. 소위 때 그 근처에 작전을 나가 헬기에서 바라볼 기회가 있었어요. 정말 너무 신기했습니다. 산들이 험준하게 끝없이 이어지는데, 거기만 아주 동그랗게 파여 있는 거예요. 저럴 수 있나 싶게요. 펀치볼이라는 이름은 전쟁 때 미국인들이 지었다고 하더군요."

펀치볼이란 영어로 화채 그릇을 뜻한다. 직접 본 적은 없지만 얼마나 아름다운 곳이길래 전쟁 중에 그런 이름을 지을 생각을 했을까 싶었다. 수천, 수만이 죽어 나가는 전쟁터에서 누가 그런 한가롭고 아름다운 작명을 했을까? 이야기를 듣고 보니 펀치볼이라는 이름이 더욱 흥미로웠다.

"오늘 브리핑 준비는 잘하셨습니까? 꽤 고위급들이 참석하는 것 같은데 걱정되시죠?"

"아닌 게 아니라 어제 그것 때문에 고생 좀 했지. 이런 거 뭐 요식 행위 아니겠어? 아직 수사한 게 없는데……. 난 그보다도 빨리 북쪽에서 수사 실무자를 파견해야 하는데 하는 걱정이 더 커."

"오늘 파견되는 걸로 알고 있는데요. 군사 정전위 우리 측 장교 애들 이야기로는 인민군 중좌 하나가 파견될 거라고 하더군요."

"이따가 잔 대령을 만나 보면 알게 되겠지. 그건 그렇고 자네 언제부터 그렇게 어미에 '요'를 붙여서 이야기했나?"

"시정하겠습니다. 소령님!"

"아니야. 편하고 좋아서 그래. 앞으로도 그렇게 해 주겠어? 둘이 있을 때만이라도. 자네와 만난 지 이틀밖에 되지 않았고 말을 나눈 것도 지금과 어제 지프차 안에서가 전부지만 그 '다', '까'로 끝나는 말투의 비밀을 어렴풋이 알 것 같더군. 그렇게 어미를 종결해서는 부드럽게 말할 수가 없지. 그래서 절도 있는 군 생활과 군 정신이 고양되기도 하겠지. 하지만 그런 말투를 쓰는 사람은 상대에게 많은 말을 하기가 어려울 것 같아. 필요한 말 이외엔 하기가 귀찮아질 것 같은 말투 아냐? 그렇지 않아?"

"그런 면도…… 있는 것 같습니다."

"난 이곳에 궁금한 것이 많고 중위와도 많은 이야기를 나누고 싶네. 도움도 많이 받고 싶고. 군 상관으로서가 아니라 이방인으로서, 인간으로서 말이야. 둘이 있을 땐 그렇게 해 주겠어?"

"예. 원하신다면 그렇게 하겠습니다."

스위스 군대에선 언어에 이런 터부를 걸어 놓지 않는다. 어떤 집단이든 그 집단의 특성에 맞는 언어 형태를 갖게 마련이다. 유교 중심의 가부장제 사회인 한국이라는 특성과 분단 상황 속의 군대라는 특이성이 합쳐져서 이곳에는 이런 대화 형식이 만들어졌다고 생각된다.

이러한 언어가 수직적 인간관계를 더 경직시킨다는 것은 아버지를 통해서도 많이 경험했다. 아버지는 언제나 이른바 존댓말이라는 공손한 어투를 나에게 항상 강조, 강요해 왔다. 한국 사회에서 자연스럽게 자라 왔다면 나에게 이러한 사고와 언어가 생득적인 것일 수 있다. 하지만 난 항상 아버지와 함께하는 가정과 브라질이라는 사회 사이에서 혼란스러워하고 갈등했다. 어린 시절 적지 않게 그 문제로 혼이 났던 기억이 있다. 그는 그의 과거에 어울리지 않게 다분히 유교적이었다.

"공산주의와 유교는 어떤 관계야?"

"글쎄, 무슨 관계인지 정확히 모르겠는데. 하지만 별로 좋은 관계는 아닐 기야."

밤늦은 시간까지 만화 작업을 하던 쿠비는 내 느닷없는 질문에 나에게 얼굴도 돌리지 않고 시큰둥하게 대답했다. 아마도 내 질문이 아버지에 관한 것임을 이미 깨닫고 있는 듯했고, 그래서 그녀의 대답이 그렇게 건조했는지도 모르겠다. 얼마 전 아버지 문제로 심하게 다툰 이후로 그녀도 나도 아버지 문제를 꺼내지 않았다. 아버지에 대한 이야기는 우리 사이에 금기가 되었다. 앞으로 절대 아버지 이야기를 하지 말자고 한 것도 아니었는데 자연히 그렇게 되었다. 나는 진심으로 아버지 이야기를 꺼내고 싶지 않았지만 쿠비는 그에 관해선 나와 상대하고 싶지 않다는 태도로 입을 다물었다.

그러기를 보름…… 내가 그 금기를 깨고 물었다. 물론 내 질문은 아버지를 염두에 둔 것이었다.

"왜? 아버지가 또 뭐라고 하시던?"

"아버지라는 말은 안 꺼냈는데. 어떻게 알았지?"

"공산주의, 유교…… 네가 아버지 아니면 그런 말을 입에 올릴 일이 뭐 있겠어?"

"사람 좀 쳐다보면서 이야기해라. 만화 그리는 게 그렇게 바빠?"

그녀는 작업을 멈추고 펜을 놓고는 천천히 나를 향해 돌아앉으며 말했다.

"왜 그래? 또 무슨 시비를 걸고 싶은 거야?"

"과민 반응 보이지 마. 그냥 궁금해서 그랬어. 당신은 그래도 진보 입장 아냐? 그런 쪽은 그래도 잘 알 거 아냐?"

"왜? 아버지가 이번에 『자본론』이나 『도이치 이데올로기』, 사서삼경을 공부하라고 그래?"

"그런 게 아니라 당신이 말했다시피 나도 그 둘은 별로 어울리지 않는 사상이라고 생각하거든. 근데 아버지는 왜 그렇게 유교의 가부장적 사고방식에 젖어 있을까? 갑자기 그런 의문이 들었어. 아버지는 언제나 어머니와 나에게 군림하려 들었지. 난 그런 아버지에게 대들었고. 어렸을 때

어머니가 나더러 아버지를 닮아 반골이라고 했던 기억이
나. 닮았다는 말이 얼마나 싫었는지 몰라. 유교랑 공산주
의는 어떤 관계야?"

"모택동 알지? 청년 모택동이 그 방대한 유교 경전을 읽
고 단 세 마디로 요약했다는 일화가 있어. '인민의 피를 빨
아라.' 그게 그 둘의 관계를 함축적으로 표현하지 않나 싶
어. 모의 눈에는 유교가 지배 이데올로기로서의 수직적 인
간관계 강화, 그 이상의 것으로 보이지 않았겠지."

"근데 아버진 왜 그러지? 물론 그 같잖은 공산주의자가
나에게 삼강오륜을 가르친 적도 없고 군사부일체를 가르
친 적도 없지만 그는 언제나 그렇게 행동했어. 나를 마음
대로 할 수 있다고 생각했지. 실제로 그렇게 하려고 들었
고. 그게 되지 않자 폭력을 휘둘렀어. 손에 잡히는 대로 집
어 던졌어. 내가 몸이 빨리 크지 않았다면 벌써 맞아 죽었
을지 몰라. 어머니에게도 마찬가지였어. 지금은 늙어서 조
용한 듯하지만 하나도 바뀌지 않았어. 당신도 조심해. 언
제 손에 잡히는 대로 집어 던질지 몰라."

"결국 하려는 이야긴 그거였구나. 강민 씨, 아버진 지금
외로우셔."

"그 인간이 그러던? 당신 언제부터 날 강민이라고 불렀
어? 브라질에서 내 이름은 에스또네라였어. 우리가 만났
을 때 이름이니까 에스또네라까지는 이해를 해. 그런데

뭐? 강민? 난 스위스인이야. 내 이름은 지그 베르사미, 지그 베르사미. 이게 내 이름이야. 어머니께서 지어 주셨고, 내 모든 신분증에 써 있는 이름 지그 베르사미라고. 난 스위스인이야. 태어날 때부터 스위스인이었다고. 내 조국은 콘페더라치오 헬베티카, 스위스 연방 공화국이라고!"

난 갑자기 언성을 높였다. 그녀는 아버지가 지은 강민이라는 내 이름을 의도적으로 들먹인 것이다. 내가 쿠비라고 불렀듯이 그녀는 날 에띠라고 불렀었다. 그리고 스위스로 와서는 지그라고 불렀다. 그런데 갑자기 그 어색함을 감수하면서 잘되지도 않는 발음으로 강민이라는 이름을 들먹였다. 아버지는 어머니가 스위스에서 갓난아이인 나를 데리고 오자 우선 절반의 다른 피가 섞였는데도 내 모습이 다분히 동양적이라는 사실에 기뻐하며 강민이라는 이름을 지었다고 한다. 하지만 브라질인들이 강민이라는 발음을 잘하지 못하고 표기상의 어려움도 있어 학교에 들어갈 때 어머니가 에스또네라라는 이름을 지어 주었다.

"좋아, 에띠, 아버지를 이해하려는 노력을 얼마나 해 봤어? 어렸을 땐 그렇다 치고, 철이 들어서 아버지에 대해 진지하게 고민해 본 적 있어? 단 한 번이라도?"

"이해할 필요도, 이해할 수도 없어. 이해하고 싶지도 않고. 물론 내가 아버지에 대해서 좋은 기억이 전혀 없는 것은 아니야. 아주 어렸을 때 아버진 나를 업고 뛰는 것을 좋아했지. 아니 내가 아버지의 등에 업히길 좋아했어. 난 항상 팔을 힘차게 휘두르며 소리를 질렀지. 아버지의 등은 정말 넓었어. 그건 나에게 가장 넓은 땅이었고 안식처였어. 내 방에 걸 거울을 짜다가 아버지가 손가락을 다쳤을 때 난 아버지 손에 흐르는 피를 보고 울어 버렸지. 아버진 울고 있는 나에게 괜찮다며 넉넉한 미소를 보냈어. 그래, 근데 그래서? 그것들은 이제 너무 오래된 이야기일 뿐이야. 어느 순간부터인가 우리 집에 그 어린 시절의 아버진 없었어. 난 어머니가 아버지에게서 도망갔을 때 진심으로 기뻐했지. 12세의 소년이 어머니를 잃고도 떠나간 어머니를 원망할 수 없는 심정을 이해해 봐. 당신은 상상도 못 해. 그런 가정에서 내가 어떻게 자랐는지 말이야. 내가 당신이랑 결혼하기 전에 고민했던 가장 큰 문제가 당신 역시 아버지와 마찬가지로 이 시대의 진보 세력이라고 생각하는 부류였다는 거 알아? 아버지, 어머니, 당신…… 우리 집안에서 나를 빼고는 모두 빨갱이잖아!"

"……"

"……내가 너무 흥분한 거 같애. 오해는 하지 마. 당신이 하는 일, 당신이 추구하는 이상을 무시하는 게 아니야. 그만큼 아버지와 나의 골이 깊었다는 거지."

"둘 다 똑같아. 서로를 너무 몰라. 당신, 당신 아버지에 대해 뭘 아니? 젊은 시절이 어땠는지, 젊은 시절에 무슨 꿈을 꾸었고 어떤 사상을 가졌는지, 그것이 어떻게 좌절되었는지, 그리고 아버지와 당신이 왜 이렇게 서로에게 피폐해졌는지 아느냐고!"

"사상? 아버진 한국전쟁 때 전사했어야 해. 게바라처럼! 그랬다면 존경할 수 있었을지도 모르지. 아니 살아남았다면 북으로 돌아갔든가. 왜 동지들을 다 버리고 제3국을 택했는지 알아? 아버진 자기가 선택한 사상에서마저 도망쳤어. 그 구차한 목숨 하나 부지하려고 말야."

"그래, 아버지 인생은 언제나 도망 다니는 거였어. 브라질도 그 도피의 마지막 안식처가 되지 못했지. 브라질에서도 스위스에서도 쫓기는 삶이었다고. 뭐가 아버지를 쫓아다녔는지 당신은 몰라. 아버지가 왜 공항에서 기자에게 그랬는지 너 조금이라도 생각해 봤어?"

"조금도 알고 싶지 않아. 쫓기든 쫓든 혼자여야 했어. 아버지는 빨리 죽거나 미치거나 해야 했어. 어머니가 도망치기 전에 미쳐서 정신병원에 들어가기만 했어도 어머니와 난 행복했을 거야."

"이번에 한국에 돌아가면 그래도 많이 생각할 시간이 생길 거야. 천천히 생각해 봐. 더군다나 판문점이잖아. 생각이 달라질지도 모르지."

"한국은 내 근무지일 뿐이야. 더군다나 이미 그곳에서 5년을 보냈어. 새로울 것은 전혀 없지. 당신은 내가 거기서 아버지의 환영과 부딪히길 바라는 거야? 결코 그런 일은 없을 거야."

"부딪힌다면 피하지 않길 바라. 분명 마주치게 될 거야."

"아버진 우린 인생에서 이제 끝났어. 무엇 때문에 이렇게 집착하는 거야?"

"에띠, 당신 부자는 둘 다 피해자야. 비극적이지. 난 당신을 통해 그 비극에 뛰어들었어. 무언가를 미워하고 증오하면서 산다는 건 불행이야. 그것을 가장 가까이서 지켜보는 것도 못지않게 어려운 일이고. 당신 부자의 불행은 극동에서 왔어. 네가 이제 돌아가는 거야. 그 끝에 서서 많은 걸 느껴 봐. 주저하지도 피하지도 말고……."

"그만해."

"그래, 그만할게. 하시만 명심해. 당신이 아버지를 거부하고 저주하고, 지난 시절 아버지를 괴롭히지 못해 안달을 했다는 건 그만큼 아버지의 품이 그리웠다는 것을, 아버지의 사랑에 대한 갈망이 절실했다는 것을 증명하는 거야."

"무슨 생각 하세요?"

나에게 다가와 말을 건 것은 강 중위였다. 아버지와 아내 생각으로 잠시 멍했던 모양이다. 남한 측 기무사로부터 김수혁의 신병 인도가 이루어진 후 잔 대령에게 김수혁 신병 인도 확인증을 제출하고 중립국 감독위 사무실에서 관련 서류들을 정리하다 아버지의 노트를 잠시 들추고 생각에 잠겨 있었다. 강 중위가 노트를 볼까 봐 얼른 맨 아래 칸 서랍에 넣고 그냥 웃어 보였다.

아내가 공항에서 강제로 떠맡기다시피 해서 내 손에 들어온, 아버지가 한국전쟁 때 썼다는 노트에 나도 모르게 틈틈이 손이 갔다. 단순한 호기심이었다. 중간에 가끔 섞여 있는 한자와 어린 시절 나에게 한글 펜글씨를 연습시키던 익숙한 글씨체가 눈에 거슬렸지만 읽는 데 큰 불편은 없었다. 아내는 내가 아버지의 나라인 한국에서 이 노트를 통해 아버지를 이해하고 화해의 노력이라도 하길 바랐나 본데 나에게 그런 일은 일어나지 않았고, 그럴 가능성도 없어 보인다. 쿠비의 말처럼 아버지에 대한 내 감정이 애증일지 모른다. 다른 아이들이 아버지와 함께 손을 잡고 뽀얀 얼굴에 미소를 짓는 것을 보면 알 수 없는 화가 치밀었다. 그때 난 아버지가 아쉬웠고, 또 사랑을 바랐는지도 모른다. 하지만 이제 와서 어쩌란 말인가? 그게 무엇이든 너무 늦어 버렸다. 설령 내가 지금 아버지와 화해할 마음을 먹는다고 해도 무슨 소용이 있나? 그는 이미 나와 화해할 정신마저 잃어버렸다. 공항 사건 뒤 그는 치매 증세에 정신병까지 겹쳐 병원에 수용되어 있다.

쿠비는 아버지의 병원에 계속 들락거렸고 난 처음 입원한 날 이래로 한 번도 가지 않다가 이번 휴가 때 아내의 성화에 못 이겨 들르게 되었다. 의사의 말로는 상태가 상당히 호전되고 있다고 했다. 그러나 내 눈엔 그렇게 보이지 않았다. 그저 아버지는 약간 양순해졌을 뿐이었다. 수갑 자국이 시퍼런 손목은 더욱 가늘어 보였고 가뜩이나 왜소한 체구가 더욱더 오그라들어 있었다. 예전처럼 소리도 지르지 않고 난폭하지도 않았지만 푹 파인 눈두덩에 초점 없는 눈동자는 가슴을 아프게 했다. 저렇게 될 거면서……. 하지만 아내에겐 내색하지 않았다. 아내도 덩달아 아버지를 보고 우울해했고 난 오히려 과장된 톤으로 말했다. 그래도 이젠 수갑도 차지 않고 난폭하지도 않고 병원에서 문제도 안 일으키니 좋아지는 것 아니냐고. 아내는 한심하다는 듯이 나를 보고 말했다. 모르겠어? 어떤 생물이든지 저렇게 단시간에 길들여 놓는 방법…… 진정제, 농능이, 전기 충격, 구타……. 물론 증거는 하나도 없지만. 순간 내 머릿속에 아버지가 등장하는 참혹한 영상이 그려졌고 가슴이 저며 오는 듯했다. 하지만 그뿐이었다. 이제 와서 뭘 어떻게 해야 한단 말인가.

"오늘 브리핑 준비는 잘되어 가십니까?"

"그럭저럭……. 중위가 많이 좀 도와줘야겠어."

"제가 뭐 도와 드릴 게 있겠습니까? 이따가 브리핑 때 참가는 하겠지만…… 그쪽 사람들과는 말도 안 통합니다. 소령님 빼고는요. 영어…… 잘 못하거든요."

"아니, 개인적으로 말야. 이건 분단된 나라에 사는 사람들의 문제야. 여러 가지 정세 때문에 이렇게 중립국 감독 위라는 외국인들이 맡게 되었지만 분단이라는 특수 상황에 50년이나 처해 있는 이 나라 사람들의 특수한 정서가 있을 거야. 개인적으로 틈틈이 조언 좀 구할게."

"도움이 된다면 언제든지요."

브리핑 원고를 마지막으로 훑어보았다. 사건의 개요, 수사 방향, 현재 할 수 있는 사건에 대한 가정들, 각각의 가정에 따른 수사 계획 등. 사건의 개요는 카투사 출신으로 판문점 경비대에 배치된 한국군 사병이 자신이 근무하는 판문점 B-2 초소에서 불과 50미터 떨어진 북측 가-1 초소 관할 지역에서 총격전을 벌여 인민군 전사 한 명을 사살하고 상등병 한 명에게 부상을 입힌 후 자신도 역시 부상을 입고 다시 남하, 남방 한계선 부근에 쓰러진 채 발견된 것이다. 현재 알려진 내용은 이것이 전부다. 더 이상의 정보는 사건 당사자인 한국군 사병이 묵비권을 행사하고 있어서 알려진 것이 없다. 그 입을 여는 것이 내가 할 일이다.

북측에서는 명백한 휴전협정 위반에 무단 불법 영토 침범이라며 언론을 통한 대공세를 펼치고 있다. 남쪽에서는 북한의 간악한 조작으로 여론을 몰고 있는 듯했다. 소련과 동구권이 몰락하고 미국에 의해 세계 질서가 재편되고 있는 가운데 개방에의 압력, 체제의 불안정, 계속되는 핵 압력 등과 고립을 타개하기 위해 사건을 조작했다는 내용이었다.

남한 측에서 주장하는 구체적인 가정은 납치설이다. 북측 특수부대원들이 남하, 판문점 초소에 근무하는 한국군 사병을 납치, 자진 월북으로 조작하려 했다는 것이다. 또 북한 측에서는 특수부대원 북파설을 주장하고 있다. 남한의 특수부대원이 판문점을 통해 북파되어 대북 공작을 하려다 북측 초소병에게 발각, 교전이 일어났고 그 와중에 인민군 두 명의 피해자가 생겼다는 주장이다.

사건 성격상 교전 당사자인 김수혁과 부상당한 북측 초소병의 진술이 가장 유력한 증거가 될 상황에서 남한 측이 그 사병의 신병을 확보하고 있었고, 따라서 사건 조사의 공정성이 유시될 수가 없다고 판단, 군사 정전위는 유엔의 감독 아래 남북 공동 조사단을 구성하자는 의견을 북측에 제시했지만 북측에서는 그 사병을 자신들에게 인도하기를 강력히 주장하고 나섰다 한다. 물론 남한 측에서 응했을 리가 없다. 그래서 남북 공동 조사단 구성은 실패하고 중립국 감독위에 양측이 각각 수사 실무자를 한 명씩 파견해 합동 수사위를 꾸리자는 제의를 남북한이 받아들이게 되었다. 남측에서 강 중위가 왔고, 북측에서 파견될 인민군 중좌는 조금 후 브리핑실에서 만나게 될 것이다.

"실은 아까 신병 인도 현장에 있었습니다. 어깨에 붕대를 감은 것을 빼고는 건강해 보이더군요."

"남한 기무사에서 처음 이야기했던 것처럼 총상이 심해 보이지는 않더군."

"그 사병은 어깨에 총알이 스치는 가벼운 총상을 입었을 뿐입니다. 그가 남방 한계선 부근에 쓰러져 있었던 것은 총상 때문이라기보다는 거의 탈진한 상태였기 때문일 겁니다."

"탈진이라니? 두 초소의 거리가 약 50미터에 지나지 않는다고 아는데. 또 사건이 일어난 지점은 북측 가-1 초소로부터 남쪽으로 20미터 지점. 거기서 그가 쓰러져 있던 남방 한계선 부근까지는 길어도 불과 30미터 내외인데, 약간의 부상을 입었다고는 하지만 군인이 그 정도를 전력으로 뛰었다고 탈진한단 말인가?"

"탈진이라는 표현이 좀 잘못된 것 같군요. 기무사에 있는 동기 놈한테 들은 이야기입니다만, B-2 초소에서 김수혁과 함께 근무를 서던 병사에게 발견되어 병원에 후송되었을 때 일종의 쇼크 상태에 있었다고 하더군요. 그러고 나서 48시간이 지난 지금까지 묵비권입니다. 단 한 마디도 안 했어요."

"쇼크 상태? 쇼크 상태라니?"

"우리식으로 이야기하자면 얼이 빠졌다고 할까요? 지금은 좀 나아졌지만 그때 사병들 중엔 약간 얼이 빠진 놈들도 꽤 있었어요. 아시잖습니까? 아, 브라질에서 휴가를 보내고 계실 때겠군요. 당시 이곳 분위기가 그랬습니다. 그래서 상부에서도 군기 확실히 잡으라는 명령이 위관급 장교들에게 따로 내려왔지요."

"아니 왜?"

"남북 관계에 가장 민감한 움직임을 보이는 게 바로 이곳 군인들입니다. 아시겠지만 요즘 북한 인민무력부장의 전쟁 불사 발언이 이곳에서는 엄청난 긴장감을 불러일으키고 있습니다. 양국 정부의 말 한마디, 신문의 기사 한 줄 때문에 긴장했다가 이윽고 다시 풀어지고 다시 긴장하고, 끊임없이 반복됩니다. 말이 좋아 특수 경비대지 여긴 최전선 아닙니까? 그런 정세에 따라 자기 생명이 왔다 갔다 하는 곳입니다. 그때도 그랬어요. 사건이 일어나기 하루 전 이쪽 경비대는 총비상이 걸렸습니다. 사건이 일어났던 날도 오발 사고에 의한 총성 때문에 비상이 걸릴 뻔했습니다. 총비상이 걸리던 날은 정찰병의 오보로 인한 해프닝이었지만 그때 중무장한 채 대기하던 병사들은 얼마나 긴장했겠습니까?"

"그게 바로 실전 경험이 있는 군대와 그렇지 않은 군대의 큰 차이겠지. 아무리 훈련을 혹독하게 시킨다 해도 그런 상황에서 긴장과 긴장을 넘어선 당황은 전투력에 큰 차이를 만들지."

"맞습니다. 저도 소대원들한테 긴장하면서 떨고 있는 노습을 들킬까 봐 더 안절부절못했거든요. 전쟁에 대한 공포 때문인지 요즘 얼이 빠져서 개념 없이 행동하는 사병들이 일부 있다고 하더군요. 총비상이 걸리던 그날엔 절정에 달했어요. 별로 상관없는 이야기인 것 같네요. 하여튼 요즘 분위기가 그랬어요."

여러 가지 상황을 그려 보았다. 남북 양측에서 각기 주장하는 특수부대원 북파설과 북측 공작원에 의한 납치설을 제외하고도 가정할 수 있는 상황은 있다. 내가 제일 처음에 생각한 것은 그가 공명심에 사로잡힌 한국 군인이라는 것이다. 공을 세워 포상 휴가를 나가는 주위 동료들을 매우 부러워했을 것이다. 더구나 적과 가까운 거리에서 대치하고 있는 그는 평소에 인민군을 생포하거나 사살하는 데 따르는 일 계급 특진과 포상 휴가의 환상을 꿈꾸어 왔는지도 모른다. 요즘 긴장감이 더욱 고조되는 휴전선……. 방어 본능의 과잉도 한몫했을 것이다. 어느 날 자신이 근무하는 초소와 가장 가까운 북측 초소의 경비병에게서 허점을 발견했다. 눈앞엔 평소에 꿈꾸던 환상이 어른거렸을 것이다. 북측 지역으로 몰래 넘어가 총격을 가했고, 이에 놀란 북측 경비병도 대응, 총격전이 벌어졌다. 그리고 결과대로 김수혁은 약간의 부상을 입고 북측 경비병은 한 명은 사망, 한 명은 부상을 입게 된다. 목표를 달성했지만 평소에 소심한 성격이던 그는 사람을 죽였다는 자책감에 일시적인 쇼크 상태로 탈진했을 수 있다. 공명심에 사로잡혀 총을 쐈지만 막상 상대가 피를 뿜으며 내장이 튀어나온 채로 죽어 가는 꼴을 보고 나서 정신적인 충격을 받았을 수 있다.

내가 두 번째로 가정한 상황은 자진 월북의 경우다. 그는 월북을 시도했다. 남한 사회에 대한 반감과 자본주의에 대한 염증을 느낀 나머지 월북을 시도한 것이다. 기록에 나와 있지 않더라도 운동권이었을 수 있다. 기록이 있거나 운동권으로 데모를 하다가 잡혀서 강제 징집당한 것이라면 더욱 이 가정에 힘이 실릴 것이다. 게다가 운동권 블랙리스트는 검거 기록이나 전과 기록, 또 조직 사건 등에서 동료가 자백할 때 나오는 이름들을 토대로 민들어지기 때문에 굳이 리스트에 없더라도 충분히 사상이 투철하고 주체사상에 심취한 운동권 출신일 수 있지 않을까. 마침 배치된 곳은 판문점이었고, 그는 치밀한 계획 아래 평소에 동경하던 북조선 사회로 망명을 시도했을지도 모른다. 아버지도 그러지 않았던가. 남한에서 빨갱이 짓을 하다가 여의치 않자 남로당 간부들과 함께 월북했다. 물론 그때는 휴전선도 없었고 이렇게 삼엄한 경계 속에서 대치하는 상황도 아니었지만 말이다.

"그건 좀 이치에 안 맞는데요. 월북을 하려는 사람이 왜 북한 초소병과 총격전을 벌였겠습니까?"

내가 월북설을 들고나오는 데 대해서 강 중위는 거부감을 감추지 못하는 듯했다. 내가 말을 끝맺기도 전에 말을 끊다시피 하며 튀어나온 반론만으로도 그것을 알아채는 데는 충분했다.

"이렇게 생각할 수 있겠지. 사병은 월북을 시도했으나 북측 초소의 경비병에게 망명 의사를 전달하지 못했던 것으로 말이야. 북방 한계선을 넘긴 넘었는데 북측 경비병은 적군이 공격해 오는 것으로 오인한 거지. 당연히 사격을 가했고, 그 사병도 방어하기 위해 권총을 뽑아서 대응했을 거야. 그 와중에 북측 경비병 하나가 죽고 하나는 부상을 당한 거지. 더구나 사격에 아주 뛰어난 병사였다며? 자신도 어깨에 상처를 입은 채 고민했을 게 분명해. 하지만 이미 자신은 북측 경비병을 죽인 몸, 그래서 다시 남하하다가 남방 한계선 부근에서 쓰러졌다는 가정이야."

그는 곰곰이 뭔가를 생각하는 듯 잠자코 있었다.

세 번째 가정은 북한의 주장대로 그가 남한 정부로부터 특수 임무를 띤 비밀 요원이라는 것이다. 임무의 내용은 짐작할 수 없지만 모종의 임무를 수행하기 위해 북파되었고, 임무를 수행하던 중 경비병에게 발각되어 총격전을 벌이고 다시 남하하여 흔적을 없애고 보안을 유지해야 했으나 쓰러지는 바람에 남측 경비병에게 발견되어 사태가 여기에 이르렀을 수도 있다. 그래서 지금 묵비권을 지킬 수밖에 없다. 그는 지금 자신에게 임무를 부여한 어떤 힘이 구원해 주기를 기다리고 있지만 그 힘은 이미 사병을 버린 것이다.

네 번째는 당연히 남한의 주장대로 북측의 귀순 조작을 목적으로 한 납치설이다. 시베리아 벌목공들의 계속되는 탈출, 제3국을 통한 북한인들의 귀순이 연이어지는 이 상황을 역전할 카드가 될 수도 있다. 그리고 남한 기무사의 판문점 분실 실장의 말대로 이곳 경비병은 상당량의 기밀을 알고 있을 것이다.

그 밖에도 만들자면 여러 가지 상황을 그려 볼 수 있으나 사건 당사자인 사병을 만나기도 전에 상상을 계속하다가는 오히려 역효과가 닐 듯싶어 그만하기로 했다. 만약 세 번째 가정이 맞는다면 문제는 어려워진다. 그는 끝까지 입을 다물 테고, 사건의 진실이 밝혀졌을 때의 파장도 가장 크다. 조사 과정에서 남한 정부의 방해 공작도 예상할 수 있다. 진실이 어떻든 간에 첫 번째나 두 번째 경우로 사건이 종결될지 모른다는 회의부터 들었다.

군사 정전위에 마련된 브리핑장에는 십 분 전부터 유엔 대표부 장교들과 군사 정전위, 중립국 감독위 관련 인사들이 입장하기 시작했다. 난 마지막으로 브리핑 자료를 검토했고 강 중위는 맞은편에 자리를 잡았다. 북측에서 파견

된다는 중좌의 모습은 아직 보이지 않았다. 사람들은 수군거리며 이번 사건에 대한 의견을 나누고 있는 듯했고, 영어와 간간이 들려오는 프랑스어, 독일어 등이 어지럽게 섞여 내 귓가를 스쳤다. 순간 딱딱하고 절도 있는 한국어 억양과 함께 중립국 감독위 동료 장교가 문밖에서 영어로 나를 부르는 소리가 들렸다. 아마도 인민군 중좌라는 사람이 왔겠지 하는 생각을 하며 문 쪽으로 나갔다. 진한 국방색 바바리에 빨간 계급장을 단 동양인이 서 있었다. 이 건물 안에서 동양인, 한국인을 보는 일은 흔치 않았다. 더군다나 인민군 복장, 얼핏 보아도 눈에 확 띄었다.

"베르사미 소령, 이리 와 봐. 이번 사건에 북측에서 수사 실무자로 나온 중좌인가 봐. 알아들을 수가 있어야지."

"예. 반갑습니다. 저는 중립국 감독위 소속이고 이번 사건 수사 특위에 있는 지그 베르사……."

악수를 청하는 나에게 그도 손을 내밀며 인사를 하려다가 멈칫했다. 그리고 내 얼굴을 찬찬히 뜯어봤다. 난 너무나 놀라서 말을 건네다 말고 한동안 멍하니 서 있었다. 그는 반가운 표정을 지으며 다시 악수를 청했다. 세상에 이런 일이 정말 있구나.

"이렇게 또 만나게 될 줄 몰랐습네다. 북쪽도 남쪽도 아니라고 하시더니 맞는 말씀이었구만요. 군인 같진 않았는데 본관도 사람 보는 눈이 많이 무뎌졌나 봅네다."

비행기에서 만난 그 북한 사내였다. 보자마자 알아보지 못한 이유는 깃이 넓은 원색 남방을 입고 술에 취해 풀린 눈으로 주정 아닌 주정을 하던, 돈 좀 있는 관광객 행색이던 그가 칼같이 다림질된 깔끔한 군복에 독사눈을 하고 나타났기 때문이다. 비행기에서는 미처 몰랐는데 꽉 다문 입술에 머금은 옅은 미소에서 자신감이 넘쳐 나는 듯한 인상이었다.

"정말 이런 일이 있군요. 전혀 군인으로 보이지 않았는데……."

"정식으로 인사하갔습네다. 제3군단 보안대 소속 리선혜 중좌입니다."

"예. 베르사미 소령입니다. 이번 합수부 수사 실무를 맡고 있습니다. 비행기 안에선 브라질에서 쓰던 이름을 알려 드렸지요."

"브라질 이름이 뭐하고 했디요?"

"에스또네라."

"아, 맞습네다…… 에스……또네라……. 내래 기억하고 있시요."

웃음이 나왔지만 참았다. 생각해 보면 당연한 일이기도 했다. 어차피 외국인이 듣기에는 거기서 거기인 듯한 발음을 가지고 구별을 하기는 어려운 일이었다.

"기카고 기럼 오늘 브리핑이래 소령님이 하시는 겁네까?

물론 영어로 하시갰지요?"

"예, 그렇습니다. 하지만 어차피 오늘 브리핑이야 별로 중요한 내용이 없습니다. 그냥 다들 아는 이야기죠. 또 한국어로 번역된 브리핑 자료가 나갈 테니 그걸 읽어 보시면 이해하시는 데 무리는 없을 겁니다. 이따가 남한 측 수사 실무자도 소개해 드리지요."

"아무쪼록 공정한 수사 부탁드리갰시오."

"그건 그렇고 비행기에서 만났을 때는 북한 사투리가 거의 없어 보였는데요."

"사투리까지 딱딱 아시는 걸 보니 얼치기 통역사는 아니구만요. 내래 평안도 맹산 출신이긴 한데 외부에선 또 사투리가 안 나옵네다. 왜 있지 않습네까. 멀쩡히 문화어 쓰던 동무가 고향에 가면 고향 말씨 나오는 거 말입네다."

브리핑은 예상외로 간단히 끝났다. 보고 내용이야 뻔하고 질의와 답변에서 시간이 좀 걸릴 듯싶었는데 질문이 별로 없었다. 김수혁에 대한 취조, 같이 근무했던 사병과 직속 상관들에 대한 참고인 조사, 현장 조사, 부상당한 북측 초소병에 대한 심문 등 1차 수사 일정을 마치고 나서 그다음에 있을 2차 브리핑에나 가서야 질문이든 뭐든 나오지 싶었다. 점심 식사를 마치고 오후엔 드디어 사건의 모든 실마리를 쥐고 있는 김수혁에 대한 1차 취조가 시작된다. 1차 취조엔 나 혼자 들어가기로 했다. 늑장을 부리던 북한 측이 다행히 오늘 수사 실무자를 파견해 북측 초소병에 대한 취조와 현장 조사의 일정이 빨리 진행될 것 같았다. 리선혜 중좌와 함께 장교 식당에서 식사를 마쳤다.

"담배 태우시지요? 이거래 북조선에서 고급 담배야요."

담뱃불을 붙이다가 생각이 난 듯 '금강산'이라는 북한 담배를 내밀며 리선혜가 말했다. 만난 이래 언제나 사람 좋은 웃음을 띠고 있었다.

"아, 담배 끊었습니다."

"기거래 잘됐구만요. 축하드립네다. 담배래 끊어야지요…… 끊은 지 얼마나 되셨습네까?"

"사실은 어제저녁부터입니다. 여러 번 끊고 다시 피우고 끊고 그러고 있습니다."

"기렇습네까? 저도 담배 이거 걱정이긴 합네다. 기런데 말입네다, 그 아까 브리핑하실 때 말씀하셨던 네 번째 가정…… 그러니까니…… 납치, 귀순 조작 말입네다. 말도 안 됩네다."

"앞으로 수사해 보면 알겠죠. 어차피 다 가정이니까요. 북측에선 당연히 말도 안 된다고 하겠죠. 남측에선 세 번째 가정, 대북 공작원으로서의 특수부대원 북파설을 터무니없는 이야기라고 일축하는 것처럼 말입니다."

"우리 보안대에서 조사해 본 결과로는 기거래 가장 유력한 것 같았습네다."

"남측에선 또 그에 대한 반론이 만만치 않아요. 저도 그에 동감하고 있긴 합니다. 우선 김수혁은 특전사 같은 특수부대원이 아닙니다. 김수혁은 평범한 초소병에 불과합니다. 또 입영한 이래 판문점 경비대에서 한 번도 전출된 적이 없죠. 특수 훈련을 받을 만한 기회가 전혀 없었단 말입니다. 김수혁의 기록을 보시면 이해하실 겁니다."

"그렇겠지요. 지금은 수사가 이루어진 바가 아무것도 없고 기록과 서류만으로 가정을 하는 단계니끼니 말입네다. 그렇다면 한 가지 묻갔시오. 김수혁의 기록은 그렇다 치고 서리 김수혁에게 총질을 당해서 지금 입원 치료 중인 오경필 상등병의 기록은 검토해 보셨습네까? 기록만으로라면 양쪽 다 검토하고 가정을 해야 하는 것 아니갔시오? 이거래 오경필에 대한 기록인데 받아 보시라요."

그는 자신에 찬 말투와 표정으로 두툼한 카키색 봉투를 건넸다. 피해자의 신상이 어떻길래 하는 의문이 들어 즉시 봉투를 펼쳤다.

"보시믄 알갔지만서도 오경필이래 원래 상등병이 아니었드랬습네다. 인민무력부 중사였드랬죠. 아시갔지만 국제적으로 우리 공화국을 욕하는 말 중에 하나가 테러 수출국이라는 오명입네다. 그 말이 맞는다면 오경필이래 바로 그 테러 수출품이었다 이 말입네다. 아랍 적성국 등에 파견되어 수많은 국지전에서 활약한 전사 중의 전사, 아시갔시요? 리비아에서 카다피의 친위대 훈련 교관으로 있다가 귀국해서리 김일성 호위 총국 특무대에까지 있었드랬시요. 그러다 거기서 사고를 치고 전사로 강등된 겁네다. 그리고 다시 상등병까지 올라간 거였습네다. 보시라요. 종합 무술이 20단이 넘고 야간 사격 시 300미터 밖의 움직이는 표적에 한 발도 안 빠뜨리고 탄창 하나를 다 박아 넣는 인간 흉기를 남한 일반 사병이래 그렇게 가볍게 처리할 수 있다고 생각하십네까? 김수혁인지 뭔지 하는 아새끼래 오경필 상등병을 쏜 거리가 불과 4~5미텁네다. 대단히 고도로 훈련된 특수부대원이 아니면 수많은 야전에서 단련된 오경필 동무의 눈과 귀를 피해 그렇게 가까이 접근한다는 건 말이 안 됩네다. 다시 검토하시고 참고히시는 게 좋을 겁네다."

김수혁이 전국체전에서 소구경 권총 서울시 대표로까지 활약할 만큼 사격에 뛰어난 사병이었음이 다시 한번 상기되었다. 하지만 그 기록만 가지고 특수부대원 가능성을 점친다는 것은 여전히 무리다. 오경필에 대한 기록은 주목할 만한 새로운 사실이긴 했다.

"생각지 못했던 사실이군요. 그쪽에서 따로 오경필에 대한 심문을 진행했습니까? 오경필의 진술은 어떻습니까?"

"오 동무래 총탄이 2센티만 비껴 나갔어도 살아남지 못했을 겁네다. 아시갔지만 어제 수술을 치렀고, 회복 중이라 아직 진술을 받진 못했습네다. 워낙 전투와 훈련으로 단련된 몸인 데다가 경과가 좋으니끼니 조만간에 참고인 자격으로 중립국 감독위에 출두하게 될 깁니다. 그 김수혁이란 놈의 기록도 좀 카피해 주시라요."

"예, 그러도록 하지요. 북측과 수사 협조가 잘 이루어지지 않으면 어쩌나 걱정했는데 의외로 적극적으로 나오시니 정말 다행이군요."

"소극적으로 나갈 것이 뭐에 있갔어요? 북조선은 이번 사건에서 꿀릴 것 하나도 없소. 두고 보시라요, 내래 남한 괴뢰 도당과 미 제국주의의 간악한 음모를 백일하에 밝혀내고 말 테니끼니."

사뭇 달랐다. 내가 비행기에서 만났던 북한 사내와 내 앞에 서 있는 중좌가 같은 사람인가…… 정말. 그는 비행기 안에서 마치 몰락 귀족 같은 퇴폐함을 풍기며 초점 없는 풀린 눈으로 북조선에 대해 자조적으로 지껄였다. 그런데 판문점의 그는 투철한 혁명 전사가 되어 있었다. 익명성이다. 익명성의 유무가 사람을 이렇게 바꿔 놓을 수 있구나하는 생각이 들었다. 더군다나 북한 같은 통제 사회에서는 더욱더 그럴 법했다. 비행기 안에서 우연히 만나게 된 사내, 이제 어디서 다시 볼지 모르는 사람이라는 조건이 그의 태도를 그렇게 만들어 놓았던 것이라고 결론 내렸다.

"글쎄요…… 뭐라고 해야 할까…… 비행기에서 뵈었던

것보다 많이 씩씩해지셨군요."

"씩씩이라이……? 하핫, 내래 비행기에서 술이 좀 많이 취했드랬시요. 말이 좀 많았디요? 봐주시라요, 무슨 말을 했든 좀 잊어 달라 이 말입네다. 여러 가지 생각을 가지고 여러 사람이 살아가는 거 아니갔시요? 기래도 수사위에서 인민공화국을 대표하고 있는 몸인데 잊어 주시라요."

"전 무슨 이야기를 들었는지 이제 기억도 나지 않습니다. 그건 그렇고 오경필에 대한 심문이 빨리 이루어졌으면 하는데요. 협조해 주시기 바랍니다. 그리고 내일 합동 현장 검증하는 거 아시죠? 사망 사병의 부검 결과는 내일까지 양측에 카피본을 넘길 생각입니다."

"현장 검증이라 하셨습네까? 김수혁이래 입을 열었단 밀입네까?"

맞는 말이었다. 현장 검증은 범인으로 지목된 피의자가 사건 상황을 현장에서 재연하는 것을 의미한다. 내일은 단순한 현장 조사일 뿐이다.

"아, 말을 실수했군요. 현장 조사요."

"아, 기랬습네까? 오늘 김수혁 첫 취조 잘하시라요. 내래 오경필 심문 건을 상부와 상의하도록 하갔습네다. 그럼……"

난 약간의 흥분 속에서 사건의 모든 것을 쥐고 있는 당사자인 김수혁을 만나게 되었다. 아직도 뇌리에 시체의 이미지가 생생했다. 기무사에서 중립국 감독위 별관 건물에 임시로 꾸려진 특별 취조실로 불려 나온 그는 아직 군복을 입고 있었다. 어깨의 견장으로 미루어 상병이라는 것을 확인할 수 있었다. 끈이 다 풀어진 워커 밖으로 구겨진 바짓자락이 비집고 나와 있었고 며칠 동안 면도를 못 한 듯 수염이 삐죽삐죽 마구 자랐다. 약간의 푸른빛이 섞인 짙은 회색 상의와 진한 카키색 바지, 가슴엔 JSA라는 마크가 있었다.

특이한 점은 그가 결코 고개를 숙이지 않는다는 것이었다. 여느 범죄자처럼 고개를 떨구고 시선이 바닥을 향하는 것이 아니라 조금 쳐든 고개에 시선은 더 위를 향하고 있었다. 눈동자는 조금 지친 듯했지만 약간의 피로감이 비치는 것을 제외하면 밖에서 경계 근무를 서고 있는 다른 병사들의 반짝이는 눈빛과 다르지 않았다.

"이제부터 같이 꽤나 고생해야 할 텐데 둘이 인사부터 나누지그래. 나야 한국어를 모르니까. 리 소령이 먼저 인사하지. 이쪽은 이번 사건의 주인공, 판문점 특수 경비대 김수혁 상병이야. 그럼 좋은 시간 보내라고."

스위스인 대령이 역시 딱딱한 스위스 로망어 억양이 섞인 영어로 이야기하고는 취조실을 나갔다. 스위스 로망어는 독일어의 지독한 사투리처럼 들리는데, 그 억양으로 영어를 말하니 언제나 느끼는 거지만 약간 우스꽝스러웠다.

네 평 남짓한 취조실은 전에 의무실로 쓰던 곳이었다. 그러다가 본관 2층으로 의무실을 옮기면서 한동안 비어 있었다. 급히 취조실을 꾸미느라 정리를 제대로 못 한 상태였다. 알코올 냄새가 아직도 남아 있었고, 흰 모포가 덮인 철제 군용 침대도 놓여 있었다. 넓은 싱크대와 세면대가 나란히 자리하고 있었다. 폭이 1미터가 안 될 것 같은 목제 책상을 사이에 두고 그의 맞은편에 앉았다. 싱크대와 세면대가 눈에 거슬렸다. 넓은 창문으로 들어오는 따스한 겨울 햇살이 없었다면 취조실은 마치 고문실처럼 보였을지도 모른다. 마음만 먹으면 세면대는 언제든지 고문 도구로 변할 수 있는 것 아닌가. 김수혁이 이 방에 들어와서 싱크대와 세면대를 보고 괜한 상상을 하는 것은 아닌가 하는 걱정부터 들었다.

"반가워. 나 지그 베르사미라고 해. 중립국 감독위 정보부 소령이야. 브라질 출신이고 스위스인이고…… 자네 사건 수사가 중립국 감독위로 넘어왔다는 것은 알고 있겠지? 난 원래 감독위 통역장교인데 이번 사건으로 정보부로 이첩되면서 조사위 실무 책임을 맡았어. 이제 한국인 통역장교 없이 직접 나에게 이야기를 하면 될 거야. 지금 뭐 불편한 곳은 없나?"

그는 잠깐, 아주 잠깐 동안만 나에게 시선을 돌렸다. 내가 그의 눈만을 뚫어지게 쳐다보고 있지 않다면 도저히 느낄 수 없을 만큼 찰나의 순간에 이루어진 곁눈질이었다. 내가 취조실에 들어간 이후로 나에게 한 번도 눈길을 주지 않던 그가 고개는 돌리지 않은 채 처음으로 시선을 주었다. 그 시선은 내 얼굴과 내 가슴에 붙은 NNSC 마크를 순식간에 훑었다. 눈빛에는 내 유창한 한국어에 대한 놀라움이 담겨 있었다. 그러곤 다시 시선을 돌려 조용히 허공을 응시했다. 내 외모를 확인하고는 유창한 한국어에 대한 놀라움을 접어 두는 느낌이었다. 그는 내가 이 방에 들어온 이래 시선을 잠깐 옮긴 것을 제외하면 약간의 움직임도 보여 주지 않았다. 난 급히 그의 눈꺼풀과 배를 확인했다. 눈은 잘 깜빡이지 않았지만 숨은 쉬고 있는 듯했다.

"자네에 대한 이야기는 대충 들었어. 48시간이 넘도록 기록적인 묵비권을 행사 중이라며? 단 한 마디도 안 했다고 들었네. 외부와 커뮤니케이션을 왜 포기하나? 인간은 누구나 외부와 커뮤니케이션하는 자신을 감지할 때만 자기 실존을 인식할 수 있는 거야. 자기 실존을 왜 포기하고 있나? 자기 행위가 정당하다고 생각한다면 주장을 하란 말야. 실수라면 변명을 하고. 누구라도 실수를 하지. 언어를 포기하는 것은 자신을 포기하는 거야. 누가 자네를 대신해서 자네라는 인간을 말해 줄 수 있나? 자신을 지킬 수 있는 건 자신뿐이야."

그에게 정당성 운운한 것은 내가 했던 가정 중에 운동

권 부분을 염두에 두고 한 말이었다. 기록상은 아니었지만 충분히 가능성이 있다고 생각했다. 아버지가 어머니에게 그랬듯이, 쿠비가 내게 그랬듯이 자신의 투철한 사상을 강변하길 기대했지만 그는 또 침묵이었다. 그렇게 또 커피 한 잔이 식을 만큼의 시간이 어색하게 흘렀다.

그의 묵비권은 정말 다른 사람들과는 다른 느낌을 주었다. 말을 안 한다 해도 마음속에선 말을 시키는 사람을 의식하게 마련인데 그의 마음속엔 정말 자기 앞에 앉아 있는 내 존재가 들어 있지 않은 것 같았다. 외부에 나타나는 현상을 인식하고도 그냥 말을 안 하는 사람과 지금 내 앞에 앉아 있는 사람의 묵비권 사이의 차이를 설명할 수는 없지만 그 차이는 분명히 존재한다. 예전에 자폐증에 걸린 사람을 본 적이 있는데 김수혁의 태도는 그와 같았다. 충격으로 인한 장애인가? 아까 잠시 동안 나에게 돌린 시선에 모든 희망을 걸고 다음 말을 해야 할 정도였다.

"담배 태우나? 난 담배는 안 태우지만 취조에 도움이 될 것 같아 하나 빌려서 가지고 들어왔네. 한 대 피울 텐가? 자, 받게. 손이 무안하지 않은가? 담배를 안 피우나? 아니면 지금은 피우기 싫은가? 내 말을 듣고 있긴 하나? 자네, 이렇게 나오면 정말 불리해져. 자넨 사람을 죽였어. 자네에겐 적군이지만 어쨌든 사람 아닌가? 그것 말고도 자네는 자네 나라 국가보안법 잠입 탈출죄에 해당하네. 최고 무기징역까지 구형될 수 있어. 그 밖에 근무시 무단이탈만으로도 군법회의까지 갈 수 있지. 혹시 믿는 구석이라도 있나? 기무사에 있을 때라면 모를까 이제 중립국 감독위로 넘어온 이상 어떤 힘이 자네를 구원해 줄 거라는 생각이 있다면 일찌감치 버리는 게 좋아. ……좋아, 나도 기다리고 버티는 데 이력이 난 사람이야. 어디 한번 해보자고."

담배를 피웠다면 재떨이를 두 번은 갈아야 할 정도로 꽁초가 쌓일 만한 시간이 흘렀다. 하지만 그는 단 한 마디도 하지 않았다. 자리에서 일어나거나 고개를 돌리지도 않았으며 고개를 숙이지도 않았다. 그가 세 시간 동안 보여 준 움직임은 오른쪽 다리가 왼쪽 무릎 위에 올라오게 꼰 다리를 두어 번 바꾼 것뿐이었다. 이대로는 아무것도 할 수 없었다. 기다리다 지친 나는 무섭게 협박도 했고, 다시 다정하게 이야기를 하기도 했다. 협박과 회유야말로 취조에서 역사적으로 최고의 효용성을 보여 온 것이 아닌가? 하지만 그는 공포도 고통도 욕망도 없어 보였다.

이대로는 아무것도 안 될 것 같았다. 난 아무런 소득 없이 첫 번째 취조를 마치고 자리에서 일어나야 했다. 중립국 감독위 대령에게 첫 번째 취조에 대한 보고를 한 후 김수혁에 대한 자료를 다시 한번 훑어보았다. 대학생 출신. 운동권이나 이념 서클에 가담한 경력은 나와 있지 않다. 서울의 중산층 가정에서 자랐고, 지방대 심리학과에 들어

갔으며, 2학년까지 다니다가 휴학을 하고 카투사 시험에 응시, 합격하여 평택에서 판문점으로 자대를 받아 판문점 특수 경비대에 배치. 나이는 23세…… 2녀 1남 중 막내아들…… 전과 경력은 아버지 어머니, 그 밖의 사촌 이내 친척 모두 전무. 특기할 만한 것이라면 사격 대표 선수였다는 것과 사단 사격 대회에서 만점으로 1등 했던 경력 정도인데 현 단계에선 별로 의미가 없었다. 그가 자라 온 일반적인 배경에서 특수성을 찾는 일은 포기해야 할 것 같았다. 차라리 그가 근무했던 초소나 부대에 같이 있던 사병들을 만나 보는 편이 더 빠를 듯했다. 내일 관련 사병들도 만나 보고 사건이 일어난 현장도 조사한 다음 취조를 다시 시작하기로 마음을 먹었다.

"별다른 이상한 점은 없었습니다. 군인 정신으로 무장한 투철한 군인도 불량한 군인도 아니었습니다. 그냥 모든 것이 이곳에 널려 있는 수많은 사병의 평균치였습니다. 군 생활 태도는 성실했습니다. 특이한 점이 있다면 마루에게 각별했다는 거……. 아, 마루는 이쪽 부대에 소속되어 있는 군용견입니다. 들으셨는지 모르겠습니다만 김수혁 상병이 구속된 후로 마루가 아무것도 입에 대지 않는다고 하던데……."

"황 중사는 평소 김수혁 상병과 관계가 어땠습니까?"

"무슨 말씀이신지……?"

"좋은 관계였느냐…… 혹은 김수혁 상병을 평소에 인간 적으로 어떻게 생각했느냐, 뭐 이런 정도의 수준으로 대답 을 해 주시면 좋겠는데요."

"예…… 근데 정말 한국어를 기가 막히게 하십니다. 신 기할 정도예요. 계속 놀라고 있습니다. 김 상병과 저는 그 냥 평균적인 상사와 부하의 관계였습니다. 특별히 친한 사 이는 아니었어요. 김 상병과는 특별하게 친했던 사람이 없 었던 걸로 알고 있어요. 저도 뭐…… 잘한 일이 있으면 칭 찬도 하고, 잘못하면 얼차려도 주고……. 제가 괜히 감추 는 게 아니라 구타는 한 번도 한 적이 없습니다. 전 원래 부하들 직접 손대진 않아요."

"최근에 얼차려 준 적이 언제입니까? 무슨 일 때문이었 나요?"

"글쎄요. 기억이 잘 나지 않습니다. 그런 것을 다 기억할 수는 없지 않습니까? 김 상병은 개인적으로 얼차려를 받 은 일이 거의 없을 겁니다. 또 모르죠, 내무반 직속 고참들 이 손을 댔는지……. 아, 한번 이런 일이 있었습니다. 대 단한 일은 아닌데요. 이런 말씀 드려도 될지."

"말씀해 보세요. 무엇이든지요. 지금 김수혁 상병이 입 을 다물고 있기 때문에 현재로서는 주위 사람들의 증언이 사건을 규명하는 데 유력한 열쇠가 될 것이라고 생각합니 다. 사소한 것이라도 말씀해 주세요."

"사실은 어떻게 생각해 보면 사소한 것이 아니기 때문입니다. 이곳에선 정말 사소한 것이 엄청난 것이 될 수도 있습니다. 물론 이곳에 근무하신 지 햇수로 5년이 돼 간다니다 아시겠지만……. 김수혁 상병이 신병 때였습니다. 김 상병이 B-2 초소에서 근무를 시작할 무렵이었을 겁니다. 지금은 아니지만 그때 저도 그쪽에 있었습니다. 많이 들으셨겠습니다만 대남 방송, 대북 방송이 정신없이 섞여 가지고 처음엔 노이로제에 걸릴 정도였지요. 아시다시피 요즘은 그래도 뜸한 편입니다. 그때는 정말 밤이고 낮이고 대단했습니다."

"맞아요. 그랬죠. 그리고 작년인가, 재작년인가…… 협상을 통해서 대남, 대북 비방 방송을 자제하기로 한 다음부터 좀 덜해졌죠."

"그렇습니다. 하지만 여기에 오래 있으면 대개 다 적응이 되지요. 이곳 민통선 안 주민들은 대남 방송이 맑게 잘 들리는 날엔 그다음 날 비가 온다고 날씨점을 치기도 합니다. 그런데 어느 날이었습니다. B-2 초소와 북측 가-1 초소가 얼마나 가까운지는 아시죠?"

사실 내가 이곳에 처음 부임했을 때 놀랐던 것 중 하나는 세계 3대 화약고로 불리는 한반도 최전선의 양측 두 초소의 거리가 생각보다 너무나 가깝다는 사실이었다. 이토록 가까운 거리에서 50년 동안 서로에게 총을 겨누고 있었다. 하지만 두 초소 사이가 아무런 장애물도 없는 허허벌판이라는 것이 더욱 놀라웠다. 철조망도 벽도 없었으며, 다만 그 벌판에 10미터 간격으로 한계선을 표시하는 말뚝이 박혀 있을 뿐이었다. 두 초소의 거리는 50미터 정도이고, 남쪽 B-2 초소에서 남방 한계선까지는 20미터, 북쪽 가-1 초소에서 남방 한계선까지는 30미터 정도였다. 사건이 일어난 지점은 남방 한계선을 넘어 북쪽으로 40미터, 북측 가-1 초소로부터 남쪽으로 10미터 지점이었다. B-2 초소에서 남방 한계선 부근까지는 벌판이었고, 남방 한계선을 넘어 북쪽으로는 숲이 펼쳐져 있었다. 남측 B-2 초소에서 그 숲 사이로 가-1 초소가 빼꼼히 고개를 내밀고 있는 것이 보였다. 황 중사의 이야기는 계속되었다.

"서울 같은 도심에서는 상상도 못 할 일이지만 이곳에선 대남 방송만 없으면 주위가 너무 고요해서 100~200미터 정도 떨어진 상태에서도 목소리만으로 대화가 가능합니다. 그 두 초소의 거리라면 그냥 옆에 있는 사람과 이야기하는 것처럼 대화할 수도 있지요. 그날따라 대남 방송이 뜸했습니다. 전 B-2 초소에 정찰을 나가 있었어요. 당시 그 초소에도 물론 그때는 이병이었습니다만 김 상병이 같이 경계를 서고 있었지요. 그런데 가-1 초소 쪽에서 북쪽 아이들이 이쪽을 향해서 뭐라고 지껄이는 거예요. 그 전에도 가끔 그런 일이 있었습니다. 그리 큰일은 아닙니다만…… 주로 내용은 너희들 거기서 뭐 하냐, 힘들지 않으냐, 배고프면 이리 와서 식사나 같이 하자…… 뭐 그런 시답잖은 이야기들입니다. 물론 우리 쪽에선 대꾸도 안 합니다. 그래서 그래 너희들은 떠들어라, 신경도 안 쓰고 있는데 김수혁이 이병인 주제에 겁도 없이 같이 소리를 지르는 겁니다. 뭐라고 했더라…… 아마 '조용히 해라, 너희들이나 잘해.'였을 겁니다. 그냥 넘어갈 수 있는 일이었지만 어떻게 보면 큰 사건입니다. 이해하실지 모르겠는데 만약 김수혁이 지른 소리에 또 그쪽에서 대꾸를 한다면 이건 국가보안법 회합 통신죄에 해당하는 중범죄지요. 우습게 들리시나요? 하지만 엄연히 사실입니다. 물론 주위에 아무도 없었고 들은 사람도 없었지만 신병의 버릇이 이렇게 잘못 들면 나중에 정말 큰일 지를 일이 생길지도 모른다는 생각을 했습니다. 그래서 좀 심하게 얼차려를 주었습니다. 이야기도 해 주었어요. 앞으로 이 부근에서 근무하면 저쪽 애들과 부딪힐 일이 또 생길지 모르는데 절대로 말을 건네거나 그쪽에서 걸어오는 말에 대답하지 말라고 말입니다. 저도 이곳에 5년이 넘게 근무하면서 저쪽 애들과 말 한마디 못 해 봤는데…… 물론 앞으로 50년을 근무해도 통일이 되지 않는 한 그런 일은 없을 겁니다만……. 얼차려라면 그일 외엔 기억이 나지 않습니다. 도움이 되셨는지 모르겠습니다."

"참고하겠습니다. 도와주셔서 정말 감사합니다."

꼭 냉장고 돌아가는 소리 같았다. 소리가 시작될 때 인식하는 것은 어렵다. 소리가 끝날 때 밀려오는 고요로 냉장고 소리를 인식한다. 대남 방송 대북 방송이라는 것도 처음 이곳에 부임했을 때는 못 견딜 정도로 시끄러웠는데 어느새 그 존재를 잊어버리게 된다. 그리고 나서는 마치 냉장고 소리처럼 그 소리가 끝날 때 알아차린다. 소리가 날 때는 모르는데 소리가 없어지고 나면 그제서야 그 소리가 얼마나 시끄러웠는지 알게 되는 이상한 현상. 예전부터 궁금해하고 고민했다. 그건 내가 고민하고 있던 인식의 어떤 문제에 중요한 열쇠가 될지 모른다는 생각 때문이었을 것이다.

내 고민은 이런 거였다. 우리는 왜 시작보다는 종결 부분에서 그 소리들의 존재를 자주 인식하곤 하는가? 나는 이 현상이 왜 끝부분에서 인식을 하는가의 문제보다 왜 시작 부분에서 인식하지 못하는가의 문제라고 생각했다. 물론 대남 대북 방송이란 자극이 일반화되어 버린 후의 이야기다. 처음엔 그 소음이 어색했다. 그리고 나선 고요가 어색해진다. 자신을 가두는 환경에 인간이 길들어 가는 과정은 참으로 무서운 형식이다. 5년 만에 이렇게 되었다.

갑자기 몰려든 고요에 어색해하며, 그 고요로부터 대남

대북 방송이 시끄러웠구나를 이제서야 느끼며 나는 강 중위와 함께 김수혁이 같이 근무했고 사건 당일 현장에 가장 가까이 있었던, 쓰러진 김수혁을 처음으로 발견한 일병 남성식을 만나기 위해서 그의 소속 부대로 갔다. 그는 기무사에 참고인 자격으로 신병이 확보되어 있는 상태였는데 오늘 소속 부대로 돌아갔다. 얼마 전 그는 일병을 달았다고 한다.

"기무사에서도 다 진술했습니다만 무슨 이야기부터 해야 합니까?"

"뭐든지 이야기해도 좋아. 그날 상황부터 이야기해 보지. 사건 당일 말야."

"예, 저는 B-2 초소에서 근무를 서고 있었습니다. 김수혁 상병님과 이런저런 이야기를 하면서 말입니다……."

"어떤 이야기를 했나?"

"그때는 김 상병님뿐만 아니라 모두의 화제가 전쟁에 관한 것이었습니다. 매스컴에서 연일 떠들어 대는 이야기들도 평소처럼 그러려니 넘기기엔 너무 심각해 보였고 당장 최전선에서 우리가 피부로 느끼는 전쟁의 위험도 예전 같지 않았으니까 말입니다."

"몇 시 정도였나?"

"정확히 기억은 나지 않는데 아마 20시에서 21시 사이였을 겁니다. 아, 20시 30분이 조금 넘어서일 거예요. 20시

30분에 불시 순찰이 있었습니다. 선임하사님이랑 소대장님이 순찰을 하고 돌아가신 후 곧 일이 벌어졌으니까요. 두 분이 돌아가신 후 김 상병님이 근무 똑바로 서고 있어라 하고는 근처에 대변을 보고 오겠다며 초소를 나갔습니다. 그런데 십 분? 아니 십오 분이 지났는데도 돌아오지 않는 겁니다. 왠지 겁이 났습니다. 물론 전쟁이라든가 인민군 때문이 아니라 조금 전에 불시 순찰이 있었기는 하지만 바로 또 초소에 들이닥치지 말라는 법은 없으니까 말입니다. 물론 굉장히 드문 일입니다. 한번 순찰을 하고 지나가면 적어도 두 시간은 안전합니다. 무슨 비상사태만 아니라면 말입니다. 그래도 가뜩이나 얼이 빠져 멍해 있는 사병이 많다며 군기 확실히 잡으라고 사단장 명령까지 떨어진 상황이었으니까 괜히 겁이 났습니다. 잘못하면 나도 덩달아 군기 교육대감이겠구나 하는 생각도 들었습니다."

"B-2 초소에 불시 순찰이 있던 시간을 어떻게 정확히 기억하지?"

"아, 예, 그건…… 김 상병님이 계속 대변이 급하다면서 시계를 보고 있었습니다. 그동안 경험으로 보아 이 시간쯤 들이닥칠 것 같은데 하면서 말입니다. 불시 순찰이 있은 직후에 초소를 비우고 일을 보러 가는 것이 안전할 테니까 말입니다."

"그럼 어떤 조치를 취했지? 그냥 가만히 있었나?"

"찾으러 나가 볼까 생각도 했는데 저까지 초소를 빠져나가면 안 될 것 같았습니다. 그래서 어쩔 줄 몰라 하고 있는데……."

"첫 번째 총소리가 났겠지."

"그렇습니다. 총소리가 울렸습니다. 나중에 안 사실이지만 첫 번째, 두 번째 총소리는 김 상병님의 총이 아니라 그날 사고 때문이었습니다."

"사고라니 그런 말 없었잖아?"

처음 듣는 이야기였다. 난 강 중위에게 급히 고개를 돌렸다. 강 중위는 머쓱한 표정으로 담배를 빼 물며 말했다.

"예. 그 이야기를 안 드렸네요. 별로 중요하다고 생각되진 않아서요. 그날 오발 사고가 있었습니다. 평소에도 가끔 있는 일이시요. 꼭 그런 애들이 한 명씩 있거든요."

"자세히 이야기해 봐."

"예. 그날 C-12 정찰조가 DMZ 야간 수색을 하던 도중 오발 사고가 일어났습니다. 김수혁이 근무했던 초소와는 2킬로미터 정도 떨어진 거리였습니다."

"다친 사람은 없었나 보군."

"예. 있었다면 그냥 넘어가지 못했죠. 가끔 있는 일이에요. 공교롭게도 김수혁 사건은 그 오발 사건이 일어나던 시간에 일어났다는 건데……."

"남 일병, 이야기를 계속하지."

"예. 총소리가 울렸습니다. 그 총소리가 오발 사고에 의한 것이었다는 사실을 나중에 알았다 해도 총소리를 듣고 처음부터 김 상병님의 총소리라고 생각하지는 않았습니다. M-16 A2 같은 것을 자동으로 놓고 드르륵 갈기는 소리였기 때문입니다. 당연히 김 상병님은 권총 이외의 것을 휴대하고 있지 않았으니까 말입니다. 전 놀란 나머지 어쩔 줄 몰라서 당황해하고 있는데……."

"어떤 조치를 취했지? 인터컴으로 본부에 연락했나?"

"제가 그때까지 인터컴은 생각을 못 했습니다. 우선 무전을 때렸습니다. 어차피 주파수가 공용이니까 다른 초소들에 다 들어갈 거라 생각했습니다. 그럼 무슨 조치가 취해지겠지 하면서……. 그리고 얼마 전에 정찰병의 오보로 인해 전체 총비상이 걸린 적이 있었기 때문에 더욱 조심스러웠던 것이 사실입니다."

"그러고 나서 어떻게 했지? 다시 총소리가 울렸겠지? 그리고 어떻게 김수혁을 발견하게 되었나?"

"처음에 울린 두 번의 총소리는 자동소총 소리였는데 2~3분인가 지난 다음 권총 소리가 울리기 시작했습니다. 한동안 끊이지 않고 울렸습니다. 총격전이 벌어졌다고 생각했습니다. 그때서야 김 상병님 생각이 들었습니다. 즉시 본부에 지정 주파수로 무전을 때렸습니다……. 그러곤 다시 잠잠해졌습니다. 용기를 내어 권총의 안전장치를 풀고 초소를 나갔는데…… 물론 손전등도 들고 말입니다. 사실 겁이 많이 났습니다. 북방 한계선을 표시해 놓은 하얀 말뚝만 달빛을 받아 덩그러니 빛나고 있었습니다. 그런데 말뚝 옆으로 어떤 물체가 보였는데 말입니다, 전 바로 엎드려서 권총을 겨누고 조심스럽게 손전등을 비췄습니다. 김 상병님이 쓰러져 있었습니다. 다가가 보니 분명히 눈을 뜨고 있는데 좀 이상해 보였습니다. 헉헉 숨을 몰아쉬며 하늘을 바라보지만 눈에는 초점이 없어 보였습니다. 어깨에서는 피가 흐르고 있었습니다. 즉시 김 상병님을 업고 뛰기 시작했습니다. 그때 비상벨이 울리고 곧 5분 대기조가 출동했습니다. 김 상병님은 기무사에서 데려갔고 상황은 종료되었습니다."

"김수혁에게서 사건 당일 무언가 이상한 것을 발견했다면 말해 보게. 평소와 다른 행동이라든지, 불안해했다든지, 뭐든 말이야."

"별다른 것은 없었습니다."

"김수혁과 같이 근무한 지 얼마나 되었나?"

"자대 배치를 받고 나서부터 쭉입니다. 제가 이곳에 배치된 지 만으로 8개월이 되어 갑니다."

"남 일병이 그동안 겪은 김수혁의 특징적인 것들을 이야기해 봐, 성격이라든가, 취미라든가, 뭐든지 좋아. 처음에 느꼈던 첫인상도 좋고, 편하게 한번 이야기해 보게."

"총입니다."

"총이라니?"

"당장 떠오르는 것은, 아니 누구라도 김 상병님과 같이 근무했다면 당장 생각나는 것이 굉장한 명사수라는 거, 그거일 겁니다. 총에 관한 한 평범한 군인 이상의 관심을 갖고 있었습니다."

"그거야 뭐 다 아는 이야기 아닌가? 사단 사격 대회에서 만점으로 1위를 해서 특별 포상 휴가도 나갔다고 들었네. 아는지 모르겠지만 고등학교 때까지 전국체전 서울시 대표 사격 선수였다고 하더군."

"에. 그건 알고 있습니다. 처음엔 몰랐지만 나중에 김 상병님한테 들었습니다. 우리 부대가 한국군으로서는 거의 유일하게 사병이 권총을 만져 보는 부대라 제가 처음에 자대 배치를 받고 나서 그때 같이 근무하던 고참이 권총에 대해서 이야기한 적이 있습니다. 역시 B-2 초소였는데 당시 김 상병님은 사단 사격 대회에서 1위를 해 포상 휴가를 나가 있던 터라 같이 근무하게 된 고참이었습니다. 그 고참도 권총 이야기를 하면서 김 상병님 이야기를 빠뜨리지 않았습니다. 대단한 명사수라고 들었습니다. 그런데 김 상병님은 명사수이기도……."

"그 이야기는 됐고, 뭐 다른 거 없나?"

"아니 저…… 김 상병님을 제가 명사수라고 하는 것은

사격의 정확함만을 이야기하는 게 아닙니다. 계속 이야기해도 되겠습니까?"

"정확함만을 이야기하는 게 아니라니…… 실전 경험이 없는 부대의 명사수래 봤자 사격의 정확함 말고 뭐가 있단 말인가?"

"사격의 정확함이야 공인받은 거고…… 그것 말고도 제가 평소에 피부로 느낀 것은 정말 굉장한 속사수였다는 겁니다."

"속사? 언제부터 판문점 경비대가 속사 훈련을 했나?"

아까부터 다 아는 이야기를 듣는 것이 약간 지루하다는 듯 취조에 집중하고 있지 않던 강 중위에게 물었다. 그는 속사라는 말에 놀란 표정으로 고개를 돌렸다.

"그럴 리가 없습니다. 무슨 스와트 대원도 아니고. 여기서 총을 빨리 뽑을 이유가 전혀 없는데요. 이봐, 남 일병…… 필요한 것만, 중요한 것만 확실히 이야기해."

"물론 속사 훈련을 받지는 않습니다만 총을 뽑는 것이 상당히 빨랐단 이야깁니다."

"그 말은…… 총을 뽑을 만한 상황이 초소에서 자주 일어났다고 해석해도 될까?"

"아닙니다. 그런 이야기가 아니라…… 어떻게 보면 좀 어린애 같은 구석이 있었습니다."

남 일병의 말은 계속 이어졌다.

며칠 전까지 같이 근무하던 고참이 입에 침이 마르도록 칭찬한 김수혁 상병과 처음으로 초소 근무에 들어갔다. 같이 근무하는 고참을 잘못 만나면 엄청 깨지고 고생한다고 누누이 들었기 때문에 어떤 사람일까 하고 내심 긴장한 것이 사실이었다. 하지만 하루 같이 초소 근무를 서 보니 그는 사람 좋아 보이는 웃음과 서글서글한 선한 눈에 우스갯소리도 잘하는 호인처럼 보였다. 하루 사이에 그만큼 친해질 수 있다는 것만으로도 그런 판단의 근거는 충분했다.

　"저, 김 상병님, 권총을 그렇게 차도 괜찮은 겁니까?"

　그는 권총을 정말 특이하게 차고 있었다. 대개 초소병은 M-16이나 K-2를 쓰고 JSA 소속 군인들은 M-16 개량형인 M-16 A2를 쓰지만 이곳 판문점에선 권총 이상의 무기를 휴대하는 것이 금지되어 있기 때문에 홀스터에 권총을 차고 근무를 한다. 오른쪽 벨트 부분에 홀스터를 채우고 거기에 M-9 베레타를 넣는다. 물론 권총 손잡이가 뒤를 향하게 차야 한다. 그런데 김수혁 상병은 달랐다. 우선 왼쪽에 홀스터를 찼고, 더군다나 권총 자루가 앞을 향하고 있었다. 저런 상태에서 총을 뽑는다면 왼손으로는 어렵고 오른손을 왼쪽 허리로 가져가 뽑아야 할 것 같았다. 마치 영화 속의 총잡이처럼 말이다.

　"총이야 자기가 쏘기 편하게 차는 것 아냐?"

　"그럼 왼쪽에 홀스터를 차도 괜찮단 말입니까?"

"그럼 왼손잡이들은 어떡하라고? 물론 군대가 좋아지면 왼손잡이들에 대해서도 배려가 되어야겠지만 아직은 그렇지 않지. 우리가 쓰는 M-9을 보라고. 봐, 여기 안전장치 보이지. 엄지손가락으로 이걸 풀고 잠그고 해야 하는데 이걸 이렇게 왼손으로 잡고 쏜다면 안전장치를 어떻게 풀겠나? 물론 난 왼손으로도 이렇게 손바닥을 움직여서, 봐, 이렇게…… 이렇게…… 풀고 잠글 수 있지만 보통 왼손잡이들은 고생 좀 하고 있지. 왼쪽에 홀스터를 차는 것은 제약이 없어도 이 안전장치 때문에 오른쪽에 차고 오른손으로 사격하는 연습을 해야 한다니까."

"그럼 김 상병님은 왼손잡이란 말씀입니까?"

"아니야. 난 오른손잡이야. 근데 왼손잡이인 척하고…… 왼쪽에 권총을 차는 거야. 그러고서 이렇게 오른손으로 뽑는 거지. 뭐 왼손도 좀 쓰지. 근데 왼쪽에 총을 차는 건 허용이 되도 이렇게 자루가 앞을 향하면 안 되거든. 그래서 평소에 정상적으로 왼쪽에 총을 차다가 오늘처럼 초소 근무 들어오면 이렇게 꽂지."

"왜 그러시는 겁니까?"

"멋있잖아? 자, 봐, 이렇게 뽑으면 동작도 크고 영화 속의 킬러 같지 않나?"

그는 정말 큰 동작으로 권총을 뽑고 팔을 한 바퀴 휘 돌렸다. 그냥 느끼기에도 권총 다루는 폼이 노련해 보였다.

그러고는 서부영화에서처럼 권총 노리쇠에 손가락을 실고 여러 바퀴 돌린 뒤 빠르게 왼쪽 홀스터에 집어넣고는 감탄하기를 바라는 것처럼 자랑스러운 표정으로 나를 쳐다보았다. 아닌 게 아니라 탄성이 나올 정도로 빠르고 멋있어 보였다. 내 놀란 표정에 의기양양한 듯 다시 권총을 뽑아 들고는 나를 향했다.

"어때? 겁나지? 총구 앞에 선다는 거…… 총을 겨눈다는 거 멋진 경험이지. 안심해, 안전장치는 잠겨 있으니까. 너도 행여나 아까 내가 한 것처럼 권총 같은 거 돌리고 그러지 마. 하게 되더라도 안전장치는 꼭 잠그고. 잘못하면 돌리다가 발사되는 수가 있어. 또 떨어뜨려서 발사되는 수도 있고. 이 총의 이름이 뭔가, 남 이병?"

"예, M-9 베레타 모델 넘버 M-92입니다. 중량 965그램, 길이 22센티미터, 탄환 적재량 열다섯 발……."

"잘 외우고 있군. 학력고사 암기하듯이 말야. 봐, 이 총의 가장 큰 특징은 슬라이드 상부가 절단되어 있는 거야. 이런 걸 오픈 슬라이드 디자인이라고 하는데, 불필요한 부분을 절단함으로써 중량을 낮추고 슬라이드와 총신의 마찰을 줄여 재밍을 방지하기 위해 고안된 거지."

"따로 총에 관한 교육을 받으셨습니까?"

"아니, 전혀. 개인적인 관심이야. 남자들 중 어렸을 때 장난감 총 가지고 놀아 보지 않은 사람이 어디 있겠어. 그 취미가 지금까지 이어지고 있다고 보면 되겠지. 지금 우리 집에 가 보면 어렸을 때부터 내가 만들어 온 권총 프라모델이 한 방을 가득 채우고 있어. 우리나라에 나온 권총 프라모델은 거의 다 있을 거야, 아마. 어떤 건 정말 눈으로는 권총과 분간이 안 갈 정도지. 지금 우리가 쓰는 베레타만 해도 모델별로 다 있거든. 너 혹시 입영하기 전에 베레타 만져 보거나 구경해 본 적 있어?"

"아닙니다. 있을 리가 없지 않겠습니까?"

"짜식이…… 보고도 모른단 말이야. 너 인마 영화 안 봤어? 「리셀 웨폰」, 「다이 하드」 뭐 이런 거 본 적 없냐고?"

"예, 보긴 봤습니다만……."

"거기 주인공들이 쓰는 총이 거의 베레타야. 「다이 하드 2」에서 브루스 윌리스가 기가 믹히게 베레타를 쓰지. 공항 테러범으로 나오는 악당들은 글락 17을 쓰고 말야."

"글락 17이요?"

"프라모델 중에 내가 가장 아끼는 거야. 오스트리아제인데…… 디자인도 이쁘고……. 근데 「다이 하드 2」에서 글락 17에 관한 말도 안 되는 대사가 나오더군. 브루스 윌리스가 격투 끝에 사살한 용의자가 좀도둑이 아니라는 것을 증명하기 위해 경찰 반장에게 이런 말을 하지. '독일에서 도자기를 구워 만들어 공항 엑스레이에 걸리지 않는, 가격이 당신 월급을 다 털어도 사지 못할 그런 총을 좀도둑이 사용한단 말야!' 하지만 새빨간 거짓말이야. 물론 글락 17은 강철보다 강도가 높고 중량은 강철의 14퍼센트밖에 되지 않는 첨단 폴리머로 만들어졌지만 총신이나 슬라이드 등 주요 부품은 강철이기 때문에 공항 엑스레이를 피할 순 없어. 또 가격은 미국에서 520달러 정도 한다더군. 설마 경찰 반장 월급이 그 정도도 안 되겠어?"

그는 정말 권총에 관한 한 해박한 지식을 갖고 있었다. 나도 어린 시절 권총을 가지고 놀아 보지 않은 것은 아니지만 그렇게 광적이지는 않았다. 게다가 사단 사격 대회 1위라는 공인된 사격 실력, 좀 멋있어 보이는 것이 사실이었다. 그는 내 관심에 고무된 듯 이야기를 계속해서 이어 나갔다.

"그런데 말야, 그렇게 프라모델들을 만들며 권총에 대한 지식을 쌓고 영화를 보면서 장난감으로 갖은 흉내를 내도 허전한 것이 있더란 말이야. 아무리 비슷해도 장난감이라는 거였지. 진짜 총을 쏴 보고 싶었거든. 난 중학교 때 사격부에 들어갔어. 그리고 고등학교 때는 서울시 대표로 소구경 부문에 출전하기도 했어. 내가 사격을 계속했다면 아마 지금 상무에 가 있을 거야. 하지만 그것도 역시 공기총일 뿐이었어. 군대에 가면 꼭 쏴 보리라 생각했지만 한국군 사병이 권총을 쏠 일이 없다는 것을 알고 실망이 컸어. 근데 이렇게 유일하게 권총을 사용하는 곳에 떨어진 거야.

내가 얼마나 기뻤을지 짐작이나 가? 시간이 날 때마다 연습했어. 장전할 때 철커덕하는 쾌감, 격발 시 손목과 어깨에 오는 충격, 모두 영화 그대로였어. 한 가지, 영화처럼 한 손으로 쏘기는 참 힘들다는 것과 발사할 때 위로 튀는 반동이 상상외로 세더라는 거만 빼고 말야."

그는 다시 한번 과장되게 큰 동작으로 왼쪽 허리에 채워진 권총을 오른손으로 천천히 뽑아 들고 쏘는 시늉을 했다. 무게중심이 쏠린 오른쪽 다리와 약간 굽힌 채 자세를 잡고 있는 왼쪽 다리는 땅에 뿌리를 박은 듯 단단해 보였고 두 손으로 가볍게, 그러나 결코 가볍지 않게 감아쥔 베레타에선 금세라도 불꽃이 뿜어져 나올 것만 같았다. 갑자기 허공을 응시하던 꿈꾸는 듯한 눈동자에 독기가 서리면서 총구가 나를 향했다. 일순 난 긴장했다.

"너도 총 뽑아 봐."

"네?"

"총 뽑아 보란 말이야. 빨리! 그래…… 옳지……. 자, 다시 넣어 봐. 나도 총을 넣을게. 그리고 니가 하나 둘 셋 하고 총을 뽑아 봐. 누가 빨리 뽑나 해 보는 거야. 빨리……. 안전장치는 잠갔지? 확인해 보고……."

마음속으로 하나 둘 셋을 셌다. 내가 세고 총을 뽑는다면 다소 유리할 것 같았다. 세는 간격을 조절해서 타이밍을 뺏은 다음 둘을 셀 때 이미 내 손은 홀스터에 가 있었는데 사실 이것은 반칙이었다. 셋을 세기 전까지 미동도 하지 않고 내 눈만 바라보고 있던 김 상병을 그 짧은 순간 동안 바라보며 내가 이겼다고 생각했다. 그는 가만히 있고 내 손은 이미 움직이고 있었기 때문이다. 하지만 허리춤에 있는 권총의 차가운 촉감이 손에 느껴지는 순간 그는 이미 내 이마에 총을 겨누고 있었다. 너무 빨라서 손이 보이지 않을 정도였고, 마치 영화 필름을 2배속이나 그 이상으로 빨리 돌린 것 같은 동작이었다.

"넌 인마, 죽었어."

"저…… 다시 한번…… 해 보시겠습니까?"

"그럼 이번엔 내가 벽에 손을 붙이고 있지. 그리고 니가 셋을 세고 뽑아 봐."

결과는 어떻게 해도 마찬가지였다. 그의 손은 정말 빨랐다. 바닥에 권총을 놓고 셋을 센 다음 빨리 집기도 해 보았다. 난 다시 한번 하자면서 도대체 손이 어떻게 움직이는지 자세히 관찰하리라 생각했다. 어떻게 표현해야 할까. 그의 손이 뻗는 것은 마치 잔뜩 독이 오른 뱀이 먹이를 낚아채기 위해 움직이는 것과도 같았다.

"몇 번을 해도 마찬가지야. 난 중학교 1학년 때부터 이걸 연습했지. 거의 하루도 빼놓지 않고 말이야. 10년이라고, 벌써. 총을 멋지게 다루는 감각을 익히기 위해서 총을 잡고 잠자리에 들기도 했어. 그땐 물론 장난감이었지만 이곳에 자대 배치를 받고 난 후에 실제 권총을 뽑는 연습을 하고 왠지 더욱 속도가 붙더군……. 이렇게 말야."

그는 다시 한번 베레타를 뽑아 보였다. 달빛을 받아 검은 총신이 잠깐 반짝였다.

"한번은 제 권총 지갑에서 총을 뽑은 일도 있었습니다. 마치 소매치기하듯이 말입니다. 셋을 세고 총을 뽑기로 했는데 김 상병님이 자기 권총을 뽑지 않고 제 권총 지갑으로 손을 가져가더군요. 정말 신기에 가까웠습니다."

"전혀 유용하지 않은 기술입니다. 군인이 권총을 빨리 뽑을 일이 뭐 있겠습니까? 그야말로 영화 속에 나오는 킬러나 마피아라면 모를까요."

"하여긴 징밀 빨랐습니다……."

남 일병은 김수혁 이야기를 하면서 실제로 자기 권총을 조심스럽게 꺼내 보이며 김수혁의 움직임을 흉내 내는 등 열성을 보였다. 지금도 남 일병의 손엔 베레타가 들려 있었다. 그가 이야기하면서 처음 총을 뽑을 때 강 중위가 기겁하며 제지하려 했지만 내가 허용했다. 남 일병이 권총을 뽑을 때 뭔가 이상한 것을 느꼈다. 재채기를 하지는 않았지만 코가 간질간질했다.

"남 일병, 권총 좀 줘 보게. 사건 당일 썼던 손전등도."

손전등은 검은색의 일반 군용이었다. 이런 제품은 군용

이 가장 성능이 좋다. 손전등을 켜자 길게 뻗는 노란 불빛이 강력했다. 그에게서 받아 든 권총을 분해했다. 총신, 슬라이드, 탄창…… 백열등 불빛을 받아 책상 위에 쏟아진 금색 탄환들이 반짝거렸다. 열네 발.

"됐어. 오늘은 이만하지. 앞으로도 협조 부탁해."

몇 가지 이상한 점에 대해 생각 중이었다. 강 중위는 옆에서 계속해서 뭐라고 떠들었지만 귀에 잘 들어오지 않았다. 군인이라 해도 일상생활에서 화약 냄새를 맡을 기회는 그다지 많지 않다. 난 끊이지 않는 재채기 때문에 사격 연습도 잘 하지 않는 편이니까. 하지만 아까 미세하게 콧속을 간질거리던 것은 정말 화약 냄새였을까? 더군다나 열네 발…… 초소병은 탄창에 항상 최고 적재량인 열다섯 발을 장탄시켜 놓고 근무한다. 약실에 한 발을 더 장탄한다면 열여섯 발. 남 일병의 권총에 탄환이 열네 발만 남아 있었다. 두 가지 사실로 추론한다면 남 일병은 그 이삼일 이내에 총을 발사한 적이 있다는 이야기다.

"거의 확실해지지 않습니까? 제 말 듣고 계셔요?"

"무슨 이야기지? 미안, 딴생각을 하느라……."

"남 일병의 진술을 봐도 거의 확실한 게 아니겠느냐는 이야기를 하고 있었습니다."

"뭐가 확실하다는 건가?"

"납치설이요."

"납치설이라니?"

"남 일병의 진술대로 김수혁은 대변을 보기 위해 잠깐 초소를 나갔던 겁니다. 뭐, 다른 이유일 수도 있겠죠. 하여간 그때 가까운 거리의 북측 가-1 초소 초병들에게 발견된 겁니다. 사건 당일은 구름 한 점 없는 맑은 하늘에 보름이었으니까요. 판문점에 근무하는 남한 병사의 귀순 조작을 노리던 북측은 초병들에게 기회를 보아 남한 초소병을 납치하라는 명령을 내렸겠죠. 해서 기회를 노리고 있었는데 김수혁에게서 허점을 발견했을 겁니다. 그리고 납치한 거죠. 그러다 총격전이 벌어진 겁니다. 더구나 북측 초병 중 부상을 당한 놈은 특수부대원 출신이라고 하더군요. 거의 뻔한 스토리 아닙니까?"

"어떻게 알았나? 오경필이 특수부대원 출신이라는 거……."

"오경필이요? NNSC가 정보력에서 더 앞서는군요. 이름은 몰랐는데…… 기무사에 있는 동기 놈한테 들었습니다."

"특수부대원 출신이 포함된 병사 두 명이 남한 일반 사병 하나에게 그렇게 당했다는 거…… 좀 이상하지 않아?"

"아까 남 일병 진술 들으셨잖습니까? 명사수라지 않습니까? 속사수에다가……. 탕! 탕!"

그는 약간 우스꽝스럽게 아까 남 일병이 한 대로 총을 뽑아 쏘는 시늉을 해 보였다. 사실 남 일병의 진술 도중 몇 가지 이상한 점이 느껴지지만 않았어도 강 중위 말대로 납치설에 동조했을 것이다. 열네 발의 탄환. 남 일병은 이제 일병으로 진급한 지 고작 한 달이 채 안 되는 신참이다. 그는 NNSC의 합동 수사본부 수사 실무자인 소령에게 심문을 받았다. 그는 조금도 떨지 않았으며 한 번도 말을 더듬지 않았다. 마치 외워 놓은 이야기를 하는 것처럼 들렸다면 단순히 내 착각이었을까? 그리고 열네 발의 탄환이 자꾸 마음에 걸렸다.

"글쎄…… 조금 이상해. 남 일병이 뭔가를 숨기거나 이야기하지 않고 있다는 느낌이 들었어."

"남 일병이요? 무슨 말씀이신지…… 전 전혀……."

"난 대학에서 언어심리학을 전공했지. 그리고 중위 때부터 군 수사기관에서만 근무했어. 이곳에서 통역 업무를 담당했던 것이 유일한 외도야. 경력자의 직감이라고 생각하고…… 하나만 도와주겠나?"

"예. 말씀하십시오."

"남 일병의 신원 조회를 부탁해. 뭔가 나올지 모르잖나?"

오후에는 현장 조사가 시작되었다. 중립국 감독위 수사팀에서 장교 몇 명이 나왔고 군 정전위에서도 미군들이 몇 나왔다. 북측에서 수사 실무자로 파견된 리선혜는 미군이 나온 데 대해 불쾌감을 표시했다. 강 중위와 리선혜 중좌

를 인사시켰다. 리선혜는 약간 흥분한 듯한 모습이었고 강
중위는 잔뜩 긴장한 것 같았다.

　사건이 일어난 현장은 남쪽에서 북방 한계선을 넘어
10여 미터 되는 지점이었다. 숲이 약간 우거지고 군데군
데 바위들이 의자처럼 빙 둘러 있었으며 가운데는 낙엽을
태운 듯한 자리가 남아 있었다. 북한의 '금강산'이라는 황
토색 담뱃갑이 구겨진 채 나뒹구는 것이 보였다. 북측 초
소병들이 가끔 모여 담배도 피우고 잡담도 하는 그런 장
소 같았다. 정우진의 몸에 열네 발이 박혀 있으니 이곳에
서 한 발 이상의 탄환을 찾아내야 한다. 발견 당시 김수혁
의 베레타 탄창은 텅 비어 있었기 때문에 그가 열여섯 발
을 장전하고 근무했다면 두 발, 아니면 한 발이 현장 어딘
가에서 발견될 것이다. 하얀 가운을 입은 조사 팀이 지문
추출액을 이곳저곳에 발라 보고 있었지만 별로 기대하지
는 않았다. 지문이 찍힐 만한 재질의 물체가 거의 없는 데
다가 설사 지문이 나온다 해도 사건에 관계된 인물이 모
두 확보된 상태에서 그다지 수사에 도움이 되지는 않을 것
같았다. 또 이곳은 건조한 모래땅이고 바람이 많이 불어서
발자국 따위도 찾을 수 없을 듯했다. 다만 특기할 만하다
면 한국군의 군용 88 담뱃갑이 하나 발견되었다는 것이다.
　"김수혁이 떨어뜨렸겠지요."
　"그거 말고는 머리카락 한 올 안 나오는데요."

"당연한 거 아냐? 여기에 있는 북한 애들이나 남한 애들이나 머리카락이 어딨어? 거의 빡빡이들 아냐?"

그다지 큰 기대를 한 것은 아니지만 현장 조사에서 이렇다 할 정보를 알아내는 데는 실패했다. 북쪽 맞은편에 서있는 커다란 미루나무에 박힌 베레타 총알 두 발이 발견되었을 뿐이었다. 물론 김수혁이 발사한 것일 테다. 열세 발은 북측 피해자 사병의 시체에 다 박혀 있었고, 한 발은 오경필의 어깨에 맞고 두 발은 빗나갔다. 한 가지 이상한 것은 그 정도 총격전이 벌어졌는데 왜 북측 병사의 총알은 김수혁의 어깨를 스친 것 외에는 단 한 발도 발견되지 않았을까 하는 점이다. 김수혁의 어깨를 스친 것으로 추정되는 탄환은 남방 한계선에서 남쪽으로 100여 미터 지점에서 발견되었다. 김수혁이 아무리 빠르다 해도 탄창 하나를 다 비우며 사격을 끝낼 때까지 특수부대원 출신이 포함된 두 명의 북측 초병은 가만히 총알을 맞기만 했단 말인가? 북한 병사의 총알은 단 한 발, 김수혁의 어깨를 스친 것뿐이라는 점이 이상했다.

"저, 이상한 게 있네요. 여기를 보세요."

하얀 가운을 입고 나에게 다가와 말은 건 것은 현장 조사를 나온 스웨덴인 대위였다. 이런 쪽에 전문가라는 이야기를 들었다. 그가 가리킨 곳은 바위였다.

"여기 이 자국 보이시죠? 탄환이 맞은 자리입니다. 비스

듬한 각도인 데다가 차돌이라 탄환이 박히거나 그러진 않았지만 이곳에 총알이 맞고 튕긴 거죠."

"그럼 튕긴 총알이 저 미루나무에 박혀 있는 총알 중 하나란 말입니까?"

"그런데 그게 그렇지가 않아요. 이 자국을 보면 남쪽에서 북쪽으로 쏜 총알인데, 이쪽 바위를 맞고 저쪽 미루나무로 튈 수는 없습니다. 그리고 이곳을 보세요. 이 옆 바위의 자국도 총알 자국입니다. 총알이 이 바위 위에 맞고 튕겨서 옆 바위를 스쳤다고 생각하기 쉽지만 그럴 수가 없습니다. 이 정도 자국이 날 정도로 바위에 부딪쳤다면 아마 이렇게 위로 튀어 저쪽으로 날아갔을 겁니다. 발견된 탄환과는 다른 것이죠."

"그럼 그게 아마 북측 초소병들이 같이 응전했던 총알이겠군요. 북측 탄환은 하나도 발견 안 되더니 엉뚱한 데가 있었군요."

"그건 모르죠. 제 영역이 아니고…… 수사는 소령님 몫이니까요."

"그럼 그 두 총알은 어디로 갔죠?"

"아마 저기……."

그는 북쪽의 숲이 끝나는 허허벌판을 가리켰다.

"장애물이 없다면 튀어 오른 총알도 100미터 이상 날아갈 수 있습니다. 저쪽 어딘가에 있겠지만 조사를 할 수는 없지요."

"왜죠?"

"저쪽에 대한 조사를 북측이 허락할 리가 없으니까요. 아시다시피 저쪽에 뭔가 숨겨져 있지 않겠습니까?"

사실이다. 협정에 의해 양측이 판문점 공동 경비 구역 안에서 권총 이상의 무기를 휴대하지 못하도록 해 놓았다 지만 만일의 사태를 대비해 양측이 구역 어딘가에 중화기를 매복시켜 놓았을 가능성에 대해 중립국 감독위도 예전부터 인지하고 있었다. 당연히 북측이 조사를 허락할 리는 만무했다. 그리고 외교 마찰을 일으켜 가면서까지 저쪽을 조사하여 얻을 정보의 양도 많지 않을 것이었다. 조사를 의뢰한다면 북측은 핵 사찰 문제가 터졌을 때처럼 탄압입네 뭐네 하면서 또 들고일어날 것이 아닌가?

"요약하자면 저쪽으로 두 발 이상의 총알이 날아간 겁니다. 북한 병사의 것인지 남한 병사의 것인지는 확인할 수 없지만요. 두 발입니다. 이 바위와 옆에 있는 바위의 총알 자국은 동일 탄환의 것이 아니니까요. 아마 제 생각에 도 북한 병사의 것인 듯합니다. 당연히 북측도 응전하지 않았겠습니까?"

김수혁은 여전히 입을 열지 않았고, 사건 수사 진행과 관계 없이 국제 정세는 긴박하게 돌아가고 있었다. 중립국 감독위로 배달된《로동일보》에는 불법 영토 침범과 자국민 살해에 대한 항의 기사와 함께 평양 능라도 경기장에서 열린 대규모 규탄 대회 기사가 실려 있었다. 하지만 나를 놀라게 한 것은 평양이 아니라 서울이었다. 평양의 반응이야 언제나 그랬고 추측성 기사에 불과했지만 오늘 서울의 각 일간지에 톱으로 보도된 기사는 처칠이 한국전쟁 때 이승만의 반공 포로 석방 기사를 읽고 놀란 나머지 면도 중에 얼굴을 베었다는 일화가 떠오를 정도로 충격적이었다.

이번 사건의 수사 주체는 분명 중립국 감독위이고, 중립국 감독위에선 이렇다 할 어떠한 수사 결과도 내놓지 않았음에도 남한 정부에서는 기무사 명의로 사건의 전모를 밝혀낸 양 발표를 했다. 사건의 전모란 예상대로 그들이 항상 주장하던 납치설을 구체화한 것에 불과했다. 그런데 그 중요한 근거로 제시된 것은 김수혁의 진술서였다. 신문에 김수혁의 사인과 지장이 찍힌 진술서가 공개되었다.

199×년 1월 ××일 20시 30분경 잠시 대변도 보고 담배도 피울 겸 초소를 나와 볼일을 보고 초소로 들어가려던 중 북측 전방에 이상한 기척을 느끼고 권총을 빼 들었다. 일이 분 정도가 지난 다음 아무런 기척도 없길래 바람 소리 등을 착각한 것이라 생각하고 권총을 집어넣고 돌아가려는데 뒤에서 갑자기 무언가가 나를 덮쳤다. 하얀 손수

건 같은 것이 다가와 입 쪽을 막았고 옆구리와 목에 권총이라 생각되는 것이 닿았다. "소리 지르면 죽는다."라는 북한 평안도 사투리 억양이 섞인 협박을 들으며 북쪽으로 끌려갈 수밖에 없었다. 두 명이었는데 한 명은 나를 뒤에서 잡고 목에 총을 겨누었으며 또 한 명은 옆구리에 총을 들이댔다. 처음엔 경황이 없었으나 북방 한계선을 넘을 즈음 정신이 번쩍 들어 마음을 가다듬기 시작했다. 북쪽으로 넘어온 탓인지 그들은 조금 방심하는 듯했다. 나중에 안 사실이지만 DMZ 수색 정찰조의 오발 사고 총소리가 울렸을 때 그들은 허점을 보였다. 나를 뒤에서 잡은 인민군을 왼쪽 팔꿈치로 가격하고 아직 그들이 나를 무장 해제하지 않았음을 깨닫고는 권총을 뽑아 옆에 서 있던 인민군을 향해 발사했다. 총에 맞은 인민군은 쓰러졌고 난 어깨 근처의 타는 듯한 통증을 느꼈다. 왼쪽 팔꿈치로 얻어맞은 인민군이 나를 향해 발사한 것이다. 난 즉시 뒤로 돌아 총을 발사했다. 공포에 질려 탄창 하나를 다 비울 때까지 발사한 것 같다. 얼마 후 비상벨이 울렸고 난 남쪽으로 뛰다가 쓰러졌다. 그리고 정신을 잃었다.

기무사의 사건 발표와 함께 남한 여론은 술렁거리기 시작했다. 1980년대에나 있었음 직한 대규모 반공 집회가 준비되고 있었으며 각 신문은 논설을 통해 북측의 야만적인 침략 행위를 규탄했다. 하지만 이상했다. 분명히 김수혁은 사건 발생일부터 지금까지 내내, 기무사에 있을 때도 중립국 감독위로 넘어온 뒤에도 기록적인 묵비권을 행사하고 있다. 내가 김수혁의 신병을 인도받으러 기무사에 갔을 때까지 그는 분명히 한마디도 하지 않았다. 그리고 그다음 날 신병 인도를 받는데 그 하루 사이에 입을 열었단 말인가. 진술서에 찍힌 지장은 무엇인가. 순간 처음 기무사에 신병을 인도받으러 갔을 때 투스타가 있었던 사실과 실장 집무실에 들어가서 들은 투스타의 말이 떠올랐다. "묵비권이라니, 자네 지금 인권 운동하나?"

중립국 감독위에선 긴급 대책 회의가 소집되었다. 수사 책임자인 나에 대한 문책도 거론되었다. 이번 남한 정부의 사건 발표로 수사 책임을 맡고 있는 중립국 감독위의 체면이 말이 아닌 것은 사실이었다. 스위스인 대령은 범인을 잡아내라는 것도 아니고 사건 관계자들 다 대령해 놓고 진상만 밝히라는데 이렇게 헤매고 있느냐며 나를 호되게 문책했다. 할 말이 없지는 않았지만 일단은 잠자코 있기로 했다. 하지만 그다음 날 북측의 신속한 대응에 분노하지 않을 수 없었다. 남측의 수사 발표에 대해 조작이니 뭐니 하며 떠들 것은 예상했지만 북측이 이렇게 신속히 오경필의 진술 기록을 공개할 줄은 몰랐다.

199×년 1월 ××일 20시 30분경 정우진 전사와 함께 초소 근무를 서고 있었습니다. 이런저런 이야기를 하며 담배를 피우고 있는데 남측 좌전방 30미터 지점에서 군홧발이 조심스럽게 땅을 딛는 소리를 느꼈습니다. 10년 가까이 실전 야전에서 단련되어 있기 때문에 고요 속에 그런 소리를 구분하는 것은 그다지 어려운 일이 아니었습니다. 정우진 전사에게 엄호하게 하고 난 권총을 빼 들고 남측 좌전방, 그러니까 가-1 초소를 중심으로 해서 10시 방향 앞으로 전진했습니다. 가-1 초소와 남측 B-2 초소 사이는 허허벌판인 데다가 보름달이어서 상대방이 일어서 있다면 분명히 육안으로 보였을 텐데 안 보이기에 엎드려 있다고 생각했습니다. 그렇다면 서 있는 내가 불리할 것으로 예상하고 엎드리려는 순간 탕 하는 소리와 함께 저는 쓰러졌습니다. 가슴에 총을 맞았습니다. 쓰러진 제 옆을 무언가가 휙 하며 지나갔고, 이윽고 총성이 계속해서 울렸습니다. 아마 당황한 정우진 전사는 제대로 응전도 해 보지 못하고 당했을 것입니다. 난 정신을 가다듬고서 총성이 나는 쪽을 응시하고 정조준하여 한 발을 발사했습니다. 그리고 정신을 잃었습니다.

"리 중좌, 이런 법이 어딨습니까? 분명히 오경필에 대한 취조는 오경필이 회복하는 대로 중립국 감독위에 신병을 인도하여 이루어지도록 해 준다 약속하지 않았습니까?"

"남조선이래 먼저 시작한 거이 아입네까!"

"그럼 오경필 진술이 사실이라 이겁니까? 정말로 오경필이 그런 진술을 했습니까?"

"기거래 남측부터야요! 그럼 김수혁인지 뭔지 하는 아새끼래 정말로 그렇게 지껄였단 말씀입네까!"

뭔가 이상했다. 난 그냥 오경필의 진술이 사실이냐는 막연한 추측을 해 본 것인데 리선혜는 부정하지 않고 오히려 김수혁 진술의 진위부터 따지고 들었다. 리선혜는 말을 뱉어 놓고 아차 하는 듯했다.

"리 중좌……."

"그만두시라요. 현 정세 속에서리 뉘기래 북조선의 발표 따위를 신뢰하갔습네까? 남조선 신문에 난 대로 발악, 기래요, 발악하는 기야요."

"리 중좌 뭔가 알고 있지요?"

"……."

"사건 진상 한번 제대로 밝혀 봅시다. 난 양쪽의 발표 모두 신뢰하지 않아요."

"썅…… 뭐 일이래…… 이따우로 돼 가는지 모르갔시요……."

그는 신경질적으로 담배를 빼어 물고는 연기를 내뱉으며 길게 한숨을 쉬었다. 손끝이 가늘게 떨리고 있었다. 상당한 흥분을 가라앉히느라 힘겨워 보였다. 한동안 꽤 무거운 고요가 흘렀다. 간신히 리선혜가 입을 뗐다.

"오경필 동무래 한번 만나 보시갔습네까?"

"그보다 먼저 리 중좌가 아시는 것 좀 말씀해 주시지요."

"철없는 소립네다. 내 입장은 전혀 생각 안 하시는구만요. 내래 할 수 있는 일은 오경필 동무래 한번 만나게 해 주는 일밖에 없시오."

"오경필 진술…… 조작된 거…… 맞죠?"

"내래 맞다고 할 것 같습네까, 아니라고 할 것 같습네까? 내래 군인이고 중좌고 자격이 없시오. 비행기 안에서 만났을 때 짐작하셨는지도 모르지만…… 투철한 혁명 전사는 못 된다 이 말씀입네다……. 오경필 진술 조작된 거냐고 물으셨습네까? 김수혁 진술도 마찬가집네다. 더 이상은 말 못 합네다."

"리 중좌…… 그러지 말고…… 협조 좀 해 주세요. 제발입니다."

"그만하시라요. 내래 이 정도 말한 것도 대단한 용기라는 거 아십네까? 당장 인민재판감입네다. 강등에 불명예제대는 물론이래요. 왜 이나마 소령한테 이야기한 줄 아십네까?"

"왜……?"

"내래 워낙 성격이 다혈질이라…… 너무 분통이 터지고

열이래 받아서리 그랬습네다. 마음 같아선 어디에 머리 콱
받아 버리고 죽고 싶을 정도로 분통이래 터졌다 이 말입네
다……."

오경필과의 만남은 취조 형식이 아닌 북측 병원에 내가
비공식적으로 문병하는 선에서 이루어졌다. 사실 이것도
리선혜가 힘을 써 주지 않았다면 불가능한 일이었다. 병원
과 병실 앞의 경계는 삼엄했다. 무장 군인 둘이 경계를 서
고 있었다. 오경필은 수의 같은 푸른색 환자복을 입고 누
워 있다가 일어나 앉으며 리선혜에게 경례를 붙였다. 빡빡
깎은 머리에 독사눈, 이를 앙다문 것 같은 무표정이 척 보
기에도 특수부대원 출신 같았다. 약간의 위압감마저 느끼
게 하는 인상이었다. 그는 보고 있던 신문을 덮었다.

"인사하라우. 중립국 감독위 수사 책임자인 소령이야.
우리말을 우리보다 잘하니끼니 대화하는 데 불편 없을 끼
야. 그럼 소령님, 내래 나가 보갔시요. 이바구 나누시라요."

한동안 침묵이 흘렀다. 입을 먼저 연 것은 오경필이었다.

"그라니끼니…… 진실이래 밝혀 보갔다…… 이 말씀이
시지요……?"

허스키하고 굵은 목소리였다. 약간 쉰 듯한 그의 목소리
에 범할 수 없는 단호함이 있었다. 어깨와 가슴에 매어 놓
은 하얀 붕대에는 아직 핏자국이 선명했다. 오른쪽 눈언저

리에 꿰맨 듯한 흉터가 있었는데 그가 말을 할 때마다 썰룩거리는 것이 징그러워 보였다. 그 흉터는 그의 얼굴에 전혀 어색해 보이지 않았다. 이미 인상의 한 부분이라는 생각마저 들 정도로 잘 어울려 보이는 것이 꽤 오래된 상처 같았다.

"내래 담배 한 대 피갔수다래."

"상처는 좀 어떤가?"

"이거래 아무것도 아니디요. 앙골라에선 허벅지에 대전차 지뢰 파편이 깊게 박혔드랬어요. 습한 날씨라 곧 썩어들어갈 것 같더구만요. 기래서 대검으로 허벅지를 찢고 파편을 다 파냈습네다. 오른쪽 눈 흉터래 보이십네까? 아랍에서 테러당한 겁네다. 길을 가는데 양키 꼭두각시 두 명이 덤벼들었드랬어요. 눈이 캄캄하더구만요. 장님이래 되는 줄 알았으니까요. 지혼이란 아랍 칼이었는데 칼을 쥔놈 손이 잡혔드랬어요. 그래서 날래 그 손목을 부러뜨리고 칼을 빼앗아 내 어깨를 가격한 놈의 목덜미를 잡고 배때기를 도려냈지요. 하핫…… 이거래 제 자랑만 한 것 같구만요. 하여간 기래서 이 어깨 상처 정도야 아무것도 아니다…… 이 말씀입네다."

"그날 일을 듣고 싶은데……."

"《로동일보》에 내 진술이래 자세히 나간 줄 아는데요."

"난 진실을 찾고 싶어, 찾을 수 있다고 믿고."

"하핫······ 진실이래 남조선에서 인기 있다는 배우 에미 나이 아닙네까······?"

"별걸 다 아는군. 지금 자네랑 농담하자고 리 중좌와 내가 무리를 해 가며 여기까지 온 게 아냐! 도대체 무슨 일이 있었던 거야? 무슨 일이 있었길래 약속한 듯이 현장에 있었던 사람들 모두가 입을 다무는 거야?"

내가 목소리를 높이자 그는 웃음을 멈추고 다시 무표정으로 돌아왔다. 그는 담배를 다시 길게 빨았는데 어찌나 길고 오래도록 빨던지 그 시간이 지루하게 느껴질 정도였다. 그가 연기를 내뿜고 재를 털다가 그만 담배 끝의 굵은 불똥이 그가 앉아 있는 침대 시트로 튀었다. 다른 사람 같았으면 시트를 잡고 법석을 떨었을는지 몰라도 그는 조용히 담배 불똥을 찾아 천천히 두 손가락으로 집어 들었다. 그러고는 서서히 두 손가락을 비벼 불똥을 끄고 바닥에 손을 털었다.

"보시라요. 내래 뜨거운 것을 못 느껴서리 이걸 들고 있다고 생각하십네까? 아니면 뜨거운데도 참고 있다고 생각하십네까? 이거래 무지 뜨겁습네다. 적어도 몇백 도는 되지요. 나라고 왜 이게 안 뜨겁갔습네까? 참는 겁네다······. 반사 신경이라고 합네까? 뜨거운 거에 닿으면 뇌에서리 명령도 하기 전에 '아 뜨거!' 하며 손을 떼게 되는 거 말입네다. 고도의 훈련을 하면 이렇게 뜨거운 것을 잡고도 참도록 반사 신경을 죽일 수도 있디요. 반대로 엉뚱한 곳에서 반사 신경이 작동되도록 할 수도 있구요…… 여기까집네다. 더 이상 드릴 말씀이 없습네다. 가 보시라우요."

"이봐……"

"내래 내년에 결혼할 에미나이래 있는 몸이디요. 학교 마치고 입영한 후에 외국이래 돌아만 다니다가 좀 늦은 편이긴 합네다만 아새끼도 낳고 가정도 꾸릴 겁네다. 더 이상 뭘 바랍네까? 눈치래 없는 동무구만요. 하긴 중립국 감독위래 봤자 무얼 할 수 있갔시요? 아니 중립국이라니…… 지금 국제 정세에 중립국이 어디 있습네까? 그거이 로스케[2]들이 팔팔할 때 이야기 아니갔시요? 그만두시라요. 내래 한마디만 하디요. 북조선이래 아무리 개방이니 뭐니 해도 내래 어케 최진실이래 알갔습네까? 남조선 텔레비전이래 가끔 훔쳐본다는 당 간부도 아니구요…… 그만 돌아가시라요. 김수혁 동무한테 안부나 전해 주시면 감사하갔구만요."

그는 내 말을 기다리지 않고 돌아누웠다. 결코 다시 나를 바라보지 않을 것 같았다. 그의 뒷모습을 보며 병실을 나왔다. 김수혁의 이름을 안다…… 진술서를 쓸 때 이쪽 담당 장교로부터 들었을까? 최진실을 안다…… 머릿속이

---

2 러시아인.

걷잡을 수 없이 복잡해진다. 그러나 이 복잡함이 정리되면 무언가 명확해질 것 같은 느낌이 들었다. 다만 그 명확함이 또한 엄청난 두려움이 될지도 모른다는 막연함은 밤새 나를 괴롭혔다. 오경필이 나를 바라보는 눈빛엔 애원 같은 것이 엿보였다. 그 애원의 끝자락은 절망에 걸려 있었다. 명확해진다는 것 자체에 대한 두려움. 그날 밤 나는 무력감, 자괴감에다 원인을 모를 불안으로 잠을 설쳐 새벽녘에서야 잠들었다. 제발 총소리가 울리는 그 악몽만은 꾸지 않길 바라며.

평소보다 좀 늦게 중립국 감독위로 나가 보니 스위스인 대령이 급히 호출했다고 동료 장교들이 전했다. 무슨 일인가 싶었는데 새로운 수사 책임자가 임명되었다는 소식이다. 충격적인 일이었지만 오히려 편안한 마음도 들었다. 남한 측 기무사의 사건 발표에 이어 북한에서도 나름의 사건 전모를 발표하자 중립국 감독위에서 나를 문책하는 데 그치지 않고 임무 자체를 해제하려 한 것이다. 더구나 어제 보고 없이 북측 병원을 방문한 것은 근무지 이탈에 해당하는 행위였다. 하지만 임무 자체를 완전히 해제하기는 힘들었을 것이다. 통역 업무를 담당할 장교가 중립국 감독위에 별로 없었던 까닭이다. 하루아침에 보조 책임자가 된 나에게 잘 협조하라며 어깨를 두들겼지만 아마 이제 새로 온 수사 책임자인 중령의 필요에 따라서 통역이나 하게 될 것이다.

어제까지 수사로 뭔가를 알아낼 수도 있었겠다 싶지만 내심 두려움이 생겨난 것이 사실이었다. 내가 뭔가를 알아낸다고 하자. 그러고 나면? 자신이 없었다. 너무 편히 생각한 것 같았다. 평소에나 끗발 있는 중립국 감독위고 중립국 감독위 장교지, 이렇게 거대한 힘이 집중되어 있는 중요한 사건에서 과연 사건의 진실 따위가 중요할까? 사건 결과는 이해 당사자들의 힘겨루기에 불과한 것은 아닐까? 이 사건을 처음 맡을 때부터 갖고 있던 의문이었다. 차라리 너무나 뻔한 스토리로 사건이 종결되었으면 편했을는지도 모른다. 하지만 파고들어 갈수록 감춰진 무언가 있다고 느껴지자 두려워졌다. 차라리 홀가분했다. 이런 수사는 취미가 없다. 사건이 일어나고 용의자, 목격자를 심문해서 범인을 잡아내면 끝인 수사가 내 성격에 맞는다. 어쨌든 새로운 수사 책임자를 만나 그동안의 사건 보고를 했다. 남 일병의 진술에서 느낀 이상한 점이나 오경필을 만났던 내용은 자세히 이야기하지 않았다.

오랜만에 예전처럼 한가로운 오후를 맞게 되었다. 점심 식사를 마치고 판문점 근처를 배회했다. 남북 회담에 사용한다는 판문점 건물 밖으로 그 건물이 가상의 선으로 나뉘어 있음을 표시한 듯한 검은 벽돌이 휴전선에 걸쳐서 건물 사이마다 일렬로 늘어서 있다. 이 벽돌로 북한, 남한이

갈린다. 폭은 보통 벽돌보다 약간 두꺼워서 15센티미터 정도 될 것 같았다. 땅에 단단히 박혀 있었다. 난 그 벽돌 위에 올라가기도 하고 옆에서 툭툭 차 보기도 했다. 이런 짓은 판문점 지역 양쪽을 자유롭게 드나드는 우리 중립국 감독위 소속 장교들만이 할 수 있는 장난이었다.

오늘 아침 수사 책임 전권을 해제받기 전 기무사 측에 김수혁 진술서 언론 공개와 공조수사 협정 위반을 항의하러 기무사 판문점 분실에 들렀다가 건물 옆 우리에 갇혀 있는 마루란 개를 또 보게 되었다. 마루는 이제 짖는 것도 잊어버린 듯했다. 벌써 나흘째 밥을 먹지 않고 있다고 한다. 주인은 언어를 멈추었고, 개는 식욕을 멈추었다. 둘은 공통점이 보였는데 둘 다 욕망이 없어 보인다는 점이었다. 개는 주인을 잃었기에 그렇다 치고 주인은 무엇을 잃었길래 언어를 포기하고 있을까? 잃어? 그래, 그는 무언가를 잃었다. 극도의 상실감에 의한 정신적인 섬망 상태……. 그래, 욕망도 고통도 공포도 없어 보이는 그의 눈빛은 그런식으로 설명한다면 가장 어울릴 것 같았다.

"여기 계셨군요. 한참 찾았어요. 묘한 데 서 계시네요. 지금 어디 계셔요라고 누가 물으면 뭐라고 대답하실래요?"

강 중위였다. 경계선을 표시한 벽돌 위에 서 있는 나를 보고 다가온 것이었다. 난 지금 남에도 북에도 있지 않았다. 이 벽돌 위의 폭 15센티미터 정도 되는 자그마한 면적은 어느 나라에 속할까? 벽돌 위에서 왼쪽으로 넘어지면 조선인민공화국, 오른쪽으로 넘어지면 대한민국. 좁은 벽돌 위로 중심을 잡고 걸어 보았다. 그러다 대한민국 쪽으로 내려왔다. 이 벽돌 위에 누군가 살 수 있다면 아버지는 브라질까지 오지 않았어도 되었을 것이다. 아버지는 이런 곳을 원한 것이 아닌가. 남도 북도 아닌 곳······. 이 벽돌 위에선 양쪽을 여유롭게 바라볼 수 있는 행복도 있다. 물론 전쟁이 나면 그런 행복은 모두 끝이다. 양쪽에서 날아온 총탄에 쓰러질 테고 어느 쪽에서도 묘비명을 새겨 주지 않을 것이다.

"나 오늘부터 수사 책임자가 아냐. 새로운 수사 책임자가 내려왔어. 중령이래."

"아니 정말요? 왜죠?"

"사건 수사가 지지부진한 데 대한 문책이지 뭐. 아마 수사의 통역 업무는 내가 계속 맡게 될 거야. 강 중위랑은 사건이 끝날 때까지 얼굴은 보겠지."

"아, 그랬군요······. 기무사에서 한 사건 발표는 좀 이상하긴 했어요. 기억나시죠? 우리 처음 기무사에 간 날······ 투스타가 뜨고······. 에이, 괜한 이야기 해 봤자 소용없죠······."

오늘따라 대남 방송이 더욱 시끄러웠다. 아침부터 평소보다 요란하다고 느껴졌는데 해가 중천에 떠오르면서 더

욱 심해지는 것 같았다. 하지만 이렇게 가운데 지역에 있으
면 대북 대남 방송의 혼음으로 어떤 내용을 방송하는지는
신경 쓰지 않으면 알아듣기 힘들다. 아마 이번 사건에 대
한 자신들의 입장을 옹호하는 선전 방송이겠거니 했다.

"오늘따라 저쪽은 왜 이리 시끄러워?"

"무슨 행사를 하나 보더군요."

"행사?"

"예, 세계 청년 학생 큰마당이라든가…… 예전에도 그런
유의 행사가 있었던 모양인데요. 매년 하는 것 같기도 하
고. 저쪽이야 워낙 저런 행사가 많으니까. 몇 년 전에 임수
경이라는 여대생이 베를린을 통해서 북쪽의 저런 행사에
참가했다가 이곳 판문점을 통해서 다시 들어왔지요. 국보
법 위반으로 꽤 살다가 아마 형기를 마치고 풀려난 모양이
던데요. 이번에 또 남한에서 어떤 놈이 올라갔을지도 모
르지요."

"이 나라를 보면 우리나라의 아펜첼이란 주가 생각나."

"아펜첼이요?"

"16세기 종교전쟁이 유럽을 휩쓸 때 스위스도 예외는
아니었지. 알다시피 스위스는 여러 개의 주로 이루어져 있
는데 가톨릭을 믿는 주와 신교를 믿는 주가 서로 뭉쳐서
동족상잔의 죽이고 죽는 싸움을 계속했어. 평야 지대의
주는 칼뱅의 신교 쪽이고 산악 지방은 가톨릭. 아펜첼은

반은 산악 지방이고 반은 평야 지대였어. 그래서 반주(半洲)로 나뉘어 버렸지. 세계 어느 역사에도 반주라는 건 없을걸. 종교의 자유가 보장된 지금까지 아펜첼 반주는 여전히 남아 있지. 예전처럼 앙숙도 아니고 그렇다고 한 주도 아니고 그냥 다른 이웃 주들처럼 지내지. 어떤 이념이 민족에 남긴 상처를 상징적으로 보여 주고 있다고 생각돼.”

“재미있군요. 우리나라도 결국엔 그렇게 되는 건 아닌지 모르겠어요. 그냥 유럽의 국경을 맞댄 나라들처럼.”

“그럴지도……”

“근데 왜 거기 서 계셨어요?”

“아, 여기…… 그냥 심심해서……. 중위가 이 벽돌 위에 발을 얹으면 어떻게 되지?”

“근무지 무단이탈이 되겠죠. 그 벽돌의 남쪽 끝 선까지가 제 근무지니까요.”

“그럼 자네가 만약 한쪽 발을 이곳 너머로 디디면 어떻게 되나?”

“근무지 무단이탈에다 국가보안법 잠입 탈출죄가 추가되겠죠.”

“살짝 디딘 것뿐인데?”

“국가보안법은 디딘 것뿐만 아니라 마음속으로 디뎌 볼까 하는 생각을 한 것만 가지고도 확인만 된다면 영장 없이 체포할 수 있습니다. 단군 이래 가장 무서운 법이 아닌가 생각하고 있어요."

"그렇게 말하는 걸 보니 꼭 운동권 같구만."

"아뇨, 그렇진 않아요. 전 ROTC 출신입니다. 학군단이라고 아시죠? 사학과를 나왔어요. 특별히 서클 활동이나 학회 일도 하지 못하고 그냥저냥 일이 년을 지내다가 3학년 때부터 단복을 입고 같은 생도들과 단체 생활을 했어요. 그런 쪽에 관심을 기울일 시간과 여건이 없었죠. 그리고 졸업하고 바로 임관했고요. 한 번뿐인 대학 생활이 그렇게 지나가 버린 게 아쉽기도 합니다만……."

"한국 사회의 진보 세력에 대해 어떻게 생각하나?"

"좋은 감정도 나쁜 감정도 가지고 있지 않아요. 이 정도까지 민주화가 이루어진 데에는 그들의 공도 있겠죠. 과격한 건 반대예요. 자기들이 무슨 빨치산도 아니고…… 아시겠지만 화염병을 영어로 하면 bottle이 아니라 bomb이 들어가요. 병이 아니라 폭탄이라고요. 그런 폭력은 반대예요. 전 차라리 한국전쟁을 전후해서 나타났던 이 땅 최초의 공산주의자들에게 더 매력을 느낍니다. 『태백산맥』이라는 책의 영향도 있겠죠. 이현상을 비롯한 파르티잔들 있잖아요. 왠지 그들에 비하면 지금 운동권 애들은 사이비 같아요. 하하, 전 잘 모릅니다. 그냥 제 취향은 그래요. 자신의 이상을 실현하려다 실패한 인텔리, 비장한 냄새도 풍기고 하여간…… 멋있어 보였어요. 잘은 몰라요."

"남한에선 어렸을 때부터 반공 교육을 철저히 시킨다고 하는데 자네는 어떤가? 전쟁 전후의 공산주의자들이 멋있어 보인다니…… 불순 세력 아냐?"

"하하, 그들이 멋있어 보인다고 한 건 제 겉멋입니다. 어려서부터 철저한 반공 교육을 받았죠. 그런 쪽에 대해 진지한 논의를 할 기회가 전혀 없었다고 해도 과언이 아니죠. 무조건 빨갱이는 죽일 놈, 악마, 마귀, 만년필 비슷하게 생긴 독침을 가지고 다니면서 양민을 학살하는…… 그 밖에 나쁜 말은 다 갖다 붙여도 되는 절대 악이었어요. 공산주의가 무엇인지도 모르고 강요된 증오를 학습해 왔죠. 하지만 누구나 대학에 들어와 그런 증오 이전의 공산주의의 실체에 대해 배울 기회가 생기면서 무섭게 빨려 들어가게 될 겁니다. 자기가 살아온 세월 동안 최고의 금기였던 것을 깨뜨리는 위반의 쾌감 같은 게 아닐까 싶어요. 지나친 반공 교육이 오히려 대학 신입생들을 운동권으로 양산하고 있지 않나 해요. 『태백산맥』이 히트하는 이유도 그런 거겠죠. 우리가 어려서부터 그런 쪽에 대해 자유로운 관심을 보일 기회가 있었다면 그리 신기하고 새로운 이야기도 못 되겠죠. 정규교육에서 전혀 들어 본 적 없고 알지도 못하는, 그러나 우리 주변에서, 가까운 우리 역사에서 벌어진 일이라는 데에 더 매력이 있는 것 같았어요."

그가 한 말 중에 어디서 들은 듯한 말이 있었는데 강요

된 증오의 학습이란 말이었다. 이곳으로 오는 비행기 안에
서 만난 리선혜에게 들은 말이 아닌가? 그와 무슨 이야기
를 하는 도중에 그런 말이 튀어나왔는지 잘 기억이 나지
않았다. 같은 민족, 하지만 전혀 다른 체제의 두 나라 사
람에게 같은 말을 듣다니 이상한 일이었다. 불현듯 이것이
이 나라가 처한 분단의 비밀, 또는 그 비밀의 열쇠가 아닌
가 생각했다.

"아, 참, 소령님 예상이 적중했습니다. 수사 책임자가 바
뀐 마당에 이런 정보는 좀 빛바랜 느낌도 들지만……."

"무슨 이야기지?"

"남성식 일병 말입니다……. 어떻게 판문점으로 차출받
았는지 의문입니다. 신원 조회하라고 하셨잖아요? 운동
권 출신이더군요. 서울에 있는 명문대의 단과대 학생회장
까지 했더라고요. 집시법, 도로교통법 위반으로 기소되었
다가 유예받은 기록까지 있어요. 이런 놈이 판문점에 오다
니…… 행정 착오가 아니었나 싶어요."

"도로교통법이라니? 신호 위반, 중앙선 침범…… 뭐 이
런 걸 이야기하는 건가?"

"아뇨. 저도 이번 신원 조회하면서 처음 안 건데요, 대개
거리에서 데모하면 차도를 점거하잖아요? 그래서 그런 데
모꾼들은 꼭 도로교통법 위반죄가 붙는다고 하더군요."

"새로운 수사 책임자가 알아서 하겠지. 자네가 여건이

되면 직접 보고하게나."

"예……. 그리고 제가 소령님을 찾은 건 다름이 아니라 저번에 펀치볼 말씀하셨죠? 제가 갈 기회가 생겼는데 같이 가시겠어요? 어차피 오늘은 별다른 일도 없잖아요. 그래도 수사 전권을 갖고 계시다가 강등된 거나 마찬가진데…… 기분도 푸실 겸 나갔다 오시죠? 이젠 좀 한가하시잖아요. 오는 길에 커피포트나 가습기도 사시고요."

커피포트, 가습기……. 강 중위가 또 잊어버리고 있던 내 마음속의 강박관념을 일깨우고 말았다. 갑자기 불안해졌다. 얼마 동안 잊고 있었는데 다시 생각이 나면서 조바심이 일었다. 물론 중위가 그런 의도로 이야기한 것은 아니겠지만 난 이렇게 생각이 한번 나기 시작하면 불안해서 견딜 수가 없어진다. 반대로 내가 원하는 커피포트를 숙소에 갖다 놓으면 밖에서 일이 힘들더라도 들어가서 물이 보글보글 끓어오르는 커피포트의 수증기를 바라보며 촉촉한 실내 공기를 느낄 생각에 마음이 편안해졌다. 그리고 오늘부터 난 수사를 지켜보기만 하면 된다. 감정 없이 통역만 하면 되는 것이다. 내친김에 나가기로 했다. 펀치볼이든 어디든.

펀치볼은 아름다웠다. 오랜만에 여유롭게 여행을 하는 기분이었다. 김수혁 사건도 잊을 수 있었다. 아내가 이곳 사진을 부탁했기 때문에 사진기를 들고 나가야 했다. 아내의 편지에서 펀치볼에 가 자유롭게 느끼며 피하지 말고 마음껏 부딪혀 보라는 의미심장한 추신이 아버지를 염두에 둔 것이 아닌가 해 좀 마음에 걸렸지만 기분 좋게 출발했다.

돌아오는 길에 커피포트와 거울을 샀다. 내 마음에 딱 맞지는 않았지만 그런대로 견딜 수 있을 것 같았다. 거울은 목제 테두리에 크기는 상반신만 간신히 비출 정도였다. 먼저 있던 거울을 치워 버리고 새 거울을 달아야겠다고 생각했다. 거울 앞에 서서 그 안에 있는 나에게 미소를 지으면 한결 기분이 편안해질 것 같았다. 오늘 밤부터는 브라질에서 가져온 원두커피를 끓여 마실 수 있다. 하지만 그렇게 마음이 편한 것만은 아니었다.

펀치볼, 해안 분지는 해발 400~500미터, 민간인 통제구역 안에 있었다. 강 중위가 펀치볼에 대해 하는 이야기를 듣고 나니, '화채 그릇'이라는 뜻의 펀치볼이라는 별명은, 이 땅과 잘 어울리는 것 같았다.

'화채 그릇'이라는 이름을 가진 이 비옥한 땅은 한국전쟁 당시 동부전선의 치열한 격전지였고, 전쟁이 끝나고 나서야 정부의 이주 작업에 의해 비로소 다시 거주가 시작되었는데 전국 각지에서 사람들이 모여들었다 한다.

각자 다른 사연을 가진 이질적인 사람들이 마치 화채 그

롯에 재료가 섞이듯 오랜 세월 융화된 곳이다. 그래서인지 이곳에선 도저히 어울리지 않을 것들이 자연스럽게 어우러진 풍경을 쉽게 만날 수 있었다. 이젤을 펼쳐놓고 수채화를 그리는 싱그러운 고등학생들 뒤로 빼꼼이 고개를 내민 빨간색 지뢰 경고 표지판, 그랜저를 타고 밭일을 하다 막걸리 대신 미국 맥주 밀러를 마시며 새참을 즐기는 농부들, 김건모나 룰라의 최신 가요가 들리다가도 갑자기 울려퍼지는, "위대한 수령 김일성"으로 시작하는 대남방송이 마치 원래 그런 듯 자연스럽게 느껴졌다.

난 약간의 긴장과 놀라움, 흥분 속에 펀치볼을 돌아다녔다. 강 중위의 군사적인 설명도 흥미를 더했는데, 군사 요충지인 어느 마을에선 인민무력부장의 발언 등으로 긴장이 고조되던 때에 전쟁이 나면 자기 마을이 전멸하는데 10분이 걸릴지 20분이 걸릴지에 대해 진지하게 내기를 했다는 대목에선 그 배포에 웃음을 터뜨리지 않을 수 없었다. 하지만 그 유쾌한 웃음은 이름을 알 수 없는 높은 봉우리가 내려다보는 어느 마을에서 멈출 수밖에 없었다.

그곳은 이른바 선전촌이라고 불리는 마을이었다. 북쪽의 전망대에서 잘 보인다는 그 마을은 깔끔한 양옥주택과 잘 정돈된 논과 밭으로 남한 농촌의 풍요로움을 광고하고 있었다. 하지만 나에게 그런 것은 중요하지 않았다. 아니 그 밖의 다른 것들도 별로 중요한 것이 아니라고 생각했다.

마을 이름이 만대리라는 이야기를 들었을 때도 그 단어가 내 기억 어느 한구석에 라이터 불빛의 잔상처럼 어른거리고 있다는 사실을 애써 무시할 수 있었다. 하지만 어귀에 서 있는 낡고 작은 표지판의 도산천제(都山川祭)라는 한자를 강 중위가 읽어 주었을 때 모든 것이 확연해졌다. 아버지의 고향이었다. 쿠비는 또 쓸데없는 짓을 했다. 쿠비의 쓸데없는 생각이 나를 이곳으로 이끌었다.

생각해 보면 난 좋고 나쁘고를 떠나서 이런 감정의 변화를 가질 만한 이유가 없었다. 난 쿠비라는 사랑스러운 여자와 결혼을 했고, 이제 아버지에게서 벗어나 행복하게 살고 있다. 그리고 이곳은 내 근무지일 뿐이다. 여기에 아버지가 살았든 다른 어떤 사람이 살았든 무슨 상관인가? 하지만 이렇게 아무 상관이 없다고 애써 외치고 있다는 것이 나를 더욱 괴롭게 했다.

다행히 만대리의 이주는 고작 1972년에 시작되었다고 한다. 이주 1세대 중에도 도산천제를 경험한 사람은 없다. 이곳에 아버지와 상관있는 사람은 아무도 없는 것이다. 하지만…… 내가 있지 않은가? 이곳 편치볼에서 아버지로, 아버지에게서 나로 무언가가 이어지고 있지 않은가? 하지만 쓸데없는 물음이었다. 무언가가 이어지고 있다 해도 아무 소용이 없다. 나에게 이토록 생경하지 않은가? 내 조국 스위스보다 위도상 남쪽에 있으면서도 너무 춥고 건조한 겨울을 가진 어색한 땅이다. 하수구에 물이 빨려 늘어실 때의 회전 방향이 내가 자란 브라질과 정반대인 가장 먼 땅 한국이 아닌가? 그러나 내 흥분된 표정과 당황한 얼굴은 감춰지지 않았나 보다. 강 중위가 곧 말을 걸어왔다. 어디 불편하냐는 질문이었다. 난 사실 불편했다. 분명히 불편해하고 있었다.

내가 강 중위에게 내 불편함과 그 끝자락을 잡고 있는 아버지란 존재에 대해 이야기하게 된 것은 강 중위가 나와 상관없는, 소속도 국적도 다르고 스위스로 돌아가면 평생 볼 일 없는 사람이라는 판단에서였다. 말하기 힘든, 혹은 싫은 비밀을 터놓을 가장 좋은 상대는 내 인생에 개입할 가능성이 전혀 없는 사람들이라는 것을 난 오래전부터 알고 있었다. 술집에서 우연히 만나 술을 마시게 된 사람이나 여행에서 차를 태워 준 사람에게 다른 데서 터놓기 어려운 이야기들을 했던 경험이 나로 하여금 강 중위에게 입을 떼게 했다. 강 중위가 부대 피엑스에서 몰래 빼 왔다는 소주 두어 병과 마른안주도 한몫을 했다. 오는 길에 위스키도 두 병인가 사서 마셨다. 강 중위가 별로 마시지 않은 것 같은 기억이 맞다면 난 오랜만에 상당히 과음을 한 셈이었다.

"이상하게 생각했어요. 동양 혼혈 스위스인이라니……"

"스위스에서 스위스 여자였던 어머니가 나를 낳았지.

나를 임신한 곳은 브라질이었어. 거기서 조선인인 아버지를 만난 거야. 어머니는 나를 임신한 채 스위스로 돌아가서 나를 낳았어. 난 자연스럽게 스위스인이 되었지. 아버진 한국전쟁 때 참전한 군인이었어."

"근데 왜 브라질에?"

"인민군이었어. 제3국행 포로……. 들어 봤지?"

"예……. TV에 몇 번 소개가 되기도 하고 소설에서도 읽은 적이 있습니다."

"한국전쟁에 대해서 어떻게 생각하나?"

"글쎄요……. 사실 우리 세대랑은 거리가 먼 이야기 아닙니까? 솔직히 말해서 와닿는 이야기는 아니지요. 따지고 보면 아버지, 아니 할아버지 세대의 이야기니까요. 아버지 세대가 6·25를 겪은 것은 아마 열 살 이전일 겁니다. 그들에게도 어렴풋한 기억일 거예요. 그들에겐 6·25 그 자체보다는 전후 피폐함과 혼란스러움, 그리고 극심한 가난이 더욱 잘 와닿을걸요. 그러니 우리 세대는 오죽하겠어요. 알수도 없을뿐더러 그다지 관심도 없다고 하는 게 솔직한 심정이겠죠.『태백산맥』같은 소설에서 본 종잇장 위에 떠 있는 6·25라고나 할까요? 통일 문제도 그렇습니다. 어려서부터 우리의 소원은 통일이라고 하도 떠들면서 자랐으니까 그냥 그런 줄 알지, 그렇게 절실한 것은 아닙니다. 1000만 이산가족 이야기를 하는데 정말 만나야 할 사람이 있는 사람들은 10년 안에 다 늙어서 사라질 겁니다. 모릅니다. 다른 사람 생각은 어떤지······. 하여간 제 생각입니다."

한국전쟁은 이미 이들 세대에겐 박물관에나 전시되어야 할 화석에 지나지 않을 것이다. 50여 년 전의 전쟁······. 이 상할 것도 없는 일이다. 하지만 이 전쟁은 진행 중이다. 그들은 이것을 망각하고 있는가? 하여간 내가 참견할 일은 아니다. 난 강 중위에게 내 이야기를 계속했다. 한바탕 풀어 내고 나면 조금은 시원해질 것 같았다.

아버지가 조선인이라는 이야기에 강 중위는 적지 않게 놀란 듯했지만 난 무시하고 허공을 향해 외치듯 지껄여 댔다. 두서는 없어도 내용은 다 들어간 것 같았다. 들은 내용들을 강 중위가 다시 조합하고 배열하든지 말든지 난 상관없었다.

아버지는 해안분지 만대리에서 태어났다. 일제 치하에서 소년 시절을 보내고 해방과 함께 상경해서 당시 이현상이라는 사람이 이끌던 조선공산당에 입당하고, 이후 남로당에서 활동을 했다고 들었다. 물론 모든 이야기는 어머니를 통해 들었다. 이런 이야기와 함께 내가 가끔 꺼내 읽던 낡은 노트가 한국전쟁 당시 아버지의 일기라는 이야기도 해 주었다.

"어머님과 아버님의 만남이 로맨틱하군요."

"로맨틱? 말도 잘하지 못하고 배운 것 없는 아버지가 어머니의 마음을 사로잡은 건 그 알량한 사상 나부랭이 덕분이었겠지. 어머니는 진보적인 스위스 좌파 지식인이었어. 당시 제네바 인터내셔널이라는 단체에서 활동했던 걸로 알아. 그 단체에서 탁상공론에만 빠져 있는 이론가들에게 진력이 나기 시작했대. 그리고 브라질 주재 외신 기자 근무를 자청했는데 거기서 실천적 지식인으로 보였던 아버지를 만난 거지. 평생 빨갱이 공부밖에 한 게 없으니 그런 쪽으론 해박했겠지. 우리 집안은 나를 빼고는 모두 빨갱이야. 아내도 왼쪽이거든."

"그럼 스위스 국적을 가진 채로 20년을 브라질에서 자랐단 말입니까?"

"스위스에서 태어났지만 난 돌이 되기 전에 브라질로 가야 했지. 어머니와 함께 말야. 거기서 가정을 꾸리고 한동안은 잘 살았지. 하지만 오래가지 않았어. 내가 일곱 살 먹기 전까진 우리 집도 남들처럼 행복했던 것 같아. 어렴풋하지만 좋은 기억들도 꽤 있거든. 어머니 말에 의하면 아버진 차츰 변해 갔대. 한반도의 사정이 안 좋아지면 안 좋아질수록 절망했고, 그 절망이 꿈꾸는 듯한 눈동자를 뒤덮었다는군. 조국으로 돌아가는 것이 점점 요원해진다고 생각했겠지."

"그럼 아버지도 스위스 국적을 갖고 계십니까?"

"아니, 지금 그는 어느 나라 사람도 아닌 셈이야. 나야 스위스인 어머니에 출생지가 스위스니까 자연스럽게 국적을 갖게 되었지만, 알다시피 스위스는 전 세계에서 국적을 취득하기가 가장 어려운 나라야. 엄청난 부자이거나 세계적인 유명 인사가 아니라면 일반적인 방법으론 상당히 어렵다고 봐야지."

아버지는 국적을 취득 중이다. 스위스 여자와 결혼했지만 미국이나 다른 국가들처럼 바로 국적이 나오지 않는다. 일단 취업 허가를 받아야 하고, 스위스 여자와 결혼해 3년 이상 동거한 사실이 확인되어야 하며, 총 거주 기간이 5년을 넘어야 한다. 제네바 같은 경우엔 칸톤 정부에서 프랑스어를 해야 한다는 조건을 붙여 놓았다. 아버지는 취업 허가가 나긴 했지만 고용주가 지속적인 고용 의사를 밝히지 않았고 3년 이상의 동거 확인 증명서가 코뮌에 올라가 있는 새에 어머니가 돌아가셨기 때문에 더욱 힘들어졌다. 아내가 아버지의 정신병원에 돈을 쏟아 부어야 하는 이유도 그가 스위스 시민이 아니기 때문이다. 그의 인생은 비극적이다. 한 번뿐인 인생을 그렇게 살아야 한다면…… 불쌍한 사람이다.

강 중위는 매우 주의 깊고 흥미롭게 내 이야기를 듣는 듯했다. 아버지가 돌아가신 후 조국으로 이장하는 것이 어떻겠냐고 강 중위는 조심스럽게 물었지만 의미 없는 일이라고 생각했다. 또 그는 『광장』이라는 소설을 이야기하며 내 아버지와 비슷한 삶을 산 사람을 주인공으로 한 책이라는 설명을 덧붙였다. 그 소설의 주인공은 마지막에 자살을 한다고 했다. 아버지도 강 중위가 말한 주인공처럼 '크레파스보다 더 진한 인도양'에 몸을 던졌어야 했다. 아버지의 인생도 그렇게 매력적인 결말을 가지는 게 나았다. 나와 쿠비, 아버지 자신을 위해서도 그편이 좋았다.

돌아오는 길의 파란 하늘이 이곳에 오기 전 읽은 아버지 일기의 한 부분을 떠올리게 했다. 술이 취해서인지 다리가 풀려 있었다. 지프차에 앉아 멍하니 바라본 하늘은 눈이 부시도록 파랬다. 일기장에서 아버지가 바라본 파란 하늘은 낙동강 전선이었다. 그동안 틈틈이 읽어 온 아버지의 일기장은 미군의 개입, 대전 전투의 극적인 승리 같은 숨 가쁜 일정을 거쳐 낙동강과 영덕 사이의 마지막 전선에서 치른 힘겨운 전투까지 전개되어 있었다. 그동안 승승장구하던 인민군의 전과가 주춤하면서 자신감과 희망에 가득 차 있던 아버지는 이제 많이 지쳐 있는 것 같았다. 하루도 빠지지 않고 꼬박꼬박 적던 일기가 낙동강에서 밀리는 부분에 이르자 한결 뜸해진 것, 글씨체에 힘이 빠져 흐물거리는 것만으로 그 절망을 읽어 낼 수 있었다.

하늘은 파랬다. 그리고 끝은 바로 저기에 있다. 저 선이 우리가 가는 이 땅의 마지막 선이다. 낙동강 건너에는 도대체 뭐가 있을까? 이제 한 걸음이 남았다. 언제나 한 걸음이 모자라다. 태산을 쌓다가 흙 한 삼태기가 모자라 실패한다고 했던가. 하지만 후회를 남기진 않겠다. 꺼질 때 잠깐 타오르는 불꽃일 뿐이라며 우릴 독려하던 윗사람들의 말을 이젠 아무도 믿지 않았다. 그만큼 적들의 공세는 압도적이었다. 며칠 전엔 드디어 내 피를 보았다. 고통스러웠지만 웃음이 나왔다. 나도 피를 흘리는구나……. 내 여유는 오래가지 않았다. 동지들이 쓰러진다. 마취도 하지 않은 채 수술을 한다. 비명, 절규……. 어제는 연철이 꿈을 꾸었다. 내가 월북한 1946년 이후 지금까지 한 번도 보지 못했다. 아직도 만대리에서 농사를 짓고 있을까? 너무나 오랫동안 잊고 살아온 동생이다. 죽을 때가 다 되니까 새삼스럽게 생각이 절실해지는 걸까? 혁명 전사로서 정신없이 앞만 보고 달려왔다. 난 정말 연철이를 잊고 있었던 걸까? 내 주위에서만 반 이상이 사라졌다. 그래도 후퇴 명령은 없었다. 이젠 아침나절 공기가 꽤 쌀쌀했지만 옷을 추스르지 않고 멍하니 하늘만 바라보는 날이 많아졌다. 하늘은 정말 파랗기만 했다.

어슴푸레한 저녁 돌아오는 길에 마루와 다시 한번 마주쳤다. 아니 찾아갔다는 편이 정확할 것이다. 펀치볼에서 돌아오는 길이 기무사 판문점 분실을 거치게 되어 있긴 해도 굳이 그곳에 차를 세울 필요는 없었다. 부모나 다름없는 주인을 잃고 식음을 전폐한 군용견에게 동병상련을 느꼈다면 지나친 비약이겠지만 어쨌건 그 개가 갑자기 떠올랐다. 난 이미 거나하게 취해 있었다. 브라질에서 쿠비의 친구인 예냐에게 버림받은 개가 생각났는지도 모르고 혹은 아버지가 분명히 살아 있는데도 30년 가까이 남들 다 있는 아버지를 잃고 살아온 나 자신이 새삼 슬퍼졌는지도 몰랐다. 하여간 난 마루 앞에 서 있었다. 내가 우리 앞에 바짝 다가갔는데 나를 한번 쳐다보지도 않는 것이 마치 내가 취조하기 위해 처음으로 김수혁을 만났을 때의 모습을 보는 것 같아 코웃음이 나왔다. 마루의 눈에 내 눈을 맞추려고 이리저리 고개를 돌려 보았지만 안 되었다. 마루의 눈동자는 풀려 있었다. 개도 눈이 풀리나…… 내가 눈이 풀려 있으니 다른 것도 다 풀려 보이는지 몰랐다. 그러기를 십여 분…… 저녁나절이라서 일이 분 사이에도 어둠이 성큼성큼 몰려왔다. 우리 안은 더 어두워 보였다. 옆구리의 손전등을 마루에게 비추었다. 그때 난 술이 번쩍 깰 만큼 놀라며 뒤로 물러서야 했다. 마루가 나를 향해 무섭게 짖으며 달려들었다. 손전등을 치우자 조금 후 마루는 잠잠해졌다. 번뜩 스치고 지나가는 생각이 있었다. 난 다시 손전등을 천천히 마루에게 비추었다. 결과는 마찬가지였다. 하지만 아까처럼 놀라지 않고 마루를 관찰했다. 마루는 우리의 좁은 철창 틈에 머리를 부딪치고 앞발로 철창 사이를 긁으며 미친 듯이, 정말 미친 듯이 울부짖었다. 눈동자는 풀리고 입가엔 침을 질질 흘리고 있었다. 다시 손전등을 치우니 헉헉거리며 잠잠해졌다. 예냐의 그 애완견이 생각났다. 개는 미친 것이다. 김수혁을 만나야겠다.

밤늦은 시간이라 중립국 감독위 건물은 두세 개의 사무실에 불이 켜져 있을 뿐 컴컴했다. 건물 안으로 들어서는데 당직 장교인 폴란드인이 북측에서 나를 찾는 손님이 왔다며 종일 연락이 안 되었다고 투덜거렸다. 대기실에서 나를 기다리고 있는 사람은 리선혜였다. 초췌한 얼굴에 자세는 풀어졌고 군복도 약간 구겨져 있었다. 그의 입에서도 약하게 술 냄새가 나는 듯했는데 내 입에서 나는 것을 착각했을 수도 있다.

"비행기에서리 나한테 뭐라고 물었드랬지요?"

"무슨 말씀인지……."

"공화국의 입장과 내 개인적인 생각의 차를 묻지 않았드랬습네까?"

"그런 것 같기도 하군요……. 무슨 말을 하려고 하는지 짐작이 안 되는 바는 아니지만 너무 늦었어요. 난 이제 통역 업무나 담당하는 보조 책임자에 지나지 않아요."

"기거래 잘됐구만요. 본관도 오늘 임무에서 해제됐시오. 소령 동무래 오경필이랑 만나게 한 거이 문제가 됐디요. 동무래 그래도 수사에 어쩔 수 없이 계속 관여하게 되지 않갔시요?"

"그랬군요. 괜히 나 때문에……."

"받으시라요."

얼결에 내민 손에 그가 쥐여 준 것은 새끼손톱만 한 작은 쇳덩이 두 개였다. 취해 있었지만 그것이 어딘가에 부딪혀 변형된 탄환이라는 사실을 알아채기까지 오래 걸리지 않았다.

"이게 뭡니까? 어디서 났어요?"

"내래 석연치 않은 부분이 있어서리 내 직권으로 사건 현장 북쪽 일대에 1개 소대를 풀어 수색을 시켰드랬디요. 내 예감이래 적중하긴 했는데…… 상부에 보고할까 망설였드랬시요. 무슨 의미가 있을까 하는 그런 생각이 들더구만요. 그런데 오늘 임무 해제 특명을 받고 그만두기로 했디요. 드릴 테니 맘대로 하시라요. 사건이 일어난 현장에서 북동쪽으로 80미터 거리에서 발견됐디요. 확인하믄 아시갔지만 기거래 남조선 아이들이 쓰는 베레타 탄환이야요."

"그럼……?"

"김수혁이래 서부영화에 나오는 쌍권총잡이가 아닌 다음에야 현장에 남조선 아이가 하나 더 있었다는 이야길 테디요……. 베레다에 들어가는 총알은 모두 열여섯 발. 현장에서 발견된 총알은 두 발, 정우진 동무 몸에 박힌 것이 열네 발이니끼니 그 두 발까지 합쳐 현장에서 사용된 베레타 탄환은 모두 열여덟 발입네다."

머리에 번득 드는 오만 가지 생각들이 어지럽게 뒤엉키고 있었다. 정리를 하려 했지만 쉽지 않았다. 망설임과 두려움 때문이었다. 리선혜가 주고 간 베레타 탄환 두 발을 꼭 쥔 손은 땀이 범벅되어 미끈거렸다. 폴란드인 당직 장교가 손님이 또 찾아왔다며 나를 부른 것은 며칠 동안 끊었던 담배를 입에 물었을 때였다.

"선배, 여기 계셨군요. 얼마나 찾았는데요."

플로베르였다.

"이바노프 중령에게 이야기 들었어요. 수사 임무 해제받았다면서요?"

"무슨 일이야?"

"술을 마셨군요……."

"위로라면 집어치워. 난 아무렇지도 않으니까. 그까짓 수사 책임을 맡는다고 돈이 더 나오는 것도 아니고……."

"어쨌건 나는 보고는 해야겠어요. 오늘까지는 선배가 책임자일 테니까. 인수인계도 내일이잖아요? 후임자에게는 선배가 알아서 보고하세요."

"보고라니?"

"음…… 이 사건이요…… 아무래도 지금까지의 수사 방향이나 남북한의 주장과는 전혀 다른 사건 같아요. 이 보고가 인정된다면 새로운 국면으로 접어들겠죠. 하지만 진실이 밝혀질까요? 아니 진실이란 게 존재는 할지."

"뜸 들이지 말고 빨리 이야기해 봐."

"너무나 기초적인 사실을 망각하고 있었어요. 저도 확인할 생각을 못 했는데. 시체가 된 북한군 사병 있잖아요, 정우진인가 뭔가 하는……. 그 사병 왼쪽 군복 주머니에서 나온 사진 기억나세요? 아그파예요. 북한 일반 사병이 그런 고급 필름을 가지고 있다는 거 어떻게 생각하세요? 더군다나 유엔사 미국 장교의 도움으로 정밀 검사를 했는데 한국에서 생산된 걸로 밝혀졌어요. 사진마다 생산지 코드 넘버가 있거든요. 짐작이 맞다면 얼굴을 알아볼 수 없는 그 사진 속의 여자는 한국, 남한 여자라는 거죠."

플로베르에게 제대로 인사도 하지 못하고 곧바로 남성식 일병이 있는 부대로 뛰어갔다. 더 이상은 참을 수 없었다. 이게 내가 할 수 있는 마지막 노력이 될지도 모른다. 가면서도 머릿속은 여전히 어질어질했지만 취기 때문만은 아니었을 것이다. 무언가 명확해질지도 모른다는 두려움에 알코올이 용기를 주고 있었다. 이제 수사 책임자의 직권을 사칭한 셈이 되겠지만 중립국 감독위 수사 팀을 팔아 가며 긴급 심문을 이유로 남 일병이 소속되어 있는 부대 대대장에게 면회를 요청했다. 내무반에서 급히 불려 나온 남 일병은 어리둥절한 모습이었다.

"어쩐 일이십니까? 약주 좀 하신 것 같습니다만……."

"넌 사건 현장에 있었어."

"예? 무슨 말씀이십니까?"

리선혜가 준 두 개의 탄환을 책상 위에 내려놓았다. 그는 처음엔 금빛으로 빛나는 두 쇳덩이의 정체에 대해 조금 고민하는 듯하더니 이윽고 눈동자가 약간 커지며 애써 놀라움을 감추는 듯 보였다. 그는 책상 밑의 왼쪽 다리를 조금씩 떨기 시작했다.

"이게 뭡니까?"

"니가 그날 발사한 총알."

"그날이라뇨?"

"넌 사건 현장에 김수혁, 북측 초소병과 같이 있었어. 너도 그 시간에 북조선에 넘어가 있었단 말이야. 총격전에도 참여했고…… 이건 니가 발사한 총알이야."

"말도 안 되는 소리 하지 마십시오!"

"첫 번째 심문 때 네 권총엔 탄환이 열네 발밖에 없었어. 초소병은 언제나 탄창을 가득 채우고 근무하게 되어 있지. 사건 현장에서 발견된 총알은 모두 두 발, 북측 초소병 정우진의 몸에 박힌 총알은 열세 발, 오경필 어깨에 한 발, 합이 열여섯 발이었어. 그래서 김수혁이 베레타에 탄창 열다섯 발과 약실에 한 발 더 장전하여 열여섯 발을 사용했다고 생각했지. 하지만 북쪽에서 베레타 두 발이 더 발견되었어. 이걸 어떻게 설명할래?"

"그걸 왜 제가 설명해야 합니까? 제 탄창에 열네 발밖에 없었던 건…… 그 전날 오발 사고가 있어서였습니다. 그러니까……."

"닥쳐! 이 새끼야!"

취기 때문이었을까? 사실 확신할 수 있는 것은 없었다. 물증도 아무것도 없었다. 직감과 취기뿐이었다. 난 그에게 다가가 워커 발로 가슴을 찬 다음 의자와 함께 쓰러진 그의 멱살을 잡고 권총을 빼 들었다.

"비겁한 새끼…… 넌 입영하기 전 운동권이었어. 단과대 학생회장까지 했고 법정 투쟁으로 구치소에 감치당한 것만 두 번에 집시법 위반으로 투옥된 경력도 있지. 그런 네가 북조선을 코앞에 두고 근무하는 판문점에 배치된 거야. 물론 이건 행정 착오야. 너 같은 놈이 이곳에 배치될 수는 없는 거였는데 말야. 넌 주체사상에 심취하여 북한 사회를 동경해 왔는지도 모르지. 그리고 월북을 계획한 거야. 너는 같은 초소에 근무하던 김수혁을 포섭하기 시작했어. 네 같잖은 소영웅심으로 지금 평양에서 열리고 있다는 세계 청년 학생 큰마당이라는 행사에 참가하고 싶었겠지. 성공했다면 넌 이미 영웅이 되어 있을 거야. 지리적으로 마음만 먹으면 얼마든지 마주칠 수 있는 북측 가-1 초소의 초소병들과 내통을 했을지도 모르고……. 당연히 월북의 기회는 초소 근무를 설 때라고 생각했겠지. 저녁 8시만 되면 판문점 수위가 B-2 초소 외에는 쥐 죽은 듯이 고요한 데다가 북쪽까지는 아무런 장애물도 없는 허허벌판이잖아? 하지만 한 가지 문제가 생긴 거야. 같이 근무하던 김수혁이 보기 드문 명사수였다는 거지. 넘어갈 기회는 그때뿐인데 넘어가다가 김수혁에게 발견된다면 그 정확한 사격에 니 목이 날아갈 테니까……. 그래서 김수혁을 포섭하고 같이 월북하려 한 거야……."

머릿속에 미리 이런 가정들을 하고 있던 것은 아니었다. 남 일병의 어쭙잖은 변명과 겁에 질려 당황한 표정이 나에게 확신을 주었다. 그에게 이런 말들을 퍼부으며 동시에 정리가 되어 가는 느낌이었다. 그러나 그는 내가 겨눈 권총을 뿌리치고 일어서서 나에게 외쳤다. 그는 약간 울먹이기까지 했다.

"말도 안 돼요. 말도 안 된다고요!"

난 플로베르가 준 비닐에 밀봉되어 있는 문제의 사진 쪼가리를 책상에 내려놓았다. 그는 한참을 쳐다보다가 눈이 휘둥그레졌다. 당황하는 기색이 역력했다.

"김수혁의 사격으로 사진은 걸레 조각이 되어서 아무도 누구의 사진인지 알아볼 수 없지만 너만은 알 거야. 누군가? 니가 북한군에게 준 거겠지. 이게 내통의 증거 아냐!"

"그만하세요. 아닙니다. 아니에요!"

"이 새끼야. 끝까지 들어! 너에게 김수혁은 그다지 중요

한 존재는 아니었어. 넌 혼자 월북하면 되었으니까. 그래서
내통하고 있던 북측 초소병들에게 김수혁을 처리하게 하
려고 했을 거야. 하지만 여의치 않았지. 김수혁은 명사수
인 데다가 속사수였으니까. 너희 운동권이라는…… 혹은
진보적이라는 것들은……."

사실 자신 있게 한 말은 아니었다. 말하면서도 지나친
억측이라는 생각이 들었다. 숨을 몰아쉬며 억울한 표정으
로 눈가에 눈물까지 맺힌 남성식 일병의 표정을 보며 지금
내가 했던 모든 말은 내 억측일지도 모른다는 생각이 들었
다. 하지만 내가 궁금한 것은 이런 가정에 대한 남 일병의
반응이었다.

"운동권에 대해 아무것도 모르면서…… 그따위 말로 모
욕하려 들지 마세요……. 소령님이 도대체 뭘 알아요? 아
무리 한국말을 잘하고 이곳에 오래 근무했다고 해도 이방
인일 뿐이에요. 뭐라고요? 내가 북쪽 아이들에게 김 상병
님을 처리하게 하려고 했다고요? 이보세요…… 소령님. 지
난 50여 년 동안 치밀하게 짜인 각본을 당신이 어떻게 이
해하겠어요? 그만두세요!"

"심문 처음부터 다시 시작하지. 어떤 방법으로 김수혁을
포섭하려 했나?"

"그만하세요!"

"너에 대한 배신감과 자괴감, 극도의 상실감으로 김수혁

은 반미친놈처럼 얼이 빠져 진술을 거부하고 있어. 니가 끌어들인 북한 초소병 한 명은 처참하게 죽고 또 한 명은 병원에서 치료받고 있지. 이게 다 니가 벌인 일 아냐? 자, 다시 시작하자고. 니가 발사한 두 발의 탄환은 김수혁을 향한 거야. 맞지?"

"아니에요! 아니란 말입니다……. 이 모든 것의 시작은 김 상병님이었어요. 그래요…… 저도 현장에 있었어요. 그 사진은 제 여동생 수정이예요……. 하지만…… 말씀하신 것처럼 그런 건 결코 아니에요. 모두 김 상병님 때문에 일어난 일이라고요……. 처음에 기무사에서 조사하러 왔을 땐 제 진술서가 이미 만들어져 있는 상태였고요……. 전 도장만 찍었어요……. 김 상병님을 위해서도 저를 위해서도 그러는 게 가장 최선이라고 생각했어요……. 신문에 난 대로라면 김 상병님은 북괴가 벌인 납치 공작의 희생양에 불과한 거고…… 그러면…… 곧 풀려날 테고……."

그는 울먹이고 있었다. 말하는 중에도 연신 손바닥으로 뺨의 눈물을 훔치며 이야기를 이어 갔다. 내 억측은 빗나간 듯했지만 사건의 실마리는 여기서부터 풀어 나갈 수 있을 것 같았다. 무언가가 명확해지는 두려움은 여기서부터다. 그의 훌쩍임을 제외하면 주위는 너무나 고요했다. 한동안 고요가 흘렀다. 다소 흥분해 있던 나도 마음을 가라앉혔다. 내가 진실을 밝힐 수 있을까? 아니 진실을 알아낼 수는 있을까? 여러 가지 의문과 두려움이 엄습했지만 용기를 내어 입을 열었다.

"진실을 밝혀. 지금도 늦지는 않았어."

"진실이요? 전 진실을 몰라요……. 저도 정말 궁금하단 말입니다. 왜 그렇게 됐는지…… 왜 그렇게 되어야 했던 건지……. 저도 분통이 터진단 말입니다! 김 상병님께 가세요. 김 상병님이 시작한 일…… 김 상병님이 매듭지으셔야 해요."

머리가 빠개질 듯이 아팠다. 알코올의 쓰라림과 니코틴의 거북함으로 가득 찬 이성은 마비되어 버린 것 같았다. 아무것도 생각하기 귀찮은 아침이다. 그러고 보니 어제부터 다시 담배를 피우기 시작했다. 여전히 아침 공기는 차고 건조했다. 하늘 한구석이 찌뿌등한 것이 오후엔 눈이 내릴 모양이었다. 빈속에 담배를 한 대 물고 어제 일을 생각해 보았다. 좀 많이 마신 듯했다. 그래서인지 더욱 꿈결 같았다. 난 더 이상 남 일병에게 캐묻지 않고 기숙사로 돌아왔다. 왜일까……. 입을 열기 시작한 그를 왜 더 파고들지 않았을까. 진실이 목전에 있는데 왜 난 돌아섰을까? 무언가를 안다는 것 자체가 두려웠는지도 모른다. 알고 나서도 아무것도 할 수 없을 것이라는 무력감도 한몫했을 것이다. 짐작되는 바가 있어서 더욱 그랬다.

수사는 계속되었다. 수사 책임자로 새로 부임한 중립국 감독위 스웨덴인 중령은 사건을 빨리 마무리하려는 것 같았다. 아마 김수혁이 입을 열어 새로운 진술을 하지 않는다면 조만간에 남한 기무사에서 확보하고 있는 김수혁의 진술과 남 일병의 진술을 유일한 증거로 하여 남측의 주장대로 사건이 매듭지어질 것이다. 김수혁은 납치되었고, 납치를 당하던 중 총격전을 벌여 사건이 일어난 것으로 말이다. 이미 외신 기자들도 그렇게 떠들고 있었다.

김수혁에 대한 2차 취조가 이루어지긴 했다. 신임 수사 책임자인 스웨덴 중령과 나, 유엔 대표부의 한 장교가 참여했다. 북측에선 합동 수사본부의 수사 협조를 거부하고 나섰다. 편파적인 수사 진행에 대한 항의라고 했다. 예고된 일이었는지 모른다. 사건의 진실보다는 이해 당사자 간의 힘겨루기가 이 수사의 본질이라는 것을 북한 측이 모를 리 없었다. 《로동신문》에는 연일 미제와 남한 기무사가 합작한 중립국 감독위의 악랄한 사건 조작에 대한 규탄 기사가 실렸다. 수사 결과가 어떤 식으로 발표되든 동의할 수 없으며 핵 문제 이래로 계속되어 온 북조선에 대한 탄압을 즉시 중지하지 않으면 남조선은 절망적인 상황에 직면하게 될 것이라는 으레 있는 경고성 기사들이었다. 리선혜는 함흥으로 발령을 받아 전출되었다고 한다. 나는 스웨덴 중령의 질문을 의욕 없이 통역만 했다. 사실 김수혁은 전보다는 나아진 상태였다. 식사를 잘하고 있었고 간단한 말도 하기 시작했다. 기무사에서 넘겨준 김수혁의 진술서에 대한 질문에 그는 조용히 웃어 보였을 뿐이었다. 웃음……난 그 웃음에서 희망을 보았다. 하지만 합수부 중앙위는 내 개인 취조를 허락하지 않았다. 내가 무단으로 북측에 넘어가 오경필을 만나고 온 일도 어떤 경로를 통해서인지 상부에 보고되어 영향을 미쳤을 것이다. 어차피 통역 업무 때문에 임무에서 완전히 해제하지는 못하겠지만 수사에서 알게 모르게 행동을 제어당하는 것이 사실이었다.

그가 고개만 한 번 끄덕이면 사건은 금세 종결될 것이다. 그러지 않더라도 이대로 간다면 종결은 정해진 수순이다. 어쨌든 사건이 이 진술서대로 종결된다면 그는 머지않아 풀려난다. 하지만 그가 그런 것을 기대하고 있지는 않은 것 같았다.

중립국 감독위에서는 수사가 순조롭게 진행되고 있다며 기뻐하는 듯했다. 내가 할 일이 있다고 생각하지 않은 것은 아니었지만, 남 일병에 대한 심문 아닌 심문으로 감춰진 무언가가 있다는 것을 알게 되었지만 이제 용기보다는 의욕이 사라져 갔다. 정말 그날은 술에 취했을 뿐이었을까? 여전히 남아 있는 펀치볼에서의 묘한 감상도 나를 무력하게 했다. 그것은 여전히 내 주위를 유령처럼 맴돌고 있었다. 아버지의 일기도 몇 번 펼쳤다가 다시 덮어 버리곤 했다.

무언가와 맞선다는 것 자체가 귀찮아지던 오늘 아침 기무사 분실에 들렀다가 마루를 다시 보게 되었다. 새로 바뀐 담당 사병이 그 앞에서 먹이를 주려 시도하고 있었다. 난 그에게 다가가 이야기했다. 손전등 불빛을 눈에 비추고 먹이를 줘 보라고, 하지만 조심해야 할 거라고. 그는 의아해하며 가지고 있던 군용 랜턴으로 마루의 눈을 비추었다. 마루는 다시 미친 듯이 날뛰었다. 사병은 놀라서 뒤로 자빠졌다. 마루는 곧 다시 잠잠해졌다. 손전등을 비춘 상태에서 놀라지 말고 우리 안으로 먹이를 던져 보라고 했다. 사병은 그렇게 했고, 마루는 일주일 가까운 단식 끝에 식사를 했다.

난 김수혁이 이 개에게 무슨 짓을 했는지 대충 짐작이 갔다. 김수혁은 이 개를 사랑했을까? 내가 말해 주지 않았다면 마루는 십중팔구 오래지 않아 굶어 죽었을 것이다. 만약 죽었다면 그에 대해 김수혁은 뭐라고 할까? 자신이 아끼던 개가 굶어 죽었다는 이야기 혹은 자기 실험의 처참한 결과에 대한 김수혁의 반응이 갑자기 궁금해졌다. 어쩌면 단순한 핑계일지도 모른다. 축 늘어져 곱게 눈을 감은 채 실려 나가는 마루를 상상하면서 난 남 일병을 만난 그날 이후에 끊어진 진실에 접근할 마지막 기회를 갖고 싶은 내 마음을 인정했다. 가슴속에 가마니가 얹힌 듯한 이 갑갑함. 후회를 남기고 싶지 않았다.

오후에 수사 팀 정기 회의가 있었다. 김수혁과 남 일병의 진술서 등 확보된 증거만으로도 수사를 종결할 수 있었으나 북측이 합동 수사본부에서 이탈한 마당에 그것만 가지고는 의혹의 여지가 남는다는 문제 제기가 있었다. 가장 절실한 것은 김수혁의 오케이 사인이다. 진술서에 찍힌 지장에 남한의 진보 단체들도 강력히 의문을 제기하고 나섰다. 중립국 감독위로 넘어온 다음의 오케이 사인이 필요했다. 난 합동 수사본부 중앙위에 개인 취조를 자청하고 나섰다. 마지막으로 설득해 보겠다는 취지라고 했다. 의외로 수사 실무 책임자인 스웨덴 중령이 김수혁에 대한 내 개인 취조에 동의했다. 어차피 북한은 미 제국주의의 간악한 탄압이니 어쩌니 하면서 돌아선 상태고 김수혁만 오케이하면 쉽게 종결될 사건이었다. 나는 얼마 전까지 수사 책임 실무자였고 설득에 필요한 인간적인 유대감을 조성하는 데 통역을 통하지 않고 취조가 직접 이루어질 수 있다는 효용성을 이야기했다. 허가가 떨어졌다. 수사 실무 책임자가 바뀐 뒤 진행 중인 수사 방향을 벗어나지 않는 범위의 취조라는 조건이 붙었다. 어쩌면 아직 늦지 않았을지도 모른다. 이렇게 난 다시 힘겹게 김수혁을 만나게 되었다.

"당신들이 쓴 각본대로 사건이 종결되고 있는 걸로 아는데요. 또 무슨 일이십니까? 우리말 기가 막히게 하시는

소령님…… 이젠 그만 괴롭히세요. 그대로 수사 결과 발표
가 나겠죠. 그리고 난 풀려날 거고요……."

"자네 말이 맞아. 수사는 그렇게 끝나겠지. 그 결과 따위
엔 관심 없어……. 단지 물어볼 게 있어서 왔네."

그는 의아하다는 듯이 나를 쳐다보았다. 취조를 시작한
이래 그의 시선이 이렇게 진지하게 나를 향하기는 처음이
었다. 모든 것이 귀찮다는 듯 지치고 초췌한 내 눈동자에
흥미를 느꼈는지도 모른다. 하지만 내가 상관할 바는 아니
었다. 이제 나는 그에게 마루가 죽었다고 거짓말을 할 것이
다. 내가 아니었더라면 일어날 일이었으니까.

"도대체 개에게 무슨 짓을 했나? 오늘 그 개가 결국 굶
어 죽었네."

역시 그는 반응을 보였다. 놀란 표정으로 나를 한 번 쳐
다보고는 다시 고개를 들어 허공을 멍하니 바라보았다. 아
차 하는 표정이었다. 까맣게 잊고 있었구나 하는 후회 같
았다. 그런데 이윽고 빙긋이 미소를 지었다. 난 예전에 자
기 개가 죽었을 때 예나의 태도를 떠올렸다. 그 군용견도
결국 짝사랑이었나…….

"어떻게 아셨습니까?"

"자네 심리학과 출신이라고 했지? 나는 언어심리학을
전공했네. 그리고 내 아내가 그런 쪽에 관심이 있었지."

"제가 잠시 잊고 있었지만 예고된 일입니다. 마루는 저

없이 음식을 먹을 수가 없어요. 그건 그 개의 짝사랑이 아닙니다. 주인이 잡혀가고 주인의 위기를 감지해서 개가 저를 따라서 굶은 것이 아니라 단순히 제가, 아니 제 전임 담당 고참이 지정한 특수한 방법에 의해 식사를 하도록 사육된 개였기 때문에 일반적인 방법으로 식사를 할 수 없었던 겁니다. 개는 그냥 개일 뿐이죠……."

"전임 고참?"

"예. 제대한 지 꽤 되었죠. 자대 배치를 받고 나서 바로 고참의 보직을 인수인계받았습니다. 마루는 아주 어렸을 때부터 그 고참이 맡은 것으로 알고 있습니다. 고참이 특수한 방법으로 길들여 놓았더군요. 전 심리학과 출신이기 때문에 고참의 특수한 방법을 이해하는 것은 조금도 어렵지 않았어요."

"그랬겠지. 조건반사 뭐 이런 거겠지?"

"맞습니다. 사실 군 생활이란 거 따분하죠. 지루하고요. 더구나 신참 때의 스트레스 아시죠? 아마 그 고참도 그런 것 때문에 재미 삼아 시작했겠죠. 저도 제가 지배할 무언가가 필요했고……. 그런 식으로 한 생물을 길들여 간다는 게 재미있었죠. 고참이 자세히 이야기해 주더군요. 심리학과 출신이라 하니 더욱 반가워하면서 말이죠. 하여간 조건반사…… 학교 때 이론으로는 배웠지만 직접 해 보고 싶었던 것도 사실입니다. 대학에 있을 때도 그쪽 분야에 관심이 많았습니다. 고참은 마루가 아주 어렸을 때부터 학습을 시켰다고 하더군요. 우선 며칠을 굶기는 것부터 시작하죠. 짐작하시겠지만 개가 아주 사나워져요. 먹이를 주면 미친 듯이 달려들죠. 그러면 몽둥이로 가차 없이 패는 겁니다. 물론 먹이는 주지 않고요. 음식만 보여 주고 먹으려고 하면 패는 거예요. 그리고 또 주고, 또 패고…… 그다음에 손전등을 마루의 눈에 비추고 먹이를 주는 겁니다. 개는 몇 번 먹이를 먹으려다가 맞았다는 기억 때문에 망설이면서도 배고픔에 못 이겨 먹이를 먹으려 합니다. 그럴 때 식사를 시키는 거예요. 이런 걸 조작적 조건 형성, 오퍼런트 컨디셔닝이라고 하지요. 고참이 저에게 개를 인수인계했을 때는 오퍼런트가 거의 완성 단계에 이르러서였어요. 소령님도 그쪽 비슷한 분야를 전공했다니까 아시겠지만…… 저도 이어서 이런 과정을 반복했습니다. 저에겐 선택의 여지가 없었지요. 이미 고참의 그런 방법에 적응해 있었기 때문에 일반적인 방법으론 식사를 시킬 수가 없었으니까요. 되돌리기에도 너무 늦었고요. 2년 동안 했어요. 그러니까 손전등의 강렬한 빛이 비치지 않으면 식사를 안 했고, 파블로프의 조건반사처럼 손전등 불빛만 비추어도 침을 질질 흘리는 것은 물론이고요.”

말하는 그의 표정은 밝아 보였다. 마치 어린아이에게 신기한 무엇을 설명해 주듯이 신나게 이야기를 이어 갔다. 어떻게 보면 어린아이가 선생에게 자기 자랑을 하는 것처럼 보이기도 했다. 하지만 그는 곧 침울해진 목소리로 이야기를 이었다.

"하지만 전 새로운 무언가를 발견하게 되었어요. 새로운 것…… 그건 제가 몰랐다는 이야기지요. 그 실험엔 제가 생각지 못한 어떤 것이 존재했어요. 개에게 손전등 불빛은 식욕이었어요. 그것도 엄청난 굶주림을 통해서 극대화된 식욕이지요. 손전등 불빛과 함께 먹이가 제공되지 않았을 때 처음에는 그냥 타액을 분비하는 정도였는데 나중엔 저를 공격했어요. 먹이를 주지 않고 불빛만으로 식욕을 자극한 저에 대한 항의인지, 아니면 식욕이 극대화된 나머지 저를 향해서 식욕을 느끼고 잡아먹으려 한 것인지 알 수는 없지만요. 그 개는 미친 거예요……."

"그래서 어떻게 했지?"

"어떻게 하긴요. 군견은 나라의 재산이에요. 제가 잘못 관리해서 개가 그렇게 되었다는 것이 보고되면 전 영창감입니다. 우리는 농담으로 저 개는 계급이 대위니 중위니 하는데요. 고참을 원망했지만 어쩔 수 없는 일이었습니다. 이번 사건이 나기 한 달여 전부터 그 개는 정상이 아니었어요. 하지만 숨겼습니다. 지난 2년 동안 진행된 실험도 중지했고, 손전등 불빛에 노출되지 않도록 각별히 주의했어요. 마음대로 잘되지 않더군요. 군용견은 곧 경비견인

데 야간 순찰에 어떻게 손전등 불빛을 완벽하게 피할 수 있겠어요? 그런 경우가 생기면 무서운 공격 본능을 가지고 주위 사람을 공격했어요. 그다음부턴 제가 개의 상태가 좋지 않다는 핑계로 작전에 참가시키지 않았습니다. 그것도 그리 오래 버틸 수 있는 건 아니었는데 적절한 때에 잘 죽어 줬군요. 잘못하면 제가 영창에 갈 뻔했잖아요. 하하……."

"그 정도는 문제도 아니었어. 정말로 자넨 영창에 가게 될지도 몰랐지. 군용견에 대한 관리 지침이 어떤지는 잘 모르지만 그 개의 문제 정도면 얼마 동안 군기 교육대에나 다녀오면 끝났을 거야. 그래, 그 빌어먹을 진술서대로 자넨 납치당했을 뿐이고 곧 풀려날 거야. 자네는 무기징역까지 받을 수 있었어. 아무리 적군이라도 북측 초소병 중 하나를 처참하게 살해했는데 말야……. 어때? 이제 기분이 좋은가?"

"다 안다는 듯 그렇게 함부로 지껄이지 마세요……."

그는 아랫입술에 침을 축이며 살짝 이를 악물고 말하는 것 같았다. 나를 무섭게 노려보는 눈동자는 이 사람이 바로 살인을 했던 사람이구나 하는 인식을 새삼 일깨워 주었다. 턱뼈가 부르르 떨리는 듯한 착각이 들었다. 사실 내가 이런 말들을 꺼낸 데 무엇을 캐내고자 하는 의도가 전혀 없었던 것은 아니다. 하지만 자기 안위를 위해 상부의 사건 조작에 암묵적으로 동조하는 듯한 한 남한 청년을 비웃고 싶은 마음이 컸다.

"넌 어쨌든 사람을 죽였어. 그것도 아주 잔혹하게 말이야. 적군이긴 하지만 너희 동족이 아닌가?"

"제가 쏜 게 아니에요."

"뭐? 참, 나…… 그럼 누군가 자네 총을 훔쳐서 북한 병사를 살해하고 자네를 휴전선 부근에 쓰러뜨려 놓았나?"

"그런 게 아니라…… 제가 쏜 게 아닙니다. 정말이에요."

"그럼 뭔가? 오경필과 정우진이 정말 남하해서 자네를 납치하려고 했나? 그래서 자넨 그 뛰어난 사격 솜씨로 응전하거고? 그래…… 난 몰라. 도대체 무슨 일이 있었는지 난 모르네. 하지만 종결되어 가고 있는 수사 결과가 잘못되었다는 것…… 자네는 그 조작에 동의하고 있다는 것은 알고 있네."

"왜 진작에 그런 식으로 이야기하지 않았어요?"

"무슨 소리야? 이제 와서."

"그래요. 왜 이제 와서 그러는 거죠? 정말 무슨 일이 있었는지 알릴 수만 있다면, 그 일을 사람들에게 이해시킬 수만 있다면…… 무기가 아니라 사형까지도 감수할 수 있어요."

"말도 안 되는 소리 하지 마. 난 너 같은 새끼들이 제일 싫어……"

"그런 게 아니란 말입니다!"

"그럼 왜 사건 초기에 묵비권을 행사했나? 빨리 입을 떼고 협조했으면 수사는 진실에 접근할 수 있었어!"

"군의관이 보고한 대로 쇼크 상태였습니다. 어떤 목적으로 묵비권을 행사한 것은 아니었습니다. 다만 할 말이 없었던 거예요. 어떤 말도 할 수가 없었어요. 무슨 말을 해야 할지 몰랐던 겁니다. 사흘이 지나자 배가 고파 오더군요. 충격으로 인해 엉망이 되어 있던 신진대사 기능과 그 기능을 감지하는 고통이란 장치가 작동하기 시작한 거죠. 하지만 다시 겁이 났습니다. 어떤 말을 제가 할 수 있을지 말입니다. 소령님의 첫 취조 때도 그런 겁니다. 그런데 얼마 뒤에 기무사에서 제 진술서라며 사건의 전모를 발표하더군요. 전 기무사에 있을 때 빈 종이에 지장을 찍었을 뿐입니다. 아마 중립국 감독위로 오기 바로 전날이었을 거예요. 수사관이라는 기무사 장교는 제가 지장을 찍는 것에 반항할 줄 알았는지 건장한 중사 두 명과 함께 들어와서 저를 잡더군요. 그리고 제 오른손을 잡고 지장을 찍게했어요. 저항하지 않았죠. 저항할 힘도 정신도 없었습니다. 전 그때 정상이 아니었어요……. 그것을 토대로 수사 발표가 나고 전 무력감에 빠졌죠. 차라리 이대로 시간만 흘러라……. 시간만 흐르면 위에서 원하는 대로 사건의 전모가만들어질 테고 난 풀려날 테고 잊을 수 있을 거다……. 전

모든 게 귀찮아졌어요…… 아무것도 생각하기 싫었죠."

"결국엔 귀찮아졌다……? 이것 봐. 그래도 남 일병은 나름대로 치열하게 고민했어. 단지 귀찮아져서……?"

"아니에요. 제 마음에 가장 걸렸던 건 남 일병이었어요. 아무 죄도 없이 저 때문에 같이 인생을 끝장나게 할 수는 없었어요…… 모든 게 저 때문인데 제 손으로, 제 입으로 어떻게 그럴 수가 있어요……?"

"끝장이라니?"

"국가보안법 잠입 탈출, 근무지 무단이탈, 살인 및 상해죄. 또 그 밖에……."

"어쨌든 취조에 협조하고 진실을 밝혀야 했어. 자네가 벌인 사건이 외교 문제로까지 비화되어 버렸지. 북한 측에선 자네가 특수 임무를 띠고 북파되었다 실패하고 돌아갔다는 주장을 했고……. 그러다가 남한 기무사에서 납치극으로 사건의 전모를 무단 발표하자 강력히 항의하고 나섰지. 북한은 급기야 합동 수사본부에서 전격적으로 탈퇴하고 수사 협조를 거부했어. 요즘 이곳 상황이 어떤지 잘 알고 있겠지? 북한 핵 문제로 긴박한 외교가 진행 중이고, 핵 압력에 대한 북한 인민무력부장의 '전쟁 불사' 발언으로 지금 한반도 판문점은 중동보다 너 긴박한 화약고야. 자, 우리 어쨌거나 차분히 다시 시작해 보지. 아직 기회는 있어. 그 시간 왜 북한 지역에 넘어가 있었나?"

"그런 식의 질문, 이런 식의 취조는 무의미해요."

난 조금씩 짜증이 나기 시작했다. 그는 또 결정적인 질문에 대한 답들을 피해 갔다. 남성식 일병과 만나지 않았다면 난 그 대답의 뉘앙스에서 내가 했던 가정 중 세 번째, 특수 임무를 띤 요원으로서 월북하여 모종의 임무를 수행하려다 인민군에게 발각이 되어 총격전 끝에 자신도 부상을 입고 다시 남하한 것이 아닐까 생각했을 것이다. 하지만 그가 뱉은 무의미라는 단어에서 풍기는 짙은 허무는 다른 생각을 하게 했다. 난 다시 한번 아직 기회가 남아 있다는 것과 이 기회가 마지막이 될 것이라는 이야기를 정성들여 했지만 그는 여전히 무의미라는 말만 되풀이했다.

"그럼 어떤 식의 취조, 어떤 식의 질문이 의미가 있는지, 그리고 내가 어떤 질문을 해 주길 바라는지 이야기해 보지그래?"

"이봐요, 소령님. 물론 저는 놀랐어요. 한국어를 이 정도로 완벽에 가깝게 구사하는 외국인을 본 적이 없거든요. 저도 마루와 대화를 할 수 있었어요. 그런 방면에 소질이 있거든요. 하지만 제가 마루와 대화를 한다고 해서 개가 될 수는 없잖아요. 전 인간이니까요. 소령님이 스위스인인 것처럼…… 물론 소령님이 구사하는 한국어는 거의 완벽해요. 외모도 이국적인 동양인 같고요. 하지만 말이에요, 한국에 언제 오셨다고 하셨죠? 5년이라고요? 5년…… 이

나라의 모든 걸 안다고 생각하시겠죠? 하지만 이 나라에 대해서 뭘 아시나요? 사계절이 뚜렷하고, 북반구에 위치해 있으며, 전쟁의 폐허를 딛고 한강의 기적으로 국민 소득 1만 달러를 바라보는 나라, 올림픽을 치렀고, 소련을 비롯한 동구권 국가의 몰락으로 이데올로기의 대립이 무너진 세계정세 속에서 유일하게 동족 간에 대립하고 있는 극동의 반도……. 이 밖에 아는 게 뭐가 있나요? 이 분단의 구조와 정서를 외국인에게 이해하라고 하는 것 자체가 무리겠죠."

"그럼 어떻게 하면 되겠나? 다시 기무사로 돌아가겠나? 아니 기무사가 아니더라도 한국군 장교가 취조를 한다면 어떨까?"

"안 돼요. 기무사에서 저에게 어떻게 했는지 들으셨잖아요. 전 우리나라에 불리한 증언을 할 수도 있어요. 당연히 제 자유로운 진술이 용납되지 않을 겁니다."

"도대체 어쩌자는 말이야?"

"두 가지 경우가 있어요. 한국군 장교 하나가 다른 나라로 망명해서 다시 이곳 NNSC로 부임해 오는 경우, 그러면 그에게 이야기할 수 있을 것 같네요. 처음부터 차근차근……."

"그만둬, 말이 되는 소리를 해. 지금 나랑 장난하자는 건가? 넌 지금 피의자야? 알아? 자기 위치를 파악하고 위치에 맞는 말과 행동을 해!"

"또 한 가지 경우는…… 소령님께서 여기 근무한 5년 세월보다 훨씬 더 깊이 이 나라와 뭔가 맺어져 있는 경우……. 혹시 가족 중에 한국인이 있습니까?"

순간 놀란 표정으로 그를 바라봤다. 난 서둘러 표정을 가다듬었지만 그의 엷은 미소는 지워지지 않았다. 이대로 피의자에게 끌려다닐 수는 없다. 정신을 가다듬었다. 그러나 놀라운 일이다. 김수혁은 어떻게 알아챘을까? 어쩌면 내 동양적인 외모와 능숙한 한국어 실력으로 그냥 넘겨짚었을 것이다. 이제 내 표정을 보고 그는 확신한 것 같았다. 취조에 도움이 된다면 한국 혼혈이라고 밝히는 것도 그다지 어렵진 않다. 감추고 말 것도 없는 단순한 사실일 뿐이다. 과민 반응을 보일 필요도 없다. 브라질에서는 모두들 그렇게 살고 있다. 다들 어디와 어디의 혼혈이다. 그런 것을 들먹이는 사람도 없거니와 누가 그것을 들먹인다고 해도 개의치 않는다. 쿠비가 러시아와 이탈리아의 혼혈인 것처럼 나도 한국과 스위스 켈트계의 혼혈일 뿐이다. 하지만 이상했다. 이것은 나 자신에게 지난 세월 동안 수없이 되뇌어 온 말이 아닌가? 그런 말들이 이제 예전처럼 와닿지 못하고 가슴 한구석을 갑갑하게 했다. 펀치볼에 다녀온 이후의 변화인가……. 허전한 것 같으면서도 꽉 차서 답답함을 느끼는 내 가슴에 이제 뭐라고 되뇌어야 하나…….

"누가 한국인입니까? 어머니? 아버지?"

"어떻게 알았나?"

"소령님의 한국어엔 경기도 사투리 억양이 있어요. 단순히 열심히 외국어를 공부해서 얻은 실력이라면 사투리를 배울 리가 없지요. 그리고 소령님과 그다지 많은 이야기를 해 본 것은 아닙니다만 우리 정서를 많이 느꼈어요. 이건 설명할 수 없는 겁니다. 어느 쪽이 한국인이죠? 어머니? 아버지?"

"한국이란 말은 통상적으로 남한을 가리키는 말이 아닌가? 한국인은 없네."

"그럼 북한?"

"남한도 북한도 없던 시절에 아버진 태어났지. 그리고 결국엔 남한인도 북한인도 되지 못하고 이 땅을 떠났네."

"어떤 이야기인지 듣고 싶군요. 뭔가 이 땅에 맺힌 것이 있으리라는 짐작을 했습니다. 분명히 이 나라와 어딘가 섞인 것 같은데 소령님은 그런 내색을 조금도 안 했고, 또 감추는 것처럼 보이기도 했어요. 스위스인이라지만 브라질 출신이라면서요? 국민의 대부분이 혼혈인 나라 출신이 그런 걸 꺼린다는 것은 이상했고, 또 저를 취조하면서 쉽게 공감대를 형성하고 거부감을 줄일 요소인데도 감추는 듯한 인상을 받았어요. 그래서 뭔가 있구나 했지요."

"자네 이야기부터 듣지. 그리고 상황이 된다면 내 이야기를 해 주지. 자네 원하는 대로 이야기하게. 취조라는 형식은 생각하지 말고. 그냥 편하게 이야기를 해 보게. 오늘 밤은 무슨 이야기를 하든 끼어들지 않겠어."

"아까 왜 사건 시간에 군사분계선 북쪽 지역에 넘어가 있었냐고 하셨죠? 제가 거기까지 가는 데 24년이 걸렸고, 그 24년이 다시 절 돌아오게 했습니다. 수수께끼 같은 말이죠? 이 사건은 결코 단순하지 않아요. 제 삶 전체가 사건의 동기가 된단 말입니다. 하지만 차분히 들어 주세요. 이해하셔도 좋고 이해 못 하셔도 좋습니다. 제 이야기를 토대로 보고를 하셔도 좋아요. 할 수만 있다면요."

"그 전에 짚고 넘어가야 할 것들이 있는데…… 자네가 하는 이야기에 따라서 자네의 처지가 그 조작된 진술서로 사건이 종결되었을 때보다 불리해질 수도 있어. 그리고 또 하나, 이 사건을 중심으로 맞물려 있는 거대한 힘의 움직임은 이미 사건의 진실을 버린 것일 수도 있어. 아니 관심이 없다고 생각해도 되겠지. 어쩌면 자네의 진술이 공허한 외침이 될 수 있다는 말이지."

"두렵지 않아요. 어떻게 되든 상관없어요. 그리고 한 명은, 최소한 한 명은 이 어마어마한 사건의 진상을, 본질을 알아야 한다고 생각해요. 전 정말 두렵지 않아요."

"두렵지 않다……? 아직은 이해하기가 힘들군."

"전 악마가 북에 살고 있는 줄 알았죠."

"악마?"

"하지만 악마는 북이 아니라 휴전선 DMZ에 살고 있었어요. 두 개의 힘이 만나는 곳에서 악마가 탄생하는 거죠."

"계속해 보게."

"사람을 죽여 보셨어요?"

사람을 죽여 본 적이 없는 내가 사람을 죽여 본 사람에게 이런 질문을 받는다는 건 섬뜩한 일이다. 그가 살인자라는 사실을 새삼 깨닫는 순간이었다. 그는 사람을 죽였다. 물론 그도 처음일 것이라고 생각한다. 살인은 그가 살아온 20여 년의 세월에서 가장 충격적인 경험 중 하나였을 것이다. 이 사건의 중요한 본질을 하나 놓치고 있었구나. 이 사건은 살인 사건이다. 잊고 있었다. 긴박한 한반도 정세, 영토 침범, 망명, 북파 특수 요원, 휴전 상황에서 교전 중 사살 등의 문제 이전에 이것은 살인 사건이다.

그는 질문에 대한 내 대답은 관심이 없다는 표정으로 약간 긴장한 듯 숨을 몇 번 몰아쉬고는 내가 권한 담배를 빼 물었다. 다시 몇 번 마른 연기를 내뱉더니 그는 "사람을 죽인다는 건 말이죠……." 하며 이야기를 시작했다.

사람을 죽인다는 건 인간이 인간이라는 같은 종의 생물을 죽이는 특수한 행위를 했다는 것과 그냥 한 생명을 말살 — 죽였다는 건 감흥이 오지 않는다, 말살이라는 표현이 적절한 것 같다 ─ 시켜 버렸다는 두 가지 면이 공존한다. 살인이 일어나는 경위는 대개 정당방위와 과잉방위, 적극적 공격 중 하나이기 마련인데 내가 죽인 정우진 전사, 또 중상을 입힌 오경필 상등병 같은 경우에는 어느 쪽으로도 정확히 설명을 하기 힘들다. 난 왜 미친 듯이 베레타를 뽑아 들고 빈 총에 노리쇠가 까닥일 때까지 총알을 쏘아 댔을까? 왜 나는 당시 안전장치를 풀고 있었으며 특수부대원이 끼어 있는 인민군 두 병사를 상대로 어떻게 그런 신속한 대응을 할 수 있었을까? 물론 평소에 간첩이나 인민군을 사살하여 일 계급 특진을 하고 포상 휴가를 받는 단꿈에 젖어 본 적이 없는 것은 아니다. 그런 상상을 할라치면 미국, 이탈리아의 갱 영화에서 나오는 장면들이 먼저 뇌리를 스쳐 갔다. 그 장면의 주인공이 되는 상상을 하며 베레타를 뽑아 멋있게 겨누어 보다가 고참에게 얼차려를 당한 적도 있다. 하지만 영화에서 본 것처럼 살인은 매혹적이지 않았다. 살인은 살인일 뿐이었다.

난 1972년에 태어났다. 내가 태어나기 두 달 전에 7·4 남북공동성명이 있었고, 한 달 후에는 10월 유신이 있었다. 박정희의 열렬한 팬이면서 유신 추종자였던 아버지는 내 이름을 유신이라고 지을 걸 그랬다며 이미 출생신고를 한 것을 후회했다고 한다. 그런 아버지의 영향인지 1979년 10·26 사태가 일어났을 때 초등학교 1학년이던 나는 학교에서 엉엉 울었던 기억이 있다. 박정희 전 대통령 국장 때 누군가가 낭독한 애도문처럼 하늘이 울고 땅이 울었는지는 모르겠지만 어쨌든 나는 울었다. 그 사건 이후 한동안 만화와 쇼 프로그램 방영을 금지했기 때문에 내가 좋아하던 「부리부리 박사」를 볼 수 없어서였는지, 아니면 같은 반 친구들이 모두 울었기 때문에 그 분위기에 눌려서 눈물을 흘렸는지, 18년이란 세월 동안 조국 근대화를 위해 몸을 바친 지도자의 불행한 서거에 통탄을 해서인지 기억은 잘 나지 않는다.

초등학교 저학년 때부터 판문점 도끼 만행 사건, 울진 삼척 무장 공비 침투 사건, 김신조 일당의 청와대 습격 사건 등 무시무시한 살인 이야기를 전해 들으며 난 진심으로 분노했고 슬퍼했으며 두려워했다. 특히 이승복 어린이의 '나는 공산당이 싫어요' 사건을 접했을 때는 당시 나와 같은 또래의 어린이가 처참하게 — 내 어린 시절 가장 잔인한 드라마였다 — 살해, 난자되었다는 사실에 더욱 충격과 분노를 느꼈다. 공산당이 싫다는 한마디에 혀를 자르고 입을 찢어 죽였다는 공비들의 만행에 분노하면서도 일가족이 몰살당했고 공비도 다 죽었다는데 어떻게 이승복이 죽기 전에 그런 말을 했는지 알 수 있었을까 하는 의문이 들기도 했지만 그런 의문을 순간이나마 품었던 나 자신에 대해 죄책감으로 괴로워했던 기억도 생생하다.

반공 글짓기 대회에서 이승복에 관한 추모시를 써서 문교부 장관상을 탔던 것이 내 생애 가장 큰 상이었고, 그 후 반공 포스터, 반공 웅변대회, 반공 표어 짓기 대회 등에서 상을 휩쓸며 부모님을 기쁘게 했다. 내 반공 포스터에는 내가 상상할 수 있는 가장 악랄하고 잔인하게 생긴 악마가 예의 그 빨간색으로 범벅이 된 채 그려졌고, 무슨 말인지 정확히 알 수 없는 내용을 가지고도 웅변대회에서 누구보다 열성적으로 외쳐 댔다. 당시 내가 남부교육구청 반공 웅변대회에 나가 금상을 받을 때 마지막에 외쳤던 문구는 나중에 《소년동아일보》에 실리기도 했는데 다음과 같은 명문이었다.

　　꼭두각시 김일성아! 붉은 무리 공산당아!

　　보아라 우리의 이 행렬을…….

　　들어라 우리의 이 외침을…….

　　꺼져라 이 땅에서 흔적도 없이…….

　　가장 감명 깊이 본 만화영화는 「태권 브이」가 아니라 「간첩 잡는 똘이 장군」이었고, 어린 시절의 주된 공상은 과학자가 되거나 외계인으로부터 지구를 지키는 것이 아니라 간첩을 신고해서 당시에 상상할 수도 없는 금액인 5000만 원을 타는 것이었다. 그 꿈이 변한 것은 물가가 몇 십 배씩 오르는데도 20년 동안 동결되었다가 몇 년 전에서야 간신히 오른 상금 액수 때문만은 아니었다. 당시 5000만

원이면 집을 몇 채 사고도 자가용을 굴릴 수 있는 돈이었다. 주택복권 1등 당첨이 900만 원이던 시절이었으니까.

「수사반장」의 최불암보다는 MBC의 「대공수사본부 113」에 나오는 전운, 통폐합된 KBS의 「추적」이라는 드라마의 이낙훈이 멋있어 보였던 것은 너무나 당연했다. 광주에선 깡패와 양아치들이 간첩의 사주를 받아 폭동을 일으키고 있었고 난 내가 어른이었으면 군인이 되어 다 쓸어 버릴 텐데 하는 생각만 했으니까. 학교에서 억지로 외우도록 시키는 구구단이나 동요 가사보다는 간첩 식별 요령을 자발적으로 열심히 외웠다. 새벽에 산에서 내려오는 자, 일정한 직업 없이 돈을 잘 쓰는 자, 리시버를 귀에 꽂고 다니거나 밤늦게 라디오를 듣는 자, 고액권으로 담배를 사고 거스름돈을 받지 않는 자, 행방불명되었다가 나타났는데 그간의 행적이 묘연한 자……. 이들은 당시 횡행했다던 독침을 가지고 양민을 찌르고 다니는 간첩으로 오해받을 수 있는 사람들이었다. 요즘엔 이런 교육도 없고 간첩 식별 요령에 대한 책자 등도 찾아보기 힘든데 만년필 모양의 독침을 가지고 암약하는 간첩이 사라졌기 때문이라고는 생각하지 않는다. 이제 간첩 정도는 아무것도 아니라고 판단하는 걸까?

1983년 나는 5학년이었다. 평소엔 잘 알지도 못하는 버마라는 나라가 우리들의 마음속에 급부상했다. 전두환 대통령 각하의 동남아시아 순방 중에 버마라는 나라의 아웅산이라는 곳에서 북괴가 폭탄 테러를 했다는 것이었다. 자그마치 열여섯 명의 우리나라 주요 각료들이 사망했고 — 나중에 이기욱 재무부 차관이 사망하면서 열일곱 명이 된다 — 정말 다행히 대통령 각하는 천운으로 무사하셨다. 평소에 조금 삐딱하던 우리 담임선생은 수업 시간에 죽을 놈은 안 죽고 안 죽을 놈만 다 죽었다라는 묘한 이야기를 했지만 우린 그 뜻을 알지 못했다. 다만 그날의 분노만이 지금까지 생생하다. 이후 소련의 KAL기 격추 사건이나 마유미로 알려진 이쁘장하게 생긴 여자 테러리스트의 KAL기 폭파 사건에까지 내 분노는 이어졌다.

이렇게 자라 온 나는 내 또래의 아이들 평균이라 할 사고방식과 반공 의식과 역사관을 갖게 되었고 대학에 들어와서는 좌경 용공 학생들을 증오하는 모범적인 대학생이 되었다. 하지만 지금까지도 친구들이 나를 가리켜 하는 말 중 하나인 '데모 한번 안 해 본 놈'이라는 수식어는 잘못되었다. 난 딱 한 번 데모를 해 본 적이 있다. 운동권 친구들은 대학에 들어가서야 겨우 데모를 경험했겠지만 난 이미 중학교 2학년 시절에 2000명을 앞에 두고 마이크로 구호를 외쳤다. 내가 다니던 제법 명문에 속하는 중학교에는 학년별로 대대장이란 직위가 있었다. 3학년 각 반 반장 중에서 전교 회장과 전교 부회장을 뽑고 1학년과 2학년 반장 중에서 전교 부회장 한 명과 학년별 대대장을 뽑았는데 반장이었던 나는 대대장이 되었다. 대대장은 전교 회장이나 부회장과 달리 교사의 지명이었던 걸로 보아 당시 치맛바람으로 학교를 휩쓸고 다니던 어머니의 덕을 본 것이 아닌가 짐작된다.

난 학교가 군대도 아닌데 무슨 대대장일까 하는 의문을 품기도 전에 대대장이라는 낱말의 매력에 취해 기뻐했다. 대대장이 하는 일은 간단했다. 일주일에 한 번씩, 대개 월요일에 있는 애국 조회 때 교장 선생님의 훈화에 앞서 단상에 올라가 전교생을 차렷시키고, 다시 돌아서 교장 선생님께 대표로 경례를 붙이는 것이었다. 가끔 국기에 대한 경례를 낭독하기도 했다. 당시 중학생 아이들이 이미 직선 간부와 지명 간부를 차별할 줄 알아서 그랬는지 몰라도 전교 회장이나 다른 간부에 비해 나를 인정해 주지 않는 것 같아서 고민이었다. 한 달 동안 애국 조회가 없던 적도 있었는데 다른 아이들은 모두 좋아했지만 유일하게 나만 그것이 못 견디게 싫었다.

그러던 어느 날이었다. 그날은 월요일이 아닌데 긴급 조회가 소집되었고, 다음 날이 시험인데도 전교생이 운동장에 모여야 했다. 그리고 나에게 임무가 부여되었다. 학생 주임은 몇 가지 구호를 적어 주고 선창하는 방법을 지도해 주었다. 난 당연히 잘할 수 있었다. 얼마 동안 기다려 왔는

가. 난 당당히 2000명 앞에서 팔을 쳐들고 외쳤다.

"민족 수장 획책하는 금강산댐 건설 중단하라!"

"살인마, 꼭두각시, 김일성을 처단하라!"

내가 선창하는 구호를 따라서 연호하는 2000명의 학생들을 보며 뿌듯했고, 어느새 준비된 피켓을 각 반 반장들이 들고 맨 앞줄에서 흔들어 대니 기분은 최고조에 달했다. 나는 국회의사당이 지붕만 남고 63빌딩의 20층까지 잠긴다는 북괴의 천인공노할 만행에 진심으로 분노했다.

이런 일도 있었다. 역시 중학생 때였다. 김일성이 죽었다는 보도가 나왔다. 물론 나중에 터무니없는 오보로 밝혀졌지만, 점심시간 때 집에 다녀온 한 급우의 말을 통해 삽시간에 전교로 퍼져 나간 이 소문을 듣고 우린 서로 악수를 하며 얼싸안고 진심으로 기뻐했다. 일반적으로 사람이 죽으면 슬퍼해야 하는데 이 경우는 달랐다. 이 땅의 악의 원흉이, 내가 어린 시절부터 그렇게 죽어라, 죽어라, 고사를 지내던 악마가 사라졌다는 기쁨이었다. 그것이 오보로 알려졌을 땐 그만큼이나 실망했다.

내 나이 스물셋에 겪은 진짜 김일성의 죽음은 열다섯에 겪었던 김일성의 죽음과는 달랐다. 다를 수밖에 없었다. 난 판문점에 있었다. 전군에 24시간 경계 태세가 내려졌고 난 사격 대회에서 사단장 상을 탄 공로로 포상 휴가를 나가게 되어 있었지만 다음 달로 미루어야 했다. 판문점의 긴장은 고조되었고, 인민군과 우리들은 지나칠 때마다 서로의 표정을 살피기에 바빴다. 우린 모두 초조해졌다. 물론 나는 카투사로서 UN군 소속 판문점 공동 경비대 JSA라는 그럴듯한 이름의 부대에 있었지만 이 부대가 전시엔 바로 총알받이가 되리라는 것을 누구보다 잘 알고 있었다. 군단 사령부에서 비정기적으로 위관급, 영관급 장교들이 모여 워 게임(War Game)이라는 컴퓨터 프로그램에 의한 모의 전투 시뮬레이션을 한다는데 이는 각 부대의 위치, 이동 사이클, 병력, 화력과 파악된 북한군의 병력 데이터를 컴퓨터에 입력해 가상으로 전쟁을 치르는 것이라고 했다. 그 결과 전시에 우리 부대의 생존 확률이 0.5퍼센트라는 이야기가 한참 퍼져 있을 때였다.

이제 그 이전의 이야기를 해야 한다. 이등병 시절 말이다. 난 대학을 2학년까지 다니고 남들 다 가는 시기에 군에 자원했다. 원래 1학년을 마치고 갈 예정이었지만 카투사 시험에 떨어지는 바람에 1년을 더 다니면서 카투사 공부를 하느라고 늦어졌다.

앞서 이야기했지만 대학 생활은 조용히 보냈다. 학교와 도서관만 왔다 갔다 하는 모범생은 아니고 당구도 치고, 술도 마시고, 나이트클럽도 다니는 보통의 대학생이었다. 운동권에 약간 관심이 있었지만 친구들과의 대화 끝에 관심이 아예 사라졌다. 그런 쪽 서클에 나가는 같은 과 친구 둘하고 나와 비슷한 친구와 나눈 대화였다. 내 친구는 6·25의 남침에 대해서 짧은 지식으로 침을 튀기었고, 운동권 친구는 북침이라는 말도 안 되는 이야기를 했고, 다른 운동권 친구는 당시 한반도 정세에서 총을 누가 먼저 쐈는지는 중요하지 않다고 말했다. 난 조용히 듣고만 있었지만 내 가슴속은 요동쳤다. 괜히 그러는 줄 알았는데 정말 운동권이란 것들은 북한의 사주를 받는구나. 약간의 두려움과 함께 내 마음이 완전히 그들에게서 떠난 1학년 여름방학이었다.

논산 훈련소에서 퇴소하고 평택에서 후반기 교육을 받은 나는 성적이 나빠 용산은 생각도 못 했고 제발 평택 미군 부대만이라도 걸리게 해 달라고 빌었다. 동기들이 가장 꺼리는 곳은 동두천이나 의정부였다. 더 재수가 없으면 판문점이라고 했다. 난 바로 판문점으로 차출당했다. 사병으로서는 유일하게 권총을 만져 보는 곳이라는 이야기를 듣고 위안을 삼았다.

난 JSA에 자대 배치를 받고 첫 근무를 시작한 그날을 잊지 못한다. 흥분, 불안, 두려움, 초조…… 무엇 때문이겠는가? 난 악마를 만나게 되는 것이다. 어린 시절 그려 왔던, 머리에 뿔이 달리고 송곳니가 삐져나온 입가에 피가 뚝뚝 흐르는 인민군이라는 악마를 불과 2~3미터 거리에서 만나게 되었다. 내 두려움은 당연했다. 물론 그들은 그런 모습을 하고 있지 않았다. 하지만 난 그들과 눈을 마주칠 용기를 내는 데에 자그마치 한 달이 걸렸다.

누구나 아는 그런 시간이 3개월쯤 흐른 후 첫 번째 사건이 터진다. 그때쯤 인민군은 더 이상 무서워 보이지 않았다. 그들은 군견 마루보다도 순해 보였다. 그즈음 마루는 내 사육 방법에 길들어 돌이킬 수 없을 정도로 사나워져 있었다. 그러던 어느 날 나는 중사에게 내 군 생활 최악의 얼차려를 받게 되었다. 물론 내 잘못이었다. 내가 근무하던 B-2 초소와 북측 가-1 초소의 거리는 50미터가 채 안 됐다. 가끔 그쪽 초소 아이들이 이쪽을 향해 뭐라고 지껄이는데 아마 그날은 "밥이나 제대로 먹냐?"라고 했던 걸로 기억한다. 그들이 더 이상 무섭지 않았던 나는 그동안의 공포에 대한 보상 심리로 크게 대꾸를 했다. 아마 "너네나 잘해, 인마!"였던 것 같다. 그것이 발단이었다. 황 중사가 얼굴이 붉으락푸르락하면서 파이버를 벗어 내 가슴을 냅다 쳤다. 이후 얼차려가 시작되었다. 당시 난 얼차려의 이유를 정확히 알지 못했지만 기합에 탈진 상태가 된 나에게 황 중사는 이유를 자세히 설명해 주었다. 한마디라도 대꾸하면 국가보안법 회합 통신죄에 관한 법률 위반이라는 거였다. 난 안일했던 나 자신을 깨달았다.

두 번째 사건은 야간 수색이 있던 날 벌어졌다. 우리 경비대에서는 비정기적으로 비무장지대에 대한 야간 수색을 한다. 보통 예닐곱 명 정도 무리 지어서 하고, 선임하사가 동행을 하면 여덟 명이 된다. 비무장지대에 대한 야간 수색은 언제나 긴장과 흥분 속에 이루어진다. 거기엔 두 가지 요소가 있다. 하나는 지뢰고, 또 하나는 인민군과의 교전이다. 내가 입대한 이후엔 실제로 지뢰를 밟아 사고가 난 일이 없지만 충분히 가능성이 있는 일이었다. 시기에 따라 비무장지대의 지뢰는 두 가지로 나뉘는데 전쟁 후에 매설된 지뢰와 전쟁 전에 매설된 지뢰다. 전쟁이 끝나고 휴전선이 확정된 후 우리 측 공병들에 의해서 매설된 지뢰는 마인 맵(지뢰 지도)으로 모두 파악되어 있지만 문제는 전쟁 전에, 혹은 전쟁 중에 그 지역에 매설된 엄청난 양의 지뢰다. 한번은 북쪽 지역의 영두산에서 난 산불이 남풍을 타고 휴전선을 넘어왔는데 난 어떤 전쟁 영화에서도 그런 장엄한 광경을 본 적이 없다. 족히 2000발은 될 지뢰가 그 불에 의해 폭발하고 말았다. 더군다나 밤이었기 때문에 불꽃놀이는 더욱 아름다워 보였다.

그래서 비무장지대의 야간 수색은 대개 경험이 풍부한 선임하사와 소대장이 인솔하기 마련인데 그날따라 규정을 어기고 사병들만 나가게 되었다. 난 사실 지뢰의 위험성보다는 두 번째 요소, 고참들이 이야기하는 비무장지대 야간 수색 중 인민군과의 교전 가능성이 더 두려웠다. 경계가 애매한 이쪽 비무장지대 안쪽까지 북한군이 야간 수색을 나온다는 것이다. 그럼 국경 침범이 아니냐고 되물었지만 고참들은 그렇게 간단한 문제가 아니라는 이야기만 했다. 물론 야간 수색에서 마주치면 교전이 벌어진다. 역시 내가 입대한 이후로 그런 적은 아직 없지만 우리는 야간 수색을 나갈 때마다 인민군과 마주쳤을 때의 행동 요령에 대해서 주지받았다. 그날도 황 중사의 잔소리를 들으며 군장을 꾸리고 있었다. 류색 안에 옷, 양말, 워커 여분, 수통 여분, 침낭, 야삽, MRE 등을 쑤셔 넣고 탄창 여섯 개를 차고 M-16 A2 자동소총을 들었다. 모두 만약의 사태를 대비하기 위한 것이다. 보통 하나도 써 보지 못하고 귀대하게 마련이다. 군대는 언제나 만약의 사태를 대비한다. 만약의 사태란 언제나 죽음과 직결된다. 하지만 익숙해진 탓인지 다른 사람들은 무감각해 보였다.

그날은 내가 맨 뒷줄에서 후방을 경계하게 되었다. 제일 막내이던 내가 왜 후방 경계를 맡았는지 그날은 일이 참 더럽게 꼬인 날이었다. 사건은 백학산 북단까지 수색을 마치고 금릉에 있는 본대로 귀대하는 길에 일어났다.

지친 발걸음을 힘겹게 옮기는 순간 내 오른발에 솔방울을 밟은 것 같은 감촉이 워커를 통해 발바닥으로, 온몸으로 소름이 되어 퍼져 갔다. 지뢰……. 발을 떼는 순간 난 죽는다……. 내가 거기서 불과 7~8미터 앞서가는 동료에게 소리를 질러 즉시 도움을 청했다면 나중에 조금 얼차려를 당했을지는 모르나 이 모든 사건은 일어나지 않았을 것이다. 하지만 말이 나오지 않았다. 영화에서나 볼 이런 상황은 정말 영화처럼 내 입을 얼어붙게 했다. 지뢰를 밟았다는 사실을 알아채고서 덜덜 떨리는 다리를 수습하고 도움을 청해야겠다는 생각이 들었을 때 동료들은 이미 40~50미터 앞에 가고 있었다. 크게 소리를 질러야 했는데 목에선 갈라진 쉰 소리만이 장 병장님, 장 병장님 하고 흘러나올 뿐이었다.

어느 정도 시간이 흘렀을까. 난 지뢰를 밟은 발을 고정하고 쪼그려 앉아 있었다. 혹시 솔방울이나 다른 어떤 이물질을 밟고 착각하는 것은 아닐까? 하지만 용기를 내어 워커 밑으로 손가락을 넣어 보았을 때 느껴지는 금속의 감촉은 목을 후비고 들어오는 칼날보다도 차가웠다. 이제 난 죽은 것이다. 어른 키는 족히 될 법한 갈대들만이 가끔 바람에 소리를 낼 뿐 주위는 고요했다. 아무것도 보이지 않았다. 이제 모든 건 끝났다.

여기서 두 번째 사건이 일어난다. 구름 사이로 잠시 고개를 내민 초승달에 갈대들이 빛나고 있었다. 그렇게 가만히 앉아 있기를 한 시간여, 그 갈대들을 헤치며 두 개의 그림자가 내 쪽으로 향해 오는 것이 보였다. 난 본대에서 나를 찾으러 수색 나온 군인들이라고 생각했다. 너무 흥분해서 하마터면 지뢰를 밟은 발을 뗄 뻔했다. 이제 살았구나.

하지만 달빛에 얼핏 비친 두 그림자가 조금씩 가까워졌을 때 절망처럼 내 눈에 들어온 것은 그들의 어깨에 있는 빨간 계급장과 고동색 상의였다. 인민군이었다. 비무장지대 야간 수색에서 두려워했던 두 가지 요소가 모두 맞아떨어지는 순간이었다. 지뢰를 밟고 인민군과 교전을 해야 하다니. 물론 이런 것들은 상황이 완료된 지금 생각이다. 당시엔 공포와 절망으로 M-16 A2를 움켜잡았을 뿐이었다. 그들은 내가 있는 것을 눈치채지 못한 모양이었다. M-16 A2를 꼭 잡은 손에서 땀이 흘렀다. 지뢰를 밟고 있는 다리는 후들후들 떨렸다. 하지만 조용히 해야 했다. 이 상태에서 교전은 불가능했다. 인민군이 지나가면 난 또 쪼그리고 앉아 밤을 새우면 될 것이다. 날이 밝으면 우리 측에서 구조를 나올 것이다. 바랄 수 있는 희망은 그것뿐이었다.

내 옆으로 4~5미터 거리를 두고 무성한 갈대숲 사이를 지나가던 인민군 두 명이 갑자기 멈춰 섰다. 난 M-16 A2를 움켜쥐고 둘을 정조준했다. 꽉 움켜잡을수록 손이 더욱 떨리는 것은 어쩔 수 없었다. 그들 중 한 명이 경계를 서고 한 명은 소변을 보는 것 같았다. 안도감과 함께 총을 내려놓았다. 아까 총을 겨누던 순간 바지에 오줌을 싼 것 같은 느낌이 들었지만 만져 볼 수도 쳐다볼 수도 없었다.

"누구야!"

후에 알았지만 난 계속해서 이를 부딪치며 떨고 있었다.

숨소리는 죽였지만 이가 부딪치는 소리는 인식하지 못하고 있었던 것이다. 경계를 서던 인민군은 내 쪽으로 총을 겨눈 채 한 걸음 더 다가서며 다시 한번 "누구야!" 하고 외쳤다. 소변을 보던 놈도 바지를 급히 추켜올리고 엎드려 내 쪽으로 총을 겨누고 있었다. 한 걸음만 더 가까이 오면 쏘리라. 난 방아쇠에 걸린 손가락에 힘을 주었다.

"엄호해."

서 있던 인민군이 엎드려 있는 쪽에게 나지막이 뱉은 말이었다. 그러고는 내게로 다가왔다. 한 걸음만 더 오면 쏴야지…… 쏴야지…… 하면서도 내 손가락은 얼어붙은 것처럼 움직일 줄 몰랐다. 그들이 다가오기까지 기껏해야 십 초쯤 흘렀겠지만 난 그 짧은 시간 동안 인생을 다시 한 번 산 기분이었다. 나를 엄폐하고 있던 마지막 갈대가 젖혀지기만을 기다렸다. 방아쇠에 걸린 검지가 바르르 떨렸다. 그런데 이상했다. 나에게 다가오던 인민군이 갑자기 시야에서 사라졌다. 저 앞에 엎드려쏴 자세로 엄호하고 있는 인민군만 보였다. 이상한 생각에 주위를 살피려고 고개를 돌리는데…… 무언가가 날아와 내 손에서 M-16을 떨구고 쇠붙이의 날카로운 감촉이 목젖을 파고들었다. 어느새 내 뒤로 돌아온 인민군이 내 목에 대검을 겨누고 있었다. 아무런 감정도 실리지 않은 듯한 차가운 목소리가 나를 압박했다.

"조용히 일어서라우."

평안도 사투리……. 내가 지금 듣고 있는 말이 평안도 사투리라는 것 하나만으로도 이렇게 무서울 수 있다는 사실에 새삼 놀랐다. 고등학교 때 목포에 놀러 갔다가 깡패들에게 걸려 호되게 맞은 적이 있는데 그때 느꼈던 전라도 사투리의 공포는 이것에 비하면 장난 같았다. 아까는 잘 나오지도 않던 목소리가 터져 나왔다.

"살려 주세요!"

생각해 보면 좀 우스꽝스러운 모습이었을 것이다. 화장실에 쪼그려 앉은 듯 엉거주춤한 자세에 두 손을 모아 높이 들고 고개는 숙인 채 살려 달라고 외치는 병사. 난 내가 코미디 영화의 배역을 맡게 될 줄은 몰랐지만 이것도 후에 생각한 일일 뿐 당시는 내 인생에서 스스로에게 가장 절실하고 진지했던 순간이었다.

두 인민군은 나에게 다가와 한 명은 총을 겨누고 또 한 명은 무장해제를 하며 손전등으로 내 얼굴을 비추었다.

"너 혹시 B-2 초소에 있는 신병 아니냐?"

"맞구만, 저번에 너네나 잘해라고 소리친 그 아새끼래 여기 있었구마니."

그들은 내가 근무하는 초소에서 50미터밖에 떨어지지 않은 북측 가-1 초소에 있는 인민군이었다. 난 솔직히 살려 달라고 빌고 싶었다. 하지만 그들은 적성 국가의 군인

244

들 아닌가? 나 또한 그들에게 적성국의 군인…… 이 자리에서 사살한다고 해도 이상할 것이 없었다. 처참하게 죽었다는 이승복, 폭탄으로 폐허가 된 아웅 산 묘소, 폭파된 KAL기의 잔해 위로 내 시체가 영상화되어 지나갔다.

"어케 해 줬으면 좋겠네? 지금 죽여 주까? 아니면 체포해서 공화국으로 끌고 가 주까 말이야?"

"상등병님, 잘하면 일 계급 특진이겠는데요."

"엎드려뻗치라우!"

물론 그럴 수는 없었다. 내가 움직이면 나뿐만 아니라 내 앞에 의기양양하게 서 있는 두 인민군 병사도 박살 난다. 그래, 어차피 나를 살려 두지는 않을 것이다. 조금만 가까이 와라, 같이 죽는 거다……. 하지만 그것은 생각뿐, 엎드려뻗치라는 말에 반응하지 않고 가만히 얼어 있는 나에게 기가 막힌다는 표정을 지으며 그 상등병이란 놈이 코앞에 다가올 때까지 난 지뢰를 밟은 발을 꿈쩍도 할 수 없었다.

"저…… 나, 난 지금 지뢰를 밟고 있어. 그래서 대열에서 낙오한 거야. 가까이 오면 발을 떼겠어. 같이 죽는 거야."

잠시 놀라는 표정을 짓던 상등병은 부하와 몇 마디 주고받더니 부하에게 경계를 시키고 대검을 뽑아 들고는 나에게 바싹 다가왔다.

"가까이 오지 말라니까! 발을 떼겠어…… 한 발만 더 가까이 오면…….”

“아새끼래 거 디게 시끄럽구만. 조용히 하라우.”

이제 끝이구나……. 어디를 찌르려는 걸까? 내가 움직이면 자신도 위험할 텐데 설마……. 그는 내 앞에 와서 무릎을 꿇더니 지뢰를 밟고 있는 워커 옆의 굳은 땅에 대검을 박았다. 그리고 다시 다른 대검으로 땅을 파며 무언가를 열심히 하는 듯했다. 얼마 후 그는 다시 일어나서 나에게 말했다. 그의 이마엔 굵은 땀방울이 맺혀 있었다.

“자, 이제 비켜 보라우. 천천히…….”

“상등병님, 우린 피해 있는 게 좋겠습니다.”

“이 자식…… 너 인마 내 실력을 그케 못 믿네? 야! 남한 아새끼, 발을 떼 보라이까?”

만약 그들이 멀찌감치 떨어져서 나에게 발을 떼어 보라고 했다면 난 감히 그럴 수 없었을 것이다. 손 안 대고 코 푼다고, 나 스스로 폭사하게 하려는 수작이라고 생각했을 것이다. 하지만 바로 코앞에 서 있는 상등병의 미소 짓는 얼굴을 보며 용기를 내어 천천히 발을 떼었다. 발을 떼는 순간 픽 하는 소리가 났는데 난 그것이 폭발하는 소리인 줄 알고 옆으로 몸을 굴리며 땅바닥에 엎드렸다. 그런 내 모습을 보고 깔깔대는 인민군의 웃음소리에 정신을 차렸다. 상등병은 어리벙벙해 있는 나에게 다가와 탄창에서 총알을 뺀 총과 륙색을 건네주었다.

"이등병이라 했네? 가서 엄마 젖이나 더 먹어야갔구만. 군인이래 그렇게 허약해 어따 쓰가서? 날래 돌아가라우."

"너, 인마, 다시 한번 우리 초소에 소리만 질러 봐. 진짜로 쏴 버릴 거야. 상등병님이 마음이 약해서 그냥 보내 주는 거야. 담에 만나면 어림없어."

"왜 살려 주는 거지?"

"아새끼래…… 보자 보자 하니까니…… 종간나 새끼! 너 어따 대고 반말이네! 보아하니 스물다섯도 안 돼 보이는 새끼래…… 우리 집 막내보다 어려 보여 가지구서리……."

상등병이란 사람은 주먹을 들어 보이며 나를 때리려는 시늉을 했다. 하지만 하나도 무섭지 않았다.

"왜 살려 주시는 겁니까……?"

"기럼 죽일 줄 알았네? 사람 목숨이래 뉘기나 귀한 거는 마찬가지 아니가서? 물론 나도 후방에 있을 때나 외국에 있을 때는 그렇게 생각했드랬어. 미제의 용병 새끼들 만나면 다 대갈통을 부숴 버릴 거라고 생각했지. 하지만 판문점에서만 1년 정도 지나고 나니끼니…… 남한 아이들 보면 내가 예전에 상상했던 그런 적개심이 타오르지가 않더구만. 니들이 무슨 죄가서? 미 제국주의와 그를 비호하는 친미 반공 파쇼 정권이 죽일 놈들 아니가서?"

그들은 북으로, 난 남으로 돌아왔다. 난 내 생명의 은인에게 고맙다는 말조차 건네지 못했다. 그들은 정우진 전사와 오경필 상등병이었다. 일반적으로 판문점 근처에 근무하고 있는 인민군은 우리보다 나이가 많았다. 북한 사병의 계급 체계는 전사, 상등병, 하사 순으로 올라가는데 정우진 전사는 가장 낮은 계급이지만 나보다 한 살 많았고, 오경필 상등병은 스물아홉 살이었다. 난 이로부터 약 1년 뒤쯤 이들 중 하나를 살해하게 된다.

수색을 나간 사병이 세 시간이 넘도록 원대 복귀를 하지 않자 부대엔 비상이 걸렸다고 한다. 난 부대로 돌아가 지뢰를 밟아 그것을 제거하고 오느라 시간이 걸렸다는 경위 설명을 했고, 적어도 군기 교육대나 후송을 각오했지만 약간의 얼차려로 일이 마무리됐다. 연대장의 승진 건이 월말에 걸려 있었기 때문에 조용히 마무리하려 한 것으로 보인다.

그들과 나의 밀회가 시작된 것은 그로부터 한 달여 뒤였다. 난 다시 초소 근무에 들어갔다. 그 전에 판문점 회담장 건물과 공동 일직 장교 건물 보초를 서면서 2~3미터 거리에서 마주칠 기회가 몇 번 있었다. 공동 일직 장교 건물은 남과 북에 정확히 반씩 걸쳐 있고, 그 건물 밖으로 휴전선 경계를 표시하는 15센티미터가량의 벽돌이 이어져 있었다. 그 벽돌을 사이에 두고 우리는 마주쳤다. 난 용기를 내어 말없이 웃었고 정우진 전사는 우스꽝스러운 표정으로 나에게 한 눈을 찡긋하기까지 했다. 마치 연애를 시작한 기분이었다. 이런 일련의 행위는 금기를 범하는 범죄의 유희와도 같은 쾌감이었고, 고되고 지루한 군 생활에 활력소가 되어 갔다.

어느새 난 대담해져 있었다. 밤에 초소 근무를 가면 남방 한계선 부근까지 가서 쪽지에 돌을 매달아 가-1 초소로 던지기도 했다. 그러면 예의 쪽지가 다시 날아왔는데 답장은 주로 정우진 전사가 썼다. 정우진 전사의 글씨는 명필이었다. 회색 갱지에 펜촉의 질감이 그대로 느껴지는 글씨는 시원해 보였다. 중고등학교 때 한창 펜팔이 유행할 때에도 편지를 써 본 적이 없던 내가 적성국의 군인과 펜팔을 하게 될 줄은 꿈에도 몰랐다.

내 편지는 주로 군 생활에 관한 것이었다. 마루 이야기가 많았다. 내 자식 같던 마루를 절친한 친구에게 자랑하듯이 말이다. 약 3개월간을 그렇게 보냈다. 정우진의 편지에 자기 고민이 하소연하듯이 담기기 시작한 것도 그 무렵이었다. 그의 고민은 여자 문제, 집안 문제가 주를 이루었고, 내 나이 또래의 청년은 남에서나 북에서나 고민하는 종류와 정도가 비슷하다는 것에 동질감을 느꼈다. 그러던 어느 날 우리는 어마어마한 일을 벌이게 된다.

사실 별로 대단한 일이 못 될지도 모른다. 그것을 대단한 일로 여기는 것은 나만의 생각일지도 몰랐다. 어쨌건 나는 반세기 동안 금지되어 있던 선을 넘었다. 난 통일의

꽃이라고 불리는 임수경 같은 운동권도, 문익환 목사도, 대기업 총수도 아니었지만 아무런 장애물이 없는 허허벌판에도 엄연히 존재하는 휴전선이라는 무시무시한 이름의 가상의 선을 넘어 정우진과 오경필을 만났다. 우리의 만남은 정우진이 남쪽으로 넘어오는 것으로 이루어질 수도 있었지만 우리 초소 쪽에는 북의 손님을 맞을 만한 엄폐물이 없었다. 북측 가-1 초소 쪽은 숲이 우거져 있었다.

남과 북에 걸쳐진 군정위, 회담장, 공동 일직 장교 건물이 모여 있는 곳에서 서쪽으로 불과 50미터 떨어진 우리 초소와 북 초소 일대엔 밤이 되면 사람이 없다. 밤에 이 일대를 관할하는 것은 나와 함께 근무하는 갓 들어온 이병과 북쪽 초소의 정우진, 오경필뿐이다. 같이 근무하던 남 이병에겐 대변을 보고 오겠다고 핑계를 댔다. 이상하게 여길지도 모르지만 평소에 군기를 확실히 잡아 놓아서 함부로 행동하지 못할 거라고 생각했다. 선임하사 등의 불시 순찰이 언제쯤 들이닥칠지 훤히 꿰고 있는 것은 당연했다.

나는 용감히 분단과 단절과 오욕의 선을 넘었다. 나는 6·25 때 인천 상륙작전과 함께 북진했던 국군 이래 40여 년 만에 휴전선을 넘은 최초의 군인이 되었다. 그날은 내가 상병 계급장을 달던 날이었다. 내 진급 파티는 북조선에서 이루어졌다. 북측 초소 앞 우거진 숲 사이에 서너 명이 놀기 좋은 장소가 있었다. 앉기 좋은 바위가 의자처럼

빙 둘러 자리하고 가운데에는 낙엽을 태운 듯한 자국이
남아 있는 곳이었다. 경필 형과 우진은 나를 반갑게 맞아
주었다. 오경필은 나보다 한참 나이가 많았고 우진은 그냥
같은 또래이니 말을 놓자는 데에 흔쾌히 응했다. 내가 진
급했다는 소식을 편지로 미리 알고 있었던 우진은 북한 술
과 과자를 준비해 놓았다. 하지만 오래 지체할 시간은 없
었기 때문에 후딱 먹어 치우고서 남은 것은 싸 들고 돌아
와야 했다. 짧은, 너무나 짧은 동안의 만남이었지만 즐거웠
다. 경필 형은 그날 비무장지대에서 있었던 일을 이야기하
며 나를 놀렸고 나는 경필 형도 지뢰 한번 밟아 보라고 너
스레를 떨었다.

　"다음 주 주말에 또 휴가 나간다. 포상 휴가야. 사격 대
회에서 사단장 상을 받았거든. 서울 갔다 오는 길에 뭐 좀
사다 줄까?"

　"그래도 총은 좀 쏠 줄 아나 보지? 총 하면 오 상등병님
이 최고인데. 둘이 시합이나 한번 하지 그러세요?"

　"마, 관둬라, 관둬. 총 잘 쏘면 뭐 하네? 정 동무도 봤
지 않네? 총 겨누고서리 벌벌 떨고 있다 맥없이 살려 주세
요…… 하하."

　"경필이 형. 그 이야기 좀 그만합시다. 형도 지뢰 밟아 봐
요. 정신 있나? 근데 정말 그때 어떻게 내 뒤로 온 거예요?
분명히 앞쪽으로 다가오는 걸 주시하고 있었는데 갑자기

사라졌어요⋯⋯. 어떻게 된 거예요?"

"기거래 바로 너 같은 겁쟁이 군인하고 나 같은 퇴고의
전사 간의 차이 아니가서⋯⋯."

난 괜히 허세 부린다며 농담으로 받았지만 사실 오경
필이란 사람은 일반 군인 같지 않은 살벌한 분위기가 자
주 느껴지곤 했다. 곱슬기가 도는 짧은 머리, 하관이 빠
른 뾰족한 턱에 두툼한 입술, 군살 하나 없이 쫙 빠진 몸
매, 까무잡잡한 피부에 유난히 반짝이는 작은 두 눈, 그리
고 오른쪽 눈 위의 족히 7~8센티미터는 될 것 같은 긴 흉
터⋯⋯. 턱을 바싹 몸으로 당기고 고개를 약간 숙인 상태
에서 위로 째려보는 듯한 날카로운 눈매⋯⋯. 인민군에 대
한 공포감과 거부감을 완전히 제외한다고 해도 그에 대한
첫인상은 솔직히 말해서 잘 다듬어진 하나의 흉기를 보는
느낌이었다. 하지만 난 지지 않고 말했다.

"사실 그때 내가 마음먹고 발만 뗐으면 경필이 형도 우
진이도 박살 났어요."

"짜식이, 떠세 부리고 있어. 내래 너한테 감추고 있는 거
하나 이야기해 보가서. 그때 니가 밟은 지뢰 말이야⋯⋯
물론 진짜 지뢰이긴 했는데 조명지뢰였드랬어. 알간? 밟
으면 조명탄이 펑 하고 터지면서 위치와 시야를 확보하는
거 말이야. 대검으로 이리저리 건드려 보았더니 그거더구
만⋯⋯. 내래 미쳤다고 터질지도 모르는 지뢰에서 니가 발

을 떼는데 앞에 서 있었겠네? 터져 봤자 별거 아니니끼니 그랬디."

"그러면 그렇지. 어쩐지 너무 멋있어 보이더라. 약아빠진 건 남한 애들이랑 똑같다니까."

"그래도 너 같은 멍청한 군인은 아이야. 하하."

그들의 놀림은 결코 기분 나쁜 것이 아니었지만 난 한 가지 자랑거리를 생각해 냈다. 지난 10년 동안 거의 매일 연습하다시피 한 속사와 권총 다루기. 어려서부터 총에 대해 광적인 관심을 보였던 나는 권총을 사용하는 거의 모든 영화 속 장면을 연습하고 따라 하면서 청소년기를 보냈다. 그중에서도 빨리 뽑기는 한국군 중 유일하게 사병이 권총을 사용하는 부대에 배속되어 묵직한 진짜 권총을 다루면서 더욱더 속도가 붙었다.

"나 권총 쓰는 거 한번 볼래요?"

"자존심이래 상했네? 자신 있게 나오는 거 보이 총은 좀 쓰는가 보구만."

"야, 수혁 동무, 참아라. 참아. 번데기 앞에서 주름 잡아도 유분수지 오 상등병님이 어떤 분이신 줄 알고……"

"아니야. 한번 보디. 근데 어카가서? 여기서리 총이래 쏠 수는 없지 않아? 소음총이라도 갖고 다니는 기야?"

"그냥 일단 한번 보라니까요."

"그러고 보니 너 권총을 이상하게 차고 다닌다."

난 무대로 나섰다. 우진과 경필 형은 호기심 어린 눈빛을 반짝이며 약속한 듯이 내가 선물한 88 담배를 빼 물었다. 두 손바닥을 펴 보인 다음 서부영화의 건맨처럼 천천히 자세를 잡았다. 우진인 더욱 바싹 다가앉았고 경필이 형은 담배를 문 채 고개를 뒤로 젖히고 여유 있게 바라보고 있었다. 난 예의 빠른 동작으로 총을 뽑고서 그들의 눈동자를 주시했다. 역시 휘둥그레진 눈으로 나를 쳐다보고 있었다. 우쭐한 마음에 번갈아 가며 양손으로 총 돌리기와 서커스단이 곤봉을 돌리는 것처럼 던졌다가 홀스터에 넣은 후 다시 빼기 등을 보여 주었다. 특히 우진은 경탄해 마지않으며 탄성을 연발했다. 경필 형은 애써 놀란 표정을 감추는 듯이 보였지만 처음 내가 총을 뽑을 때 놀라던 눈빛을 난 분명히 기억하고 있었다.

"곡마단 같은 기런 동작은 그만두고라도…… 말이야. 총 뽑는 거 하난 정말로 빠르구마니……."

"그러니까 우습게 보지 말란 말이에요. 형은 이렇게 빨리 뽑을 수 있어요?"

"평소에 권총은 그다지 사용하지 않아서리……. 자신은 못하지만 다른 거라면 좀 할 만하갔지."

"다른 거라뇨?"

"보라우."

다른 사람이 내가 총을 뽑는 것을 볼 때 이 정도로 놀라는 걸까? 담배를 문 채 얼굴을 찡그리며 고개를 숙이고 있던 경필 형의 손에서 무언가가 번쩍했다. 몸이 거의 움직이지도 않았다. 딱 하는 소리에 뒤를 돌아보니 내 뒤에 서 있는 미루나무에 이미 대검이 박혀 있었다. 경필이 형과 나의 위치, 그리고 대검이 박힌 미루나무의 위치를 볼 때 분명히 대검은 내 얼굴 바로 옆이나 어깨쯤을 스쳐 날아갔을 것이다. 소름이 쫘악 돋았다. 갑자기, 정말 갑자기 내 앞에 대검을 던진 이 사람이 적군이라는 생각이 들었다. 인민군…… 적군이다. 언제든지 저렇게 칼을 날려 나를 죽일 수 있는 사람이 아닌가? 내가 총을 뽑았을 때도 저들은 이런 공포를 느꼈을까? 그랬던 것 같지는 않았다. 하지만 저런 사람과 마주 서서 나는 총을 뽑고 상대는 칼을 뽑는다면 승부는 어떻게 날까 하는 영화 같은 생각도 잠시 스쳐 갔다. 솔직히 자신이 없었다. 하지만 이런 공포는 경필 형의 그 사람 좋아 보이는 웃음으로 눈 녹듯이 사라졌다.

나중에 우진을 통해 들은 이야기지만 경필 형은 인민군 중사 출신으로 아랍 등의 적성국에 파견되어 활약하던 1급 전사였다. 김일성 호위 총국 소속 특무대에 있다가 사회 안전원 하나와 싸움이 붙어 부상을 입히는 사고를 치고 강등되어 이곳에 배치되었다고 한다. 야간 사격 시 300미터 밖의 움직이는 표적에 탄창 하나를 한 알도 안 빠뜨리고 박아 넣는 명사수라는 이야기도 덧붙였다.

"사상적으로 약간 의심스러운 구석이 있어서 강등되었다는 이야기도 있어."

"북한에서 그런 건 대단히 중요한 걸로 아는데 강등으로 끝났어?"

"오 상등병님이 출신 성분이 좋거든. 혁명 유가족이라고 할까⋯⋯."

"혁명 유가족?"

"오 상등병님 할아버지는 6·25 해방전쟁에 참전했다가 전사하셨고 아버지도 군인 생활 중에 돌아가셨거든."

어쨌든 즐거운 밤들이 계속되었다. 처음엔 넘어가는 것이 무척이나 불안했지만 차츰 대담해졌다. 그러나 역시 오랜 시간을 그곳에서 지체할 수는 없었다. 서로 사는 이야기, 서로 모르는 남북한 이야기가 주된 화제였다. 내가 편지를 통해서 전해 준 남한 이야기, 오렌지니 압구정이니 야타족이니 하는 이야기를 제일 재미있어했고, 그들이 하는 북한 이야기는 별로 재미는 없었지만 처음 듣는 신기한 이야기가 많았다. 88 담배가 금세 바닥났고, 다음에 올 때 88 담배 좀 부탁한다는 이야기를 우진이 잊지 않고 했다. 언제 중대장이나 선임하사가 순찰을 돌지 모르기 때문에 오래지 않아 다시 남으로 돌아와야 했지만 다음 만남을 생각하는 것만으로도 즐거웠다. 다음 날 밤도, 그다음 날 밤도 난 뻔질나게 남과 북을 왕래했다. 내가 나름대로 거금을 들여 88 담배 세 보루를 선물하자 우진은 부대에서 몰래 담근다는 뱀술을 건넸다. 어울리지 않게 그림을 잘 그리는 경필 형은 내 사진을 달라고 하더니 초상화를 그려 주었다. 그들이 받은 가장 큰 문화 충격은 바로 미군 부대 아이들에게 어렵게 구한 《펜트하우스》였다. 외국을 다니면서 많이 보았다고 관심 없는 척하며 곁눈질을 계속하는 경필 형과 대놓고 재미있다며 침을 질질 흘리는 우진을 보면서 즐거웠다. 그들은 《펜트하우스》와 88 담배 세 보루를 비닐봉지에 담아 초소 근처에 야삽으로 깊이 파묻었다. 포상 휴가를 받아 귀향하면 한 일주일은 못 볼 것 같았다. 군대에서 휴가 나가는 게 서운할 수도 있구나 하는 생각을 하며 속으로 웃음이 나왔다. 난 그들에게 필요한 게 있으면 말하라고 했다. 정말 큰 게 아니라면 뭐든지 사다 주고 싶었다. 우진은 《펜트하우스》 같은 거, 그런데 동양인 나오는 건 없냐고 간청 아닌 간청을 했다. 친구들을 만나면 일본 잡지를 구해 봐야겠다고 생각했다. 경필 형은 조심스럽게 말을 꺼냈다.

"남한에선 지포 라이터 쉽게 구하네? 얼마쯤 하네?"

"한 뭐…… 이삼만 원 할걸요……."

"뭐이야! 이삼만 원!"

"아니 거기랑 화폐 가치가 다르니까……. 그렇게 비싼 건 아니에요. 하나 구해 드려요?"

"뭐…… 부담 가면 하지 말고……. 내래 돈은 지불할 수
없어야."

"괜찮아요, 하나 사다 드릴게요. 형이 내 초상화 그려 준
거 있잖아요, 남한에서는 그 그림이 지포 라이터보다 훨씬
값나갈 겁니다."

아닌 게 아니라 그의 그림 실력은 뛰어났다. 흑백으로
목탄과 먹을 이용해 그렸는데 정말 내가 본 어떤 초상화
보다도 잘 그린 것 같았다. 원래는 미술을 하고 싶었다고
한다. 우진이 원한 일본 잡지는 못 구했지만 지포 라이터
는 청량리역에 있는 조그만 가게에서 하나 사서 가져왔다.
2만 3000원이었다. 모델은 여러 가지가 있었는데 그중 내
마음에 드는 것은 맥아더 그림이 새겨진 금색 지포였다. 주
인 또한 이 맥아더 시리즈가 지포에서는 유명한 시리즈라
며 적극 권했다. 하지만 경필 형한테 맥아더 그림의 라이터
를 선물하기는 아무래도 마음에 걸렸다. 그래서 그냥 무난
하게 아무런 무늬도 없는 금색 지포를 샀다. 우진은 투덜
댔고 경필 형은 정말 기뻐했다. 그날 밤 이야기하는 중에
경필 형은 그 지포 라이터를 손에 꼭 쥐고 계속 철커덕철
커덕 껐다 켰다 하며 즐거워했다. 어린애같이 좋아하는 얼
굴이 무척이나 보기 좋았다.

우진이 원한 것을 구해다 주지 못해 미안하던 참에 우
진이 양말을 부탁했다. 신기하게도 우진이 신고 있는 것도

우리나라 양말이었다. 남한에서 풍선에 삐라와 함께 양말, 사탕 등을 넣어서 북쪽으로 날려 보내는데 발견하면 서로 가지려고 여럿이서 싸운다고 한다. 사탕이나 껌 같은 것은 처음엔 독이 들었다는 소문이 퍼져 먹지 않았지만 요즘은 서로 못 먹어 안달이라고도 했다. 난 남한 사탕과 양말도 가져다주었다.

일주일에 적어도 세 번은 북에 넘어 다니는 것이 자연스러운 일상이 되어 가던 어느 날 경필 형과 우진과 놀고 있는데 북측에서 불시 초소 순찰을 나왔다. 주위만 고요하면 반경 50미터 안에서 일어나는 모든 움직임을 포착할 수 있다는 경필 형이 아니었더라면 정말 큰일을 치를 뻔했다. 우린 급히 담배를 껐다. 우진은 나를 초소 앞 미루나무 뒤에 숨기고 엎드려 있으라 하고는 초소로 급히 돌아갔다. 내가 숨어 있던 곳과 북측 가-1 초소는 불과 몇 미터도 되지 않았다. 순찰을 나온 인민군 상위라는 사람의 말소리가 또렷이 들릴 정도였다. 온몸에서 식은땀이 흘렀다. 숨이 턱턱 막히고 다리가 후들거렸다. 저번 DMZ에서처럼 이를 부딪치지는 않으려 노력했다.

"별다른 상황이래 없디?"

"예, 기렇습네다."

"오 동무래 따분하지 않아? 전선에서 펄펄 날던 동무래 경비나 서고 있으려니 오죽 지루하갔어……."

"괜찮습네다. 기런 것만 충성이겠습네까? 경비를 열심히 서는 것도……."

"기런 입에 발린 소리 안 해도 되는 기야. 조금만 참고 기다리믄 좋은 날 안 오가서……?"

다행히 별일 없이 인민군 상위는 돌아갔고 우리 셋은 모두 안도의 한숨을 내쉬었다. 같은 위기 상황을 함께 겪어서인지 우리는 더욱 친해진 듯했다. 상위가 나를 발견했더라면 어떻게 했을 거냐고 짓궂은 질문을 던지니 그들은 나를 생포해서 일 계급 특진을 받았을 거라고 농담처럼 이야기했지만 사실 가슴 한구석이 무거워졌다. 정말 그런 상황이 일어났다면 어떻게 되었을까…….

그러던 어느 날이었다. 밤마다 초소를 비우는 나를 남이병이 이상하게 생각하는 것 같아 불안해하던 중이었다. 남 이병이 초소에 벗어 놓은 야상 주머니에 사진이 한 장 보이길래 꺼내 보게 되었다. 선글라스를 낀 여자의 사진이었다. 척 보기에도 상당히 예뻐 보이는 여자는 애인인 듯했다. 내심 부러운 마음에 다른 사진은 없나 싶어서 주머니를 뒤졌는데 봉투가 뜯긴 편지가 있었다. 형 없이도 학생회 사업은 잘 굴러가고 있다느니, 정세가 열악하다느니 하는 글들이 언뜻 눈에 들어왔다. 남 이병이 들어오는 것을 보고 잽싸게 사진을 감추었다.

"이번 유격 훈련에 헌병대와 같이 들어간다고 다들 투덜

거리던데 왜 그러는 겁니까, 김 상병님?"

유격 훈련은 대개 수색대들이 담당하여 실시한다. 수색대와 헌병대의 반목은 뿌리 깊었다. 언제 시작되었는지 도저히 알 수 없는 수수께끼였다. 남 이병은 신참이라서 잘 모르는 듯했다.

"인마, 수색대랑 헌병대랑 사이가 안 좋으니까 그렇지."

"왜 그렇습니까?"

"만약에 니가 밖에서 복장 불량인 수색대 애랑 같이 있다가 헌병대에 걸린다면 죽었다고 복창하는 게 좋아. 헌병대 애들은 수색대 애들이라면 이를 갈거든. 반대로 헌병대랑 같이 유격에 들어가도 마찬가지. 수색대 애들도 헌병대에 당한 복수를 하려고 드니까."

"그렇습니까? 누가 먼저 시작한 겁니까?"

"그게 바로 닭이 먼저냐, 달걀이 먼저냐의 문제지. 처음엔 분명히 그런 사이가 아니었을 텐데. 누가 먼저 시작했는지도 모르고 그렇게 이어 가다 보니까 이젠 도저히 풀 수도 풀 필요도 없는 당연한 증오의 관계가 되어 버렸지."

"마치 남북한과도 비슷하군요."

"이 자식이. 어디서 '요' 자야! '요' 자가! 건방지게."

"예! 시정하겠습니다."

"인마, 남성식. 그건 그렇고 이 사진의 주인공은 누구야? 애인이야?"

"아, 예…… 저…… 제 여동생입니다."

"애인 아냐? 혹시? 안 뺏을 테니 얘기해 봐."

"정말로 친동생입니다. 저 못 믿으시겠다면 이 사진을
보십시오. 그 사진의 주인공이 선글라스를 벗으면 이렇게
됩니다……."

난 웃음을 참을 수가 없었다. 남자와 여자가 이렇게 닮
을 수가 있나 싶어서였다. 헤어스타일과 화장을 제외하면
둘은 정말 구별하기 힘들 만큼 닮았다. 이산가족이 되더라
도 얼굴 생김만 갖고 쉽게 찾을 것 같았다. 한참을 깔깔대
고 웃는 나를 멀뚱히 바라보는 남 이병의 눈길에 약간 머
쓱해져 웃음을 멈추고는 물었다.

"이름이 뭐야? 여동생 말야."

"예. 수정입니다. 남수정……."

"정말 닮았네. 너도 그런 이야기 많이 들었지? 근데……
남 이병…… 너 운동권이었어?"

당황하는 기색이 역력했다. 나도 나대로 편지를 훔쳐본
것 같아 매우 미안했다. 그는 우물쭈물 말을 더듬거리며
그런 게 아니라, 그런 게 아니라라는 말만 되풀이했다.

"괜찮아, 인마. 내가 어떻게 하겠냐? 그냥 호기심으로 물
어보는 거야. 근데 어쩌다 운동권 출신이 이런 곳에 떨어
지셨나? 신원 조회할 텐데……."

"저도 좀 이상하다고 생각했습니다. 그냥 논산에서 차

출되었는데……. 하지만 전 주요 블랙리스트에 오를 만큼 핵심도 아니었고…… 행정 착오가 있던 것 같기도 하고…… 모르겠습니다."

"그럼 너두 뭐…… 주사파, 그래, 어느 대학 총장이 맨날 떠들어 대던 그 주사파냐?"

"뭐…… 운동권 진영에도 여러 정파가 있고 다양한 생각이 공존하니까요."

"그러니까 너도 주사파냐 이 말이야."

"좀 애매합니다. 그렇게 물으시면…… 대답하기도 난감하고요. 주체사상에 대해서 공부해 본 적은 있습니다. 한때는 열심히 공부했죠. 하지만 곧 싫증이 나더군요. 꼭 교과서 같은 책이었어요. 어떻게 보면 뻔하고 당연한 말을 어렵게 풀어놓은 것 같기도 했고요."

학교에서도 운동한다고 수업에 안 들어오고 뻔질나게 돌아다니는 애들을 보면서 도대체 무엇이 쟤들에게 저런 열정을 가져다주는지 궁금해하며 운동권에 대한 긍정적인 생각을 가지려 하다가도 주사파니, 김일성 주체사상을 학습하고 신봉한다느니 하는 이야기만 나오면 온몸에 두드러기가 돋는 것처럼 거부감이 들었다. 그들이 물러가라고 외쳤던 우리나라 독재자들은 기껏해야 몇 년 못 해 먹고 결국엔 물러났는데 50년 가깝게 독재를 자행한 인물을 신봉하는 이율배반은 무엇인지 알 수가 없었다. 동족상잔

의 전쟁을 일으키고, 세계 각지에서 테러를 하고, 더구나
권력 세습이라는 코미디를 연출한 그런 인물을 말이다. 서
강대 박홍 총장의 주사파 파문이 일어났을 때는 평소에
너털웃음을 흘리며 반갑게 인사하던 운동권 아이들이 두
렵기까지 했다.

"너도 박홍 총장이 주사파 어쩌고 했을 때 뜨끔했겠다."

"그 사람…… 미친 사람이에요……."

"아니 미친 사람이라니? 우리나라에 주사파가 암약하고
있고 김정일의 직접 지시를 받는다는 그 말은…… 정말 섬
뜩하더라. 아니란 말야?"

"그 사람이 이런 이야기를 했죠. 운동권 뒤에는 주사파
가 있고, 그 뒤에 사노맹이 있고, 그 뒤에 북한 사노청이,
또 그 뒤에 김정일이 연결되어 있다고요. 운동권에 대해서
조금만 관심이 있는 사람이라면 그런 말도 안 되는 이야긴
하지 못했을 거예요. 한마디로 아무것도 모르면서 지껄인
거라고요."

"무슨 이야긴데? 설명해 봐"

"예. 운동권에도 서로 이해가 다른 정파가 있고 그 사이
에 반목이 심한 게 사실이거든요. 사노맹은 따지자면 북
한에 대해 별로 우호적이지 않아요. 어떻게 보면 그 정반
대라고 할 수 있죠. 이름만 비슷하면 다 같은 걸로 알았는
지, 어떻게 사노맹이랑 북한 사노청을 연결 지을 생각을 했

는지……. 사노맹 쪽 사람들을 만나 보지는 못했지만 아마 그쪽 사람들은 굉장히 기분 나빴을 거예요. 자기들이 김정일의 사주를 받는다니…… 자존심이 많이 상했을걸요. 당시 학교에서 알 만한 애들의 생각은 다 그랬어요. 가만있으면 중간이나 가지……. 모르는 사람들은 모두 들고 일어섰죠. 각 학교 교수들이 박홍 총장 지지 성명을 발표하고 우리 사회에 침투해 있는 좌경 용공의 수위에 경악하고 개탄해 마지않았죠. 하지만 생각해 보세요. 우리가 주체사상에 대해 뭘 알고 있나. 그 정도로 주사파가 사회적인 이슈가 되었다면 우선 도대체 주체사상이 뭔지부터 따져야 하는 것 아니겠습니까? 그런 기사는 한 줄도 보지 못했어요. 적어도 주체사상은 이러이러한 아주 나쁜 사상이니 우리 사회에서 뿌리를 뽑아야 합니다…… 이런 정도의 성의는 보였어야죠. 사실 별거 아니었거든요. 오히려 공부하면서 실망을 했을 정돕니다."

"무섭다, 야. 너 진짜 골수 운동권 같아 보이는데……."

"그렇지 않습니다. 레드 콤플렉스라고 하나요? 사실 우린 어린 시절에 어마어마한 반공 교육을 받고 자란 세대죠. 상병님도 기억하실 겁니다. 수많은 반공 신화……."

"나도 그런 게 잘한 것이라고는 생각하지 않아. 하지만 이젠 안 그렇잖아. 초등학교 다니는 조카를 보니까 반공 글짓기 대회니 웅변대회니 하는 것 한 번도 해 본 적 없다더군. 과거 독재 시대 때나 있었던 일이지."

"하지만 우린 아직도 선거 때만 되면 간첩이 나타나는 시대에 사는걸요."

"이 자식, 정말 빨갱이구나! 너 인마, 그럼 그게 조작이라는 거야?"

"아뇨. 전부 조작이라고는 생각하지 않아요. 어디서나 첩보전은 있게 마련이니까요. 하지만 왜 간첩은 그렇게 기가 막힌 타이밍에 나타나는 겁니까? 그런 때만 골라서 사건을 터뜨리는 거겠죠. 모든 조직 사건은 정권이 위기에 처했을 때나 선거 때 같은 상황에서 터져 왔고요."

대학 1학년 때 이후로 운동권 아이와 이렇게 대화를 한 것은 처음이었다. 일리가 있다고 생각되는 말도 있었고 다소 억지라고 생각되는 말도 있었다. 특히 통일 문제에 대해서는 목청을 높이면서 현 정부의 통일 정책을 강력히 반대하는 것 같았다. 마광수 교수의 『즐거운 사라』 사건은 얼마 전에 발생한 건영 특혜 비리 사건을 은폐하고 국민적인 관심을 돌리기 위해서 터뜨렸다는 주장에는 수긍하기가 힘들었다. 하지만 곰곰이 생각해 보면 그 진위를 떠나서 『즐거운 사라』 사건 이후로 건영 특혜는 흐지부지된 느낌이 드는 것도 사실이었다. 또 그는 수서 비리, 율곡 사업, 페놀 오염 등의 사건과 맞물려 있는 여러 가지 사건을 예로 들면서 차분하게 설명했다. 나로서는 대개 믿을 수 없는 놀라운 이야기들이었지만 예전처럼 거부감부터 늘지는 않았다. 그냥 재미있게 들었을 뿐이었다.

"사람들이 보수 일간지 사설을 읽으며 정치적으로 고무받는 겁니다. 자유로운 생각이 통제당하는 거죠. 지배에 용이하게 말입니다. 상관들은 항상 이야기하지 않습니까? 적들은 외세 개입 7일 전에 한반도를 군사적으로 장악할 전쟁 시나리오를 갖고 있다고…… 처음엔 아니다, 아니다 생각하다가도 계속해서 이런 식으로 주입되면 저도 제대 할 때쯤 어떻게 될지 몰라요."

"그건 마찬가지인 것 같아. 생각해 봐. 나도 니가 하는 그런 이야기에 동의할 수 없고 아니다, 아니다 한다고. 너도 태어났을 때부터 운동권은 아니었을 거 아냐? 너도 나처럼 그런 간첩 사건이 조작이라느니, 건영 특혜를 은폐하기 위해 『즐거운 사라』 사건을 일으켰다느니 하는 이야기를 처음 들었을 땐 아니다, 아니다 했을 거라고. 하지만 어느새 나에게 그런 걸 강력하게 주장하잖아. 니가 공부했다는 주체사상도 그렇고…… 어차피 마찬가지야. 진실은 아무도 모르는 거야."

"일리 있는 말씀이군요. 그럴지도 모르죠. 운동권들의 사고가 얼마간 경직되어 있다는 점은 저도 인정합니다. 바로 그런 것들이 말씀하신 내용과 부합할지도 모르겠어요. 하지만 확실한 건 우리가 통일해야 할 대상은 바로 북한이라는 겁니다. 북한은 적이 아니라 우리와 손잡고 같은 나라를 건설해 나갈 친구고 동지라는 거죠. 그래서 국보법은 철폐……."

"자식아! 그만해……. 이 자식이 그냥 계속 들어 주려니까……. 니가 인마, 나를 교육하려는 거야, 뭐야!"

"죄송합니다. 시정하겠습니다."

"그러면 넌 여기 처음 와서 별로 안 무서웠겠구나. 난 판문점 처음 배치받고 나서 얼마나 떨었는지 몰라. 난 저쪽 애들이랑 눈 마주치는 데만 한 달이 걸렸어. 생각했던 것보다 순하게 생기고 잘생긴 애, 인상 좋은 애도 많던데 하여간 난 그랬어. 넌 어땠어? 너 같으면 전혀 안 그랬을 것 같은데."

"아닙니다. 저도 무서웠어요. 학교에서는 후배들에게 북한은 우리와 손 맞잡고 통일을 일구어 나갈 동지라고 강변하고 다니면서도 막상 이곳에 와서 인민군과 마주치려니까 겁이 났어요. 그런데 곧 적응이 되더군요. 저쪽에서도 마찬가지로 생각할 것 같았어요. 그렇게 생각하니까 마음이 편하더군요."

"너…… 인민군 한번 만나 볼래?"

지금 생각해 보면 남 이병 — 지금은 일병이지만 — 을 끌어들인 것은 잘못이었다. 하지만 누구도 일이 그렇게 될 줄은 상상하지 못했을 것이다. 내가 남 이병과 함께 휴전선을 넘은 날은 부슬부슬 비가 내리는 밤이었다. 달이 뜨지 않아 엄폐하기엔 더없이 좋았고 더군다나 그동안의 경험으로 절대 불시 순찰이 없을 시간이었다. 북쪽 친구들은 진심으로 남성식을 환영했다. 성식은 경필 형과 금세 친해졌다. 경필 형은 나에게 그랬던 것처럼 성식의 초상화를 그려 주었고 팔뚝만 한 오동나무 가지를 잘라다가 대검으로 목각 인형을 조각해 주기도 했다. 나를 스쳐 미루나무에 박혔던 무서운 살인 무기가 이렇게 예쁜 목각 인형을 만드는 데 사용될 수 있다는 것이 놀라웠다.

내가 보초를 서고 성식이 혼자 넘어 다니기도 하고 또 그 반대로 하기도 하고 가끔 상황을 봐서 같이 넘어가기도 했다. 대개 우리의 북행은 불시 순찰이 있은 직후에 이루어졌다. 정말 특수한 경우가 아니라면 순찰이 있고 나서 두 시간 동안은 안전하기 때문이다. 하지만 초소로 들어오는 비상시 무전이나 인터컴을 제어할 사람이 필요했기 때문에 같이 북행하는 것은 몇 번 이루어지지 않았다. 기억하기로 한 두세 번쯤 같이 넘어갔던 것 같은데 마지막에 사건이 벌어졌다. 생각해 보면 참 허술했다. 하긴 누가 감히 초소 근무 중 휴전선을 넘는다는 상상을 하겠는가? 일반적인 상황에서 그랬다가는 양쪽의 집중사격으로 벌집이 될 것이다.

북한에서는 군에 의무 복무를 하고 대학에 가는 것이

일반적이라는데 김일성대학 외교학부를 다니다가 입영했다는 정우진은 좀 특수한 경우라고 한다. 우진이 중앙당 간부의 아들이어서였는지 아니면 다른 이유인지 자세한 내용까지는 알 수가 없었다. 우진은 졸업하면 외교관이 되어 세계를 누비는 것이 꿈이라며 요즘 대미 외교 등에서 뛰어난 수완을 발휘하고 있는 김영남 외교부장을 가장 존경한다고 했다. 우진은 종종 성식과 단둘이 나는 잘 알아듣기 힘든 이야기를 나누곤 했다. 그럴 때면 경필 형은 또 쓸데없는 짓 한다는 표정으로 뻐끔뻐끔 담배만 피워 댔다. 성식이 우리 모임에 낀 이후로 그들은 북한 사회에 대한 불만도 조심스럽게 털어놓았다. 특히 경필 형은 알고 보니 우진이 학을 뗄 정도로 반골 기질이 있었다. 한번은 김정일이 자기 생일 비용으로 3억 달러를 썼다는 외신 기사를 리비아에 있을 때 보았다며 인민들이 굶어 죽는데 그런 죽일 새끼가 있냐고 분노하기도 했다. 옆에서 우진이 그만한 이유가 있고 3억 달러라는 수치로만 받아들일 것은 아니라며 나름대로 논리를 폈지만 경필 형은 들으려 하지 않았다. 경필 형이 중사에서 전사로 강등된 데에는 사상적인 문제도 있다더니 맞는 이야기 같았다. 일찍부터 특수부대원으로 외국을 돌아다녀서 반동 물이 많이 들었다는 이야기도 했다. 툭하면 경필 형은 성식에게 북조선에 대한 환상을 버리라고 했고, 그럴 때면 성식은 웃으면서 형이 남한에 있었다면 자기보다 더 투철한 운동권이 되었을 거라고 받아넘겼다.

우진과 성식이 주로 나누던 대화는 사상적인 것이었던 듯하다. 주체사상이니 창의성, 주체성, 의식성이라느니 하는 이야기들로 둘은 열변을 토하곤 했다. 어느 날 우진은 나와 경필 형에게 만약 성식이 김일성대학에 와서 지금 자기와 했던 이야기로 논문을 쓴다면 박사 학위는 문제도 아니라고 이야기했다. 자기들은 단순히 대학에 들어가려고, 취직을 하려고 시험공부하듯이 주체사상을 외우고 공부했단다. 그래서 단순히 암기한 죽은 지식에 불과했는데 남한 운동권이 투쟁을 통해 학습하는 주체사상은 살아 있다는 것이다. 성식은 칭찬을 아끼지 않았다. 우리가 어려서 「국민교육헌장」을 외우고 민주 시민 9대 덕목 등을 잘잘 외우고 다녔던 것처럼 그들에게 주체사상도 그랬나 보다 하고 생각했다.

성식의 여동생이라는 수정의 사진이 또 화제가 되었다. 경필 형도 우진도 둘의 닮음에 박장대소를 했고, 우진은 그 사진을 달라며 한동안 떼를 썼다. 결국 우진이 가져간 수정의 사진은 항상 우진의 윗주머니에 들어가 있었다. 그러다 생각 없이 성식이 우진에게 소개시켜 줄까라고 했는데 그것이 갑자기 분위기를 썰렁하게 만들었다. 그동안 너무 스스럼없이 친하게 지냈던 터라 잠시 잊고 있었던 사실, 즉 우리가 적성국의 군인이라는 것과 제대만 하면 죽을 때까지 결코 볼 수 없으리라는 절망이 새삼 인식되었던 것이다. 물론 우진이 수정을 소개받는 날도 결코 오지 않을 것 같았다. 우진은 아마 수정의 사진을 가슴에 품는 데 만족해야 할 것이다. 왠지 그날은 모두가 괜히 침통해져 말도 별로 하지 못하고 다시 내려와야 했다. 우리 초소로 돌아와서 성식과 난 서로를 위로하고 또 위로받고 싶어 했다. 이데올로기 이전에 우리는 이 빌어먹을 구조에 대해서 짜증을 내고 있었다.

한번은 마루를 데리고 밤에 넘어간 적이 있다. 내 애견을 자랑스럽게 소개했다. 그런데 마루가 그들에게 무섭게 달려들었다. 개를 진정시키느라 한참을 고생했다. 경필 형은 그러는 개와 나를 보고 한마디 했다.

"그래도 주인보다는 개가 자기 임무에 더 충실하구마니……."

그 이후 마루를 북으로 데리고 가는 일은 없었는데 북에 갔다 온 영향이었는지 어쨌는지 몰라도 그때부터 마루는 이상해지기 시작했다. 나중에 안 사실이었지만 그날 마루가 덤벼든 것은 그들이 손전등으로 마루를 자극했기 때문이었다. 전엔 손전등만 비추고 먹이를 주지 않으면 침을 흘리며 식욕을 느끼는 현상만 보였는데 이제는 강력한 공격 성향을 띠게 된 것이다. 그날 이후 몇 번 실험을 통해서 확실히 확인을 할 수 있었다. 심지어 강렬한 손전등 불빛을 받고 먹이가 제공되지 않으면 나까지 공격하려 들었다. 그럴 때는 몽둥이도 소용이 없었고 먹이를 주어야만 잠잠해졌다. 애초에 생명과 자기 보호 욕구를 가진 개체에게 그런 실험을 한 것부터가 잘못이었다는 생각이 들어 전임 고참을 원망하기도 했다. 그러나 후회하지는 않았다. 아쉽고 불쌍한 건 사실이었지만 나에게 마루는 다만 군 생활의 청량제 이상은 의미가 없었다. 다만 이 사실은 감추어야 했다. 군견에게 문제가 생기면 담당 사병에게 책임이 돌아간다. 그냥 배고프면 먹이를 먹는 자연스러운 상태의 개로 돌려보내기엔 너무 늦어 버렸기에 언제나 손전등을 휴대하고 마루에게 먹이를 주었으며, 식사 시간을 제외하곤 손전등 불빛에 노출되지 않도록 신경을 썼다.

나와 성식, 우진과 경필 형은 이제 낮에 초소 근무를 설 때도 조심스럽게 손을 흔들며 인사하는 수준까지 대담해졌는데 그날따라 우진이 보이지 않았다. 그날 밤에 북쪽으로 넘어가서 경필 형에게 우진의 어머님이 돌아가셔서 잠시 귀향했다는 이야기를 들었다. 며칠 후 다시 보았을 때 우진은 많이 지쳐 보였고 수척해 있었다. 어떻게 위로해야 할지 모르겠다고 말을 꺼냈고, 우진은 어머니 이야기를 하며 울먹이기 시작했다. 경필 형은 사내새끼가 질질 짠다고 투덜댔고, 누가 먼저였는지 모르지만 나와 우진은 손을 잡고 있었다. 군인답지 않게 가녀린 우진의 손을 통해 심장 박동이 전해져 오는 듯했다.

난 이로부터 얼마 후에 우진의 심장에 열세 발의 총알을 박아 넣게 된다.

아침 날씨가 더욱 쌀쌀해졌다. 이바노프가 내 방으로 찾아왔다. 예정보다 일정이 당겨져 다음 주에 본국으로 돌아간다고 했다. 5년 전 그가 떠나왔던 조국은 사라졌다. 체코슬로바키아라는 나라는 이제 어느 곳에도 존재하지 않는다. 그는 이제 체코인이 될 것이다.

"잘해 보라고. 아, 참, 수사 책임자에서 해임되었다는 이야긴 들었어. 그래도 아직 할 일이 남았잖아."

"이제 통역이나 하면 되겠지."

"개인 취조 신청하고 지금 진행 중이라며? 진심인데…… 정말 잘했으면 좋겠어."

"보헤미아 출신이니까 체코로 가겠군."

"그래도 프라하가 있는 나라에서 계속 살게 되어 다행이야. 세상은 참 부조리해. 합쳐야 할 것은 나누어 놓고 나누어야 할 것은 합쳐 놓거든."

"민족 분규야 세계적인 추세니까……. 합쳐져야 할 것이 나뉘었다는 건 이 나라를 이야기하는 거야?"

"민족이란 건 사실 혈통에 의해서 만들어진다기보다는

함께 가꾸어 온 공동체의 집합적 기억이지. 과거를 어떻게 보내느냐에 따라서 현재와 미래가 달라지니까. 그래, 체코슬로바키아는 사라졌어. 하지만 이건 패배가 아니라 승리야. 74년 동안 계속되어 온 한 나라가 사라졌다는 건 패배지만 그 분열이 평화적인 합의이혼이 되었다는 게 우리 민족의 위대한 승리지."

"맞아. 나도 그건 높이 평가해. 유고를 봐도 알 수 있지."

"크로아티아, 세르비아, 보스니아의 회교도들…… 정말 많은 사람이 죽었지. 세상은 정말 부조리해. 이 나라도 그렇고. 하지만 아직도 난 이 나라가 이해가 안 가. 물론 내가 상관할 일은 아니지만……."

이바노프와 나눈 이야기를 곱씹기도 전에 세 가지 충격적인 소식을 듣게 되었다. 오랜만에 도착한 쿠비의 편지는 두 가지 충격적인 내용을 담고 있었다. 하나는 그녀가 아버지의 이야기를 만화로 그리고 있었다는 것이다. 그동안 내 과민 반응이 겁나 숨겼다고 했다. '제3세계의 불행한 전사'라는 시리즈에 극동 편으로 들어간다고 한다. 그래서 아버지에게 그렇게 극진했나 하는 생각이 드는 한편 과연 이야깃거리가 될까 하는 의문도 들었다. 물론 어떤 사람의 일생이든 소설책 몇 권 분량은 될 거라지만 아버지는 고작 인민군으로 6·25 때 참전했다가 포로가 되고 제3국을 택한 것뿐이지 않은가? 쿠비는 이데올로기에 희생된 한 인간의 삶을 조명한다고 편지에 썼는데 뻔한 소재가 될 것 같은 느낌이 들었다.

두 번째 충격적인 소식은 아버지의 사망이었다. 공항에서 한국 기자에게 총을 쏜 후 아버지는 정신병원에 수용되어 있었다. 심장병과 노환으로 내가 돌아가는 날까지 살지 못하리라고 짐작은 했다. 하지만 사망 소식에 가슴 한 구석이 싸늘해지는 것을 부인할 수는 없었다. 결국엔 그렇게 됐구나. 쿠비도 임종을 지키진 못했다고 한다. 정신병원 측에서 사망 통지서와 시체 인도 청구서를 보내왔다고 했다.

아버지의 노트를 펼친 건 이제 진정 끝났구나 하는 생각만은 아니었다. 그 이상의 무엇이 있는 듯했다. 나 자신도 파악할 수 없는 무언가가 아버지의 노트에 손을 뻗게 했다. 펀치볼을 다녀온 이후로 자주 읽다가 김수혁의 개인 취조 이후 한동안 펼치지 않았는데 어제오늘 손이 가서 조금 읽어 보았다. 읽다가 지루한 부분은 건너뛰며 띄엄띄엄 읽는데도 분량이 상당히 많아 쉽게 진도가 나가지 않았다. 낙동강 전선에서의 처참한 패퇴, 인천 상륙작전에 의한 고립, 낙오되었다가 죽을 고비를 넘기며 본대에 합류한 이야기 등에 시선이 멈추었다. 내가 아는 정보가 정확하다면 이러다가 머지않아 아버지는 포로가 되리라. 아버지의 마지막 전투가 도솔산 가칠봉 전투라고 했나……. 쿠비의 편지 덕에 다시 한번 낡은 푸른색 노트를 펼쳤지만 눈에 잘 들어오지 않았다. 일기장을 들고 한동안 멍해 있었던 것 같다.

"개인 취조가 허락되었다고 들었는데요. 어떻게 취조는 잘되어 가십니까?"

강 중위였다. 강 중위는 얼마 전에 중대장이 되었다. 짙은 쑥색 하의에 회색 상의, 어깨엔 녹색 견장이 달려 있었다. 강 중위의 질문에 뭐라고 대답해야 할지 난감했다. 어젯밤 늦게까지 진행된 김수혁에 대한 취조는 일단 많은 이야기를 들었다는 점에서 성공적이었다. 하지만 이번 사건에 대한 장황한 배경 설명일 뿐이었다. 여덟 시간 가까운 취조에 그도 지치고 나도 지쳤기 때문에 오늘 밤에 다시 시작하기로 했다. 이야기 중간중간 김수혁은 자신이 하는 모든 이야기가 이 사건과 관계있음을 주지시키곤 했다. 아마 이야기를 듣는 내가 가끔 지루한 표정을 보였기 때문이 아닌가 생각된다. 그의 어린 시절 이야기가 취조에 도움 될 것 같지 않았지만 취조를 떠나서 흥미 있게 들었다. 아버지가 이 땅을 떠난 이후에 한국의 청년들은 그런 일들을 겪으며 자랐구나 하는 생각을 했다. 이곳은 전쟁도, 첨예한 이데올로기의 대립도 겪지 않은 브라질이나 스위스와 확실히 달랐다. 어제 취조에서 가장 큰 성과는 김수혁이 인민군과 친분 관계를 유지했다는 사실을 알아낸 것이다. 아직 보고하지는 않았지만 중요한 단서가 될 것 같았다. 취조는 이만하면 잘되어 가고 있었다. 그러나 어쨌든 예정된 방향으로 수사가 종결될 테고 나는 무력해질 거라는 공포가 다시 엄습했다. 오늘 아침 남한의 일간지는 중립국 감독위 합동 수사본부가 사건의 진실에 접근하자 편파적인 수사라며 공조수사를 포기하고 합수부를 탈퇴한 북측의 작태에 대한 강력한 비난 기사 일색이었다. 또 《로동신문》에선 그 반대의 이야기를 떠들고 있었다. 우스웠다. 김수혁의 말대로 난 이 이야기를 알아야 할 최소한의 한 명이 될지도 모른다. 난 강 중위의 질문에 소리 없는 웃음으로 대답을 했다.

"뭐 하고 계셨습니까? 아, 아버님 노트를 보고 계셨군요. 저번에 펀치볼에서 말씀하셨던 아버님이 돌아가셨을 때의 이장 문제…… 생각해 보셨습니까?"

"내가 그런 이야기를 했던가? 시기적절한 때에 질문을 하는군. 아내한테 편지가 왔어. 3일 전에 아버지가 돌아가셨다는군."

"그랬군요…… 뭐라고 위로 말씀 드려야 할지……."

"그럴 필요 없어. 난 괜찮아. 하지만 솔직히 좋은 기분만은 아니군. 난 조국의 의미는 잘 모르지만, 아니 관심도 없지만 어쨌건 그렇게 그리던 조국에 돌아오지도 못하고 쓸쓸히 정신병원에서 숨을 거두었다는 생각을 하니까…….

아니 잘 모르겠어. 어떻게 보면 아버지에게 화가 나. 왜 난 남들처럼 아버지의 죽음에 통곡을 하며 슬퍼할 수도 없는 거지? 아버지와 난 모든 것이 애초에 잘못되어 있었나 봐. 내가 이장 문제를 이야기했나? 거기선 괜한 감상에 젖어서 별 이야기를 다 한 것 같군. 하지만 당신이 원치 않으실 거야. 이 땅을 떠나서 제3국을 택한 이유도 분단된 조국에서 살 수 없다는 것 때문이었으니까. 이 땅은 여전히 갈라져 있지 않나."

난 강 중위에게 아버지가 박헌영의 심복이었고, 박헌영이 이북에서 숙청되자 남로당 출신이던 당신의 입지가 위험해질 거라는 판단 때문에 제3국을 택했다는 정치적 이유는 굳이 추가해 주고 싶지 않았다. 사실 이곳에 와서 아버지에 대한 심경의 변화가 생긴 것은 부인할 수 없지만 그렇다고 그동안 해묵은 감정들이 일순간에 씻은 듯이 사라지거나 하는 영화 같은 일은 일어나지 않았다. 다만 내 몸 안에 흐르는 피의 반이 시작된 곳이라는 감흥과 누구나 느끼는 객지의 외로움, 거기에 아버지가 태어났다는 마을을 직접 보고 김수혁을 취조하며 어렴풋이 느낀 이 땅의 이데올로기의 실체 등이 날 지독한 감상에 젖게 했을 뿐이었다. 그 감상이 나에게 가져다준 것은 아버지와의 화해의 의지가 아니라 모든 것이 너무 늦어 버렸고 애초에 잘못되어 있었다는 회한과 통탄이었다.

아버지에게 혁명과 통일이 무엇이었는지 몰라도 최후의 이데올로기의 전장 끄트머리에 서서 나는 분단이 결코 바람직하지 않음을 뼈저리게 느꼈다. 같은 민족끼리, 형제끼리 총을 겨누게 하고 세상에서 유일하게 같은 언어를 소유한 집단끼리 한마디 말도, 몸짓도 금지당해 언어가 정지된 곳이라니. 이곳엔 싸늘하고 낡은 이데올로기의 그림자 이외엔 아무것도 존재하지 않는다. 어떻게 이런 장소가 존재할 수 있단 말인가? 정말 아버지는 이런 조국을 견딜 수가 없어서 제3국을 택했을까?

"이 노트가 아버님의 유품이군요. 글씨를 아주 잘 쓰셨는데요. 글씨체에 힘이 있어요. 가만있자…… 표지에 진군 일지라고 쓰여 있네요. 이거 못 읽으셨겠어요. 한자를 모르신다니……."

"아, 그 네 글자가 진군 일지였나? 여태 몰랐네. 그럼 표지 맨 밑에 있는 한자 세 개는 뭐라고 쓴 건가?"

"아, 이건요, 아버님 성함 같은데요. 이…… 이게 무슨 자더라. 하하, 저도 한자에 그리 강한 것은 아니라서요. 가만있자……."

"아마 경 자, 수 자일 걸세."

"아닌데요. 끝 자는 우 자인데요. 이건 확실해요. 연뿌리 우 자, 맞아요. 아, 가운데 이 글자는 연 자예요."

"그럴 리가 있나? 아버지 성함은 이, 경, 수인데……."

"그건 잘 모르겠고요. 하여간 여기 적혀 있는 한자는 연자, 우 자예요. 뭐, 필명이나 가명일 수도 있겠죠. 가운데에 연 자는 잘 안 쓰이는 글자라서 조금 헷갈렸지만 확실합니다."

"뭔가 착오가 있겠지……. 아니 잠깐, 지금 뭐라고 했나? 다시 이야기해 봐. 이름이 뭐라고?"

세 번째 충격은 이렇게 우연히 찾아왔다. 내가 나도 모르게 갑자기 언성을 높이자 당황한 강 중위는 다시 조심스럽게 또박또박 이야기했다. 이, 연, 우.

"베르사미 씨 아버지와 같은 인민군 사단에 이연우라고 있었어요. 그 사람과 착각한 거죠. 나이도 비슷하고…… 고향도 그 근처이거든요, 이연우라는 사람."

언젠가 스위스에서 한국인 기자에게 들은 말이 불현듯 떠올랐고, 순간 모든 것이 명확해졌다. 1953년 거제도 포로수용소에서 악명을 떨쳤던 공산 포로 애국대 행동 대장 이연우는 지금 스위스에서 싸늘한 시체가 되어 있었다. 가슴속의 싸늘함은 한동안 지워질 줄을 몰랐다.

하지만 이제 와서 무슨 소용이란 말인가? 전쟁은 오래전에 끝났고 아버지는 죽었으며 모든 것은 이제 옛날이야기가 되어 버렸다. 그래도 나는 아버지의 일기를 다시 뒤져야 했다. 찾아야 한다. 거기엔 투철한 혁명 전사, 애국대 행동 대장 이연우가 아직 살아 숨 쉬고 있을 것이다. 난 노

트를 마구 넘겼다. 아버지가 도솔산 가칠봉 전투를 마지막
으로 포로가 되기까지는 정말 많은 페이지를 넘겨야 했다.
거제도나 포로수용소, 애국대라는 말이 나오기만을 기다
리며 책장을 넘기던 나는 수용소라는 단어가 눈에 띄는
페이지에 시선을 멈췄다.

1953년 2월 26일

수용소의 살육전은 더욱 치열해져 간다. 툭하면 칼을 들
고 패싸움이 벌어진다. 절망한 양측 포로들은 시체에도 보
복을 가한다. 잘린 손목, 팔뚝이 굴러다니는 것을 보기가
예사다. 며칠 전에는 애국대 동료로 행동 대장을 맡고 있던
동지가 반공 포로 놈들에게 끌려가 살해당했다. 그는 평양
에서부터 나와 같이 지냈으며 이번 전쟁에 같은 대대로 참
가한 유능한 소좌였다. 난 분노했다. 그리고 당연하게 그 동
지의 뒤를 이어 애국대의 행동 대장을 맡게 되었다. 얼마 전
까지만 해도 우리 쪽이 우위를 점하고 있었는데, 중공군 동
무들이 다시 북퇴를 하기 시작했다는 소식이 들리면서 반
공 포로 아이들이 더욱 설쳐 댄다. 더구나 남한 아이들과 미
군들이 반공 포로를 비호하기 시작했다. 그들이 가끔 중무
장을 하고 순찰을 하는 날이면 수용소는 공포의 도가니가
된다. 정찰조가 "미군이다!" 하고 소리 지르면 우리는 모두
막사로 들어가 수용소는 쥐 죽은 듯이 고요해지곤 한다. 특

히 미군에 대한 우리의 공포는 대단했다. 나도 마찬가지다. 우리는 전쟁 중 미군의 만행에 대해 너무나 많은 이야길 들어 왔다. 물론 과장도 있겠지만 어쨌건 우리는 미군에 대한 끝없는 증오와 공포를 갖고 있었다. 한번은 장난으로 "미군이다!"를 외친 철없는 아이가 뭇매를 맞아 숨진 어처구니없는 사건이 발생하기도 했다. 당장 시급한 것은 우리 막사에서만이라도 반공 포로들을 확실히 가려내는 것이다. 이 안에서도 이미 많은 동지가 죽어 나갔다. 부상자는 대개가 죽기 마련이었다. 어떤 약도 구호품도 지급되지 않았다. 죽어 가는 동지를 바라보며 사상 이전의 분노를 느꼈고, 우리는 모두 복수를 다짐했다. 물론 나도 많은 사람을 죽였다. 전쟁 초기부터 내 손으로 죽여 온 반동분자의 수를 세는 것도 지쳤다. 지금은 전쟁 중이다. 죄책감 따위는 이미 유치하다.

1953년 3월 18일

또 사람을 죽였다. 스무 살이 훨씬 안 될 것 같은 어린아이였다. 온양에서 강제 징집당해서 인민군이 되었다가 인천 상륙작전 때 포로가 되었다고 했다. 그 아인 반공 포로 진영에 있었지만 반공 포로도 공산 포로도 뭣도 아니다. 여기 포로들 가운데 공산주의가 무엇인지를 아는 사람이 몇 명이나 될까? 마르크스, 레닌, 자본론, 공산당선언 등의 단어를 한 번이라도 들어 본 사람이 몇 명이나 될까? 뭘 안다고 공산주의를 반대하고 찬성을 한단 말인가? 그래도 죽여야 한다. 이것은 전쟁이므로. 하지만 두 손의 피는 평생 씻어도 지워질 것 같지 않다.

1953년 4월 13일

지난달 초에 스탈린 동지가 서거했다고 한다. 판문점에선 회담이 재개되었다는 소식이 들려왔다. 이달 말부터는 부상 포로 교환 협정이 이루어질 거라는 소문이 파다했다. 모두들 들떠 있다. 하지만 난 이제 너무 지쳐 버렸다. 혁명, 통일, 해방전쟁, 살인, 방화…… 모든 것이 귀찮다. 3년간의 전쟁으로 셀 수 없이 많은 사람이 죽었고, 국토는 쑥대밭이 되었다. 그런데 이제 와서 휴전을 한다는 이야기가 돌고 있다. 이런 이야기를 들을 때면 더욱 짜증이 난다. 우린 3년 동안 도대체 무엇을 했나? 모든 것이 원점, 아니 원점 이하가 되려 하고 있다. 유행어가 하나 생겼다. 제네바협정…… 필경 제네바가 지명인지 사람 이름인지도 모를 것 같은 놈들도 개나 소나 들먹이는 제네바협정. 만나면 누구나 제네바협정을 이야기한다. 모든 것에 자신을 잃어 간다. 가슴 한구석이 항상 답답하다. 그러는 나를 위로한답시고 북송만 되면 영웅이 될 거라는 이야기를 하는 동무들을 보면 더욱 그렇다.

1953년 8월 8일

7월 27일 10시를 기해 모든 전선의 포성은 멈췄다. 3·8선 대신 휴전선이 생겨났을 뿐이다. 평화는 휴전이라는 애매한 이름으로 찾아왔다. 포로 교환 문제로 판문점에서 회담이 진행 중인 모양이었다. 벌써 일부 포로들이 북송되었다. 오늘은 포로 심사가 있었다. 남이냐, 북이냐, 제3국이냐를 자유롭게 이야기하라고 했다. 난 아무 말도 하지 못하고 멍하니 서 있다 나오고 말았다. 아닌 게 아니라 난 말을 잃어버린 듯하다. 주위에서 나보고 미쳤다고 하는 소리에도 대꾸를 하지 못한다. 사실 난 한 달 가까이 미쳐 있었다. 아니 그 이전부터 이미 미쳐 있었다. 너무 많은 일이 일어났다. 내 마음속에 남아 있던 북송의 희망은 사라졌다. 몇 달 전 우연히 듣게 된 이야기는 충격적이었다. 남로당 수뇌들이 모두 숙청되었다는 것이다. 박헌영 선생도 미 제국주의의 간첩이라는 말도 안 되는 누명을 쓰고 숙청되었다고 했다. 선생께 김일성 그 자식을 조심하시라고 그렇게 말씀드렸건만……. 어쩌면 정해진 순서였을지도 모른다. 박 선생은 혁명가고 김일성이는 정치가다. 혁명가가 정치가를 당할 수는 없는 노릇이 아닌가. 전에 우리 남로당의 허성택 동지, 소련파의 김열 동지, 연안파의 무정 동지에게 엉뚱하게 패전의 책임을 지워 숙청할 때부터 짐작했다. 한반도를 뒤덮고도 남을 만큼 뿌려진 젊은이의 피가 모두 오물이 되어 버린 이 전쟁도, 이름만 바뀌어 버린 휴전선도, 북송되면 남로당 간부라는 이유로 숙청될 것이 뻔한 내 처지도 나를 미치도록 우울하게 만든다. 하지만 나를 진정으로 미치게 한 사건은 한 달 전에 일어났다. 그토록 보고 싶던 연철이를 만나게 된 것이다.

봄부터 나에게 밀려왔던 절망, 공포, 허무, 짜증은 나를 광기에 사로잡힌 훌륭한 행동 대장으로 만들었다. 나 자신에 대한 복수였다. 난 더욱더 잔인하게 반공 포로들과 싸웠다. 정말 많은 사람이 내 두 손에 죽어 나갔다. 이대로 몇 달만 더 지속한다면 이 수용소 안에 살아남은 것은 아무것도 없을 것 같았다. 수백 명의 큰 패싸움이 있던 날이었다. 반공 포로 아이들은 자기편을 구별하기 위해 광목천을 오른팔에 두르고 있었다. 당연히 난 칼을 들고 앞장서서 싸웠다. 내 칼에 서너 명이 순식간에 쓰러졌다. 그들이 두른 흰 광목천은 피로 물들어 갔다. 우리 쪽이 우세한 듯했다. 전열을 정비하기 위해서 전투조 뒤로 빠지려고 할 때 오른팔에 광목천을 두른 놈 하나가 각목을 들고 나를 가격했다. 난 피할 수도 있었지만 그의 얼굴에 시선을 고정한 채 멍하니 서 있었다. 빗장뼈가 부러진 것 같았지만 상관하지 않았다. 그는 내 얼굴을 다시 가격하려다 나와 눈이 마주쳤다. 연철이였다…… 내 단 하나뿐인 혈육……. 연철이도 행동을 멈추고 한동안 나를 바라보았다. 주위에선 칼이 난무하고 비명과 함성으로 아수라장이었지만 그 난리 속에서 우리 둘만 정지해 아무 말 없이 서로를 멍하니 바라보았다. 이런 곳에서 이런 관계로 만나게 될 줄은 꿈에도 생각 못 했다. 주위는 점차 진정되고 있었다. 우리 공산 포로 측의 승리인 것 같았다. 그제서야 난 동생의 팔뚝에 있는 광목천을 풀어 줘야겠다는 생각이 들었다. 내가 다가서자 그는 뿌리치며 외쳤다. "어머니가 어떻게 돌아가셨는지 알아?" 그런 말을 들을 겨를이 없었다. "연철아, 빨리 이거부터 풀자……." 광목천이 감긴 오른팔을 잡으려 할 때 우리 측 포로 한 명이 몽둥이로 연철이를 가격했다. 머리를 맞은 연철이는 머리를 감싸 쥐며 쓰러져 뒹굴었다. 고통에 일그러진 얼굴로 나를 다시 쳐다보았다. 분노, 놀라움, 슬픔, 공포로 뒤섞인 눈동자가 무언가를 묻고 있었지만 난 아무것도 대답할 수 없었다. 애국대 동료 하나가 시퍼런 칼을 들고서 쓰러진 연철이 앞으로 나섰고, 난 막아서며 내가 처리한다고 외쳤다. 애국대원들이 나와 연철이를 둘러쌌다. 내 머릿속은 하얘졌다. 칼을 잡은 손은 부르르 떨렸고, 연철은 증오의 눈으로 나를 뚫어지게 쳐다보았다. 주위에선 죽이라고 아우성이었다. 죽이라고 외치는 광기 어린 수백 명의 시선을 느끼며 난 처음으로 내가 지금까지 무슨 짓을 해 왔는지 알 것 같았다. 끝이다. 더 이상 살인을 할 힘도 의지도 없다. 여기서 끝내야겠다. 고향을 떠난 이후 10년, 내가 그동안 무엇을 했나. 그 술

한 고통과 갈등, 번민의 대가가, 치열하게 살았다고 자부하는 내 인생의 결말이 이런 것이란 말인가. 그래, 같이 죽자. 다 끝났다. 어머니가 돌아가셨다고? 저승에 가서 같이 듣자꾸나. 난 손에 쥔 칼을 천천히 내 목 쪽으로 향했다. 연철아…… 난 여기서 죽을 것이다. 넌 너를 에워싼 저 이데올로기의 허상들에게 난자당할 것이다. 이게 우리 형제의 마지막 모습이구나. 연철이는 여전히 나를 뚫어지게 쳐다볼 뿐이었다.

그 순간 순식간에 일이 벌어졌다. 정찰조에서 "미군이다!" 소리쳤고, 난 등골이 오싹하면서 모든 세포가 거꾸로 서는 느낌이었다. 미군에 대한 공포에 온몸이 반응했다. 순식간에 주위는 아수라장이 되었고 나와 연철이를 둘러싸고 있던 공산 포로들도 빠르게 흩어졌다. 꿇어앉아 있던 연철이가 급히 일어났다. 아직도 그것이 칼을 빼앗아 나를 공격하기 위해서였는지, 단순히 이야기를 하기 위해서였는지 알 수 없다. 그리고 내가 언제 칼을 뻗었는지도 알 수 없다. 다만 피를 쏟으며 반 이상 잘려 나간 연철의 목이 나에게로 떨구어지던 기억과 연철이의 마지막 고갯짓. 난 비명을 질렀지만 아무도 내 비명을 듣지 못했고 내 귀에도 그 비명은 들리지 않았다. 내가 무슨 짓을 했나……. 미군이라는 소리에 모두 뿔뿔이 흩어질 때도 난 헉헉대며 그냥 멍하니 쓰러진 연철이를 바라보고 있었다. 애국대 동료 한 명이 "이 동무, 이

동무!" 하며 나를 강제로 끌다시피 해서 막사로 데리고 들어갔다. 뒤를 돌아보았을 때 내가 찌른 동생의 시체가 나뒹굴고 있었다.

사태가 수습된 후에도 연철의 시체를 찾을 수 없었다. 어디선가 썩어 가고 있으리란 처참한 생각이 나를 미치게 했다. 죽어 저승에서 어머니를 무슨 면목으로 만난단 말인가……. 내가 신봉하는 유물론대로 결코 저승이 존재하지 않길 바란다. 난 죽어서도 결코 저승에 가지 않을 것이다. 연철이를 포함해 나에게 살해당한 수많은 영혼이, 또한 그들의 아내가, 그들의 어머니가 울부짖으며 나에게 달려들 것이 아닌가. 난 내 가슴을 세게 치지만 조금도 아프지 않다. 미친 듯이 비명을 지르지만 아무런 소리도 들리지 않는다. 입술을 악물어 흐르는 피를 삼키지만 아무런 맛도 느낄 수 없다. 한 가지…… 날이 더워짐에 따라 썩어 가는 시체 냄새만이 코를 후벼파고 있다. 그것이 내 몸에서 나는 냄새인지도 모른다. 나는 썩어 간다……. 말을 잃었다. 미쳐 버렸다. 아무 생각도 할 수 없었다. 이 땅에서 도망가야겠다는 생각만 들었다. 이 땅에서 빨리 사라져야 한다는 생각만 했다. 다 끝났다.

1953년 8월 17일

인도든 어디든 이 땅을 벗어나는 것만으로 족했다. 인도

로 간다는 커다란 배에 올라타며 난 단 한 번도 뒤를 돌아
보지 않았다. 이 땅엔 사상이 생기기 훨씬 전부터 사람이
살고 있었다. 이제 일기는 쓰지 않겠다. 이연우는 죽었다. 이
연우는 포로수용소에서 장렬히 전사했다.

"취조 안 합니까? 두 시간째인데요. 제 이야기가 그렇게
재미가 없었나요? 오늘 이야기는 들을 만할 겁니다……."
아버지 생각으로 잠시 멍해 있다. 일기의 끝부분처럼 어
떤 생각도 하기가 힘들었다. 어떤 생각을 시작하면 금세 멍
해져 있는 나 자신을 발견하게 된다. 이연철…… 나에게 작
은아버지, 삼촌이 될 것이다. 그는 형의 손에 죽으면서 무
슨 생각을 했을까? 무엇이 아버지에게 칼을 쥐여 주었고,
칼을 쥔 손을 하나뿐인 동생을 향해서 뻗게 했을까? 내
생각들은 모두 물음표로 끝이 났고, 그 답에 대한 생각은
이어지지 않았다.

"자네가 나에게 하는 힘겨운 진술들은 정말로 공허한
메아리가 될지도 몰라. 자네는 내일 한국군으로 돌아가게
될 거야."
스위스인 중령에게서 오늘로 모든 수사를 종결한다는
이야기를 들었다. 그리고 내일 중립국 감독위 합수부에서
기자들을 모아 놓고 정식으로 수사 발표를 한다고 했다.
내일 아침 김수혁을 한국군 기무사로 돌려보낸다는 것이

다. 그러면서 나에게 번역할 자료를 넘겼다. 그건 아버지에 대한 충격으로 멍해 있던 나를 더욱 허탈하게 했다.

"말씀드렸잖습니까…… 최소한의 한 명이 되어 달라고. 그렇게 진실은 이어지는 것 아닙니까."

다시 정신을 차리고 취조에 들어가기로 했다. 모든 것이 너무나 혼란스러웠다. 진실? 지금 이대로는 아버지에 대해서도 김수혁이 이야기하는 진실에 대해서도 결론을 내릴 수 없을 것 같았다. 어렵지만 정신을 집중해서 김수혁의 이야기를 듣기로 했다. 김수혁 사건이 마무리되면 그래도 생각할 만한 시간적, 정신적 여유가 생길 것이다. 난 어제까지 들은 김수혁의 이야기를 머릿속에 정리하면서 취조를 시작했다. 지금까지 김수혁이 한 이야기에 따르면 그는 아직 어떤 살인 동기도 갖고 있지 않았다. 싱겁게 오발 사고 따위나 아니었으면 좋겠다는 느낌도 들었다. 그는 어제와 달리 침울해 보였다. 이야기도 죽음으로 시작되었다. 김일성의 죽음이었다. 김일성……. 어제 취조할 때 잠시 들었을 때와는 또 다른 느낌이 들었다. 아버지 일기장에 등장했기 때문일까? 그는 김일성의 죽음으로 입을 열었다.

김일성이 죽었다. 이번에 정말로 죽었다. 대남 방송에선 계속 수령님 어쩌고 하면서 추모 방송을 내보내고 있었다. 휴전선은 물론이고 일선 부대에 24시간 비상경계 태세가 내려졌다. 우리는 GP에서 5분 대기조에 편성되어 워커도 벗지 못한 채 교대로 잠을 자야 했다. 김일성이 죽으면 전쟁의 위험이 커지는 걸까? 왜 비상경계령이 내려졌을까 하는 의문이 생겼지만 답해 주는 사람은 아무도 없었다. 내가 불안한 건 김일성이 남북 최초의 정상회담을 한 달 앞두고 사망했다는 사실이었다. 화해 분위기가 조성되다가 갑자기 꺾여 버렸을 때 오히려 최고의 긴장감을 조성할 수 있다. 그 아들놈이 쳐들어오지나 않을까 걱정이었다.

김일성이 죽은 후 경필 형이나 우진이를 한 번도 보지 못했다. 빨리 비상이 풀리고 초소 근무가 시작되어야 또 만날 텐데 하고 생각했다. 내 이런 철없는 생각과 상관없이 전선의 분위기는 자못 삼엄했다. 긴장된 선임하사의 표정이나 고참들의 이야기를 들으며 난 내가 매일 밤 몰래 만나는 북쪽의 친구들이 적군이라는 사실을 새삼 깨달았다. 기분이 좋지 않았다. GP 안에서 북쪽으로 겨누고 있는 총구로부터 묘한 감흥이 일어나곤 했다.

다행히 비상경계령은 오래가지 않았다. 난 다시 초소 근무에 들어갔고, 우진과 경필 형을 만날 수 있었다. 우리 대화의 주제는 역시 김일성이었다. 그들은 우리가 북한 관련 TV 방송에서 보는 것처럼 경애하는 지도자 동지라든가, 위대한 수령 동지라는 거창한 수식어를 붙이지 않고 이야기했다. 하지만 우리가 흔히 사석에서 대통령 이름을 마구 부르듯이 그러지는 않았다. 그들은 언제나 수령 동지라고 짤막하게 이야기했다. 난 TV에서 본 광경을 이야기했다. 김일성의 죽음을 애도하는 평양 시민들의 모습이었다. 난 아버지가 돌아가신다고 해도 그런 대성통곡을 할지 의문이었다. 하지만 조작의 느낌은 전혀 없었다. 정말로 진정 슬픔에 겨워 울부짖고 있었다. 어떻게 저럴 수가 있나 하는 생각과 함께 공포가 엄습해 왔다. 난 우진과 경필 형에게도 울었냐고 물었다. 그들은 쑥스러운 웃음을 지으면서 고개를 끄덕였다. 난 의아해하며 물었다. 경필 형도?

"아새끼래…… 아바지야, 아바지. 미우나 고우나 아바이가 돌아가셨는데 울지 않을 수 있간?"

그때 난 다시 한번 이들과의 벽을 실감했다. 그들은 김일성에게 충성을 바치는 북한 군인이었다. 잠시 어린 시절 그토록 들어 왔던 북괴의 만행이 생각나는 것도 사실이었다. 우진은 애써 그에 대해 설명하려고 했지만 듣고 싶지 않았다. 비상경계령 당시 GP 안에서 북쪽으로 총을 겨누고 있으면서 느꼈던 감정들도 영향을 미쳤을 것이다.

"네가 이해하긴 힘들 거야. 우리도 너에 대해 모든 걸 이해할 자신은 없어. 사실 우린 같은 민족인지는 몰라도 같은 나라 사람은 아니야. 너무도 다른 환경에서 자랐잖아. 신의주 애들이랑 평양 애들이 만나도 대화가 힘든데 오죽하겠어."

우진이 다정하게 이야기하면서 이런 차이와 오해를 좁혀 가자고 손을 잡았다. 맞는 말이었다. 통일이니 분단이니 하는 문제엔 관심이 없어도 경필 형과 우진 같은 좋은 친구와의 인연은 지속하고 싶었다. 하지만 불가능했다. 기껏해야 내가 제대하기 전까지다. 이때만 해도 이후에 있을 불행한 사건에 대해 조금도 인식하지 못하고 있었다.

사건은 김일성이 죽은 후 북한의 인민무력부장이 '전쟁 불사' 발언을 함으로써 서서히 진행되어 간다. 정치적인 상황엔 관심이 없었다. 다만 긴장되는 휴전선 부근의 분위기에 숨이 막힐 것 같았다. 전쟁이 나면 우리는 모두 총알받이다. 전쟁 개시 열두 시간 이내에 전멸할 것이다. 죽음의 그림자가 판문점을 휘감는 듯했다. 또 비상경계령이 내리진 않았지만 그때보다 긴장감은 더한 듯했다. 국내외 신문들은 모두 한반도의 긴장 상황을 연일 1면에 때려 대고 있었다. 도대체 북쪽에선 무슨 생각을 하고 있을까? 초소 근무에 들어가면 북에 가서 경필 형에게 물어보리라 생각했다. 북쪽으로 넘어가려고 준비하고 있을 때였다. 성식은 88 담배가 인기가 좋다고 한 보루만 더 구해 달라는 우진의 부탁에 담배도 준비해 놓은 터였다.

그러던 중 갑자기 사이렌이 울리며 초소 무전 호출음이 귀를 때렸다. 긴급히 원대 복귀하라는 지시였다. 비상이었다. 허둥지둥 들어가 보니 모두 완전군장을 한 채 내무반에 정렬을 하고 앉았고 선임하사가 들어와 한 사람당 탄창 여섯 통과 수류탄 여덟 개씩을 지급하고 있었다. 분대별로 M-60과 로켓포가 지급되고 유탄 발사기까지 장착해야 했다. 다리가 후들후들 떨리기 시작했다. 아…… 이제 끝이다……. 어머니, 아버지 생각이 제일 먼저 났고, 그다음은 경필 형과 우진이었다. 우진도 지금 나와 비슷한 상황에 비슷한 감정이겠지. 우진은 워낙 감상적이고 여린 면이 있어서 마음고생이 심하겠다는 생각도 했다.

소대장이 사제담배를 꺼내더니 갓 들어온 이등병까지 전 소대원에게 나누어 주고 일일이 불을 붙여 주었다. 그도 약간은 떨고 있는 듯했다. 기껏해야 우리보다 서너 살 많은 나이에 실전 경험이 없기로는 마찬가지인데 당연한 일이었다. 담배 맛을 하나도 알 수 없었다. 담배를 태우고 있는 우리에게 소대장은 마음 편히 가지라는 말을 시작으로 장황한 이야기를 했지만 조금도 귀에 들어오지 않았다. 제발 전장에서 경필 형과 우진을 만나지 않기만을 기도했다.

비상이 풀린 것은 새벽 4시가 넘어서였다. 자세한 상황은 알려지지 않았으나 북쪽에서 모종의 군사적 움직임이 있었다는 이야기만 전해졌다. 다음 날 나는 평소보다 훨씬 긴장한 상태에서 북쪽으로 넘어가야 했다.

"괜찮을까요? 요즘 분위기로 봐서……. 김 상병님, 우리 한동안은 넘어가지 말죠."

양 중사와 김 대위라는 사람이 불시 순찰을 다녀간 직후에 내가 묻자 남 이병은 불안하다는 듯 이야기했다. 비상시나 다름없는 휴전선 상황에서 망설여지는 것이 사실이었다. 긴박한 휴전선 상황뿐만 아니라 그에 앞선 막연한 불안감도 우리를 주저하게 했다. 하지만 난 어쩌면 다음 주부터 초소 근무가 힘들어질지도 모른다.

"김 상병님, 빨리 결정하시죠. 넘어가려면 빨리 넘어갔다 오고요. 제 생각에 아무래도 오늘은……."

"가야겠어. 황 중사한테 들었는데 나 다음 작전 때 운전병으로 차출될 것 같아. 그 이후에도 말이지."

"운전병이요?"

"원래 내가 험비 몰았거든……. 아마 새 고참이 너랑 같이 근무를 서겠지."

"그럼 저도 오늘이 마지막일지 모른다는 이야기군요. 그래요, 저도 가죠. 가서 얼굴이나 잠깐 보고 작별 인사나 하고 오죠."

이렇게 해서 성식은 준비한 88 담배 한 보루와 함께 자기 주머니에 있던 초콜릿 조각, 이미 뜯은 88 담배 한 갑 등 소지품을 모두 비닐봉지에 쓸어 넣었다. 그래, 오늘이 마지막일지도 모른다. 나도 주머니를 뒤져 줄 만한 것을 찾고, 새로 지급받은 고무 링과 초소 근무 때 가지고 들어온 여벌 양말도 모두 넣었다. 불과 50여 미터도 안 돼 보이는 그 길이 오늘따라 길게 느껴졌다. 가는 길에 이상하게 자꾸 오한이 났다. 물론 추운 날씨였지만 평소와는 달랐다.

"우진아, 너 어제 많이 떨었지? 네 걱정 많이 했다······ 정말."

"괜찮아, 인마······. 너나 떨었지, 난 끄떡없었어."

"정말 어제 무슨 일이 있었던 거야······? 경필 형! 정말로 쳐내려오려고 했던 거야?"

우진의 허세에 반응할 겨를도 없이 경필 형에게 다그쳐 묻기 시작했다. 내 목소리는 떨리고 있었다. 오한 때문만은 아니었다. 우진은 왠지 침울하게 바로 내 앞에 앉아 있었고, 경필 형은 모든 게 짜증 난다는 듯이 담배를 문 채 고개를 숙이고 있다 길게 연기를 뿜어냈다.

"외국에 나가 용병 생활 하면서 사람도 참 많이 듁였드랬디······. 어쩔 수 없는 기야. 아니면 내래 뒈졌을 테니끼니······. 듁을지도 모른단 공포를 핑계 삼아 참 많이도 듁였드랬디······. 하지만 기거래 니들은 모를 기야. 누군가를 듁여야 한다는 공포······. 기런 거 알간? 듁을지도 모른다는 공포보다 더 드러운 게 그기야. 처음 용병 나갔을 때나 느꼈던 건데 어제 비상 걸렸을 땐 기런 게 새삼 느껴지지 않가서? 내래 잠까지 설쳤드랬어."

"그래서 어쨌다는 거야······ 경필이 형! 형은 뭐 좀 알 거 아냐? 전쟁 나? 정말 전쟁 나는 거야?"

"기거래 내래 어케 알가서? 오늘 돌아가서 부모님께 편지나 한 통 쓰라우. 언제 어케 될지 모르는 거니끼니……."

난 경필 형이 하는 말의 뉘앙스를 파악하려고 한참을 노력했다. 어떻게 들으면 흔히 그러듯이 나를 놀리려는 장난 같았고, 어떻게 들으면 진짜 같기도 했다.

"상등병님, 왜 괜한 이야기 하고 그러십니까? 수혁아, 그냥 하는 이야기야. 오늘 상등병님 기분이 안 좋아. 이런 쓸데없는 이야기 곧잘 하니까 신경 쓰지 마."

"나도 요즘 미치겠어. 도대체 뭐가 어떻게 돌아가는지……. 정말 전쟁 나면 어쩌지?"

"걱정 마……. 그럴 일 없을 거야."

"난 정말 이 상황이 싫어. 우리 이렇게 정답게 이야기하고 있다가 저쪽에서 총성이라도 울리면 서로를 쏴야 하는 거 아냐?"

"아새끼래 기걸 말이라고 하네? 내래 니 생명의 은인이야. 할 말이 따로 있다. 너 나 쏠 수 있간? 관둬라. 내래 그건 정말 못 하가서."

"상등병님 말씀이 옳은 거야. 피치 못할 조국의 현실 때문에 서로에게 총을 겨누는 일이 생길지는 모르지만 우리가 여기서야 그럴 수 있나? 만약에 우리가 이러고 있는데 총성이 울리고 비상벨이 울리고 전쟁이 나면 일단은 곱게 헤어지는 거야. 그리고 다시 만나서 싸워 보지 뭐. 김수혁

298

남한 총잡이 대 인민군 최고의 전사 오경필의 대검 날리기! 하지만 싸우고 나서도 통일되면 수정 동무 소개시켜 주는 건 잊지 말아야 돼. 알겠어, 남성식! 하하⋯⋯."

애써 분위기를 바꿔 보려는 우진의 농담에도 기분이 쉽게 편안해지지는 않았다. 성식이 가져온 비닐봉지에서 88 한 갑만을 꺼내 놓고 나머지는 야삽으로 그 장소에 묻었다. 양말과 초콜릿, 사탕 등을 보며 우진은 애써 즐거워하는 척했다. 그들이 묻은 두꺼운 까만 비닐봉지에는 우리가 가져다준 88 담배와 《펜트하우스》 등이 들었을 것이다. 모두들 애쓰고 있었다. 어쩌면 마지막이 될지도 모르는 짧은 시간의 만남을 즐겁게 끝내려고 말이다. 거기엔 시쳇말로 우진의 '썰렁한' 이야기도 한몫을 했다. 정말 이 상황이 미치도록 싫었다. 우진은 농담처럼 이야기했지만 전쟁이 나면 정말로 서로에게 총을 겨누어야 하지 않나⋯⋯. 이런저런 생각을 하며 넘어올 때와는 달리 조금 편안해진 마음으로 이야기를 나누고 있었다. 밤공기를 가르며 먼 곳에서 총성이 울린 것은 내가 88 담뱃갑을 뜯어 우진과 경필 형에게 나눠 주고 있을 때였다.

우리는 셋 다 너무 놀라서 아무 말도 하지 못하고 잠시 서로를 쳐다보았다. 그 총성 한 방으로 모든 것이 정지해 버린 듯 어색한 침묵이었다.

"이⋯⋯이거 뭐야⋯⋯. 김 상병님⋯⋯ 우리 초⋯⋯

초……소로 돌아가……."

성식의 말은 들리지 않았고, 그때 내 눈엔 우진의 오른
손이 짙은 고동색 허리띠에 채워진 권총 지갑 근처에 가
있는 것이 들어왔다. 난 이미 나도 모르는 사이에 내 생애
가장 빠른 동작으로 권총을 뽑아 겨누고 서 있었다.

"움직이지 마! 아무도 움직이지 마!"

"야…… 김수혁! 너 인마, 왜 그래……? 진정해……. 왜
그래…… 수혁아……."

우진은 천천히 일어나며 나에게 예의 다정스러운, 그러
나 당황하고 어리둥절한 목소리로 말을 건넸고, 경필 형은
놀란 표정으로 구석에서 우리 둘을 바라보고 있었다. 성식
은 내 뒤에 있었기 때문에 보이지 않았다. 다시 심한 오한
이 나기 시작했다.

"우진이 너…… 우진이…… 너…… 지금…… 총 뽑으려
고 했잖아!"

"인마, 무슨 소리야? 수혁아…… 오해야……. 총소리를
듣고 반사적으로 그냥 손이 간 거야. 군인이라면 당연한
거 아냐. 또 누구나 요즘처럼 긴장 속에서 살다 보면…….
그 순간엔 네 오른손도 권총 지갑 쪽에 가 있었어……. 넌
의식 못 했겠지만……."

"집어치워! 날 죽이려 했잖아? 그래, 난 너희들이 이야
기하는 미 제국주의 더러운 용병이고 너희들은 북한 괴뢰

군이야. 친구고 뭐고 다 무슨 소용이야!"

다시 한번 총성이 울렸다. 우진이 사색이 되어 총성이
울린 쪽을 쳐다보았다.

"움직이지 말라니까!"

"김 상병님…… 진정하세요……. 왜 그러세요……."

성식까지 나에게 다가와 나를 진정시키려 했다. 그때 사
태를 보다 못한 경필 형이 일어났다. 난 더욱 긴장했다. 경
필 형의 손, 손만 주시했다. 그는 천천히 내 쪽으로 걸어
왔다.

"가까이 오지 마! 제발…… 정말 쏠지도 모른단 말이
야……. 오지 말라니까!"

"수혁이…… 내래 지금 너 이해 못 하는 거 아이야…….
너 오늘 올 때부터 너무 긴장해 있었드랬어……. 지금은 너
무 흥분해 있는 거구 말이야. 자, 보라우, 여기 있는 넷 모
두 그 총소리를 들었을 때 자동으로 옆구리에 손이 갔드랬
어. 내도 그랬고 수혁이 니도 그랬단 말야. 내래 성식 동무
는 잘 못 봤으니끼니……. 차분히 생각해 보라우."

"아냐. 내가 손이 빠르니까 빨리 뽑았을 뿐이야. 내가 늦
었다면 형이 나를 이렇게 겨누고 있을지도 몰라."

"수혁이…… 이해 못 하가서? 단순히 반사적으로 옆구
리에 손이 간 것뿐이라는 거 모르가서……? 이건 그냥 무
의식적인 거라 이 말이야. 여긴 최전선이고 우린 군인이니

끼니 당연한 거 아니가서? 숨 크게 쉬고…… 차분히 이야기하자우. 우리가 이러면 되가서……? 우선 담배 한 대 피라우. 88이 맛이 좋긴 하더구만……. 내래 이젠 딴 거는 잘 못 피가서……."

경필 형은 내가 뜯다 만 88 담뱃갑을 천천히 주워 들었다. 그리고 천천히 뜯어 담배 한 대를 뽑더니 총을 겨누고 있는 내 앞으로 멀찍이서 조심스럽게 담배를 내밀었다. 자신도 한 대 물었다. 난 혼란스러웠다. 그 짧은 순간에도 권총을 쥔 두 손과 노리쇠에 걸린 검지에 힘을 몇 번씩이나 주었다가 풀었다가 했다. 뭐가 어떻게 되어 가고 있는지 알 수가 없었다.

"그래서? 그래서 어떻게 되었나?"

김수혁은 이야기할 때 항상 나를 보지 않고 약간 쳐든 고개에 시선은 좀 더 위를 향하곤 했다. 자신이 총을 뽑은 부분에 가서는 이야기에 빠져들어서인지 나에게 말하듯 대사를 하기도 했다. 이제는 완전히 고개를 파묻고 울먹이고 있었다.

"경필이 형의 말은 사실…… 옳았어요……. 우리 셋 모두…… 총소리와 함께 옆구리에 손이 갔죠. 마루의 조건 반사 같은 거예요. 손전등 불빛이 아니라 최전선이라는 조건, 분단이라는 조건이겠죠. 경필이 형은 다가와서 담배를 집어 들었죠. 그러고는 나에게 권했어요. 난 여전히 총을 겨누고 있었고요. 경필이 형은 계속해서 진정하라우…… 진정하라우…… 그 어눌하고 사람 좋아 보이는 말투로 이야기하며 자신의 권총 혁대를 풀어 보이고 우진이에게도 그러라고 시켰어요. 우진이는 망설였죠. 그러고는 나를 계속 진정시키려 했어요. 그때였어요…… 그때…….”

그는 엉엉 울었다. 고개를 들고 흐르는 눈물을 손바닥으로 계속 훔치면서 애써 웃어 보이며 말했다. 정말 처참한 모습이었다. 심장박동이 들릴 정도로 내 가슴도 걷잡을 수 없이 뛰었다. 간신히 다음 이야기를 들을 수 있었다.

“경필이 형의 오른손에서 무언가가 반짝했죠. 달빛을 받아 제 눈에 정면으로 반사된 거죠……. 경필이 형이 권총 지갑을 풀었지만 전 확실히 기억했죠. 대검 던지기…… 제 권총이 불을 뿜었어요……. 그 빛이…… 무엇이었는지 차분히 생각했어야 한다고 말하실 건가요? 그 짧은 순간에 무슨 생각을…… 전 그냥 반사적이었을 뿐이라고요…… 반사적이요. 경필이 형이 오른쪽 가슴에…… 피가 솟구쳐 오르면서 쓰러지더군요……. 총소리와 함께 경필이 형이 쓰러지자 우진이가 총을 뺐어요……. 뒤에서 성식이가 김 상병님! 하고 외치면서 총을 뽑았죠. 우진이가 맞은 최초의 총알은 성식이가 쏜 거였어요. 그건 그냥 어깨를 스쳤죠……. 다시 우진이가…… 나를 겨눈 것과 내가 우진

에게로 총구를 돌린 것은…… 거의 동시였어요……. 하지
만 빌어먹을, 제 손이 얼마나 빠른지 이야기드렸죠? 총소
리와 함께 어깨에 타는 듯한 아픔이 느껴지더군요. 난 옆
으로 쓰러지면서 총을 쐈어요…… 나머지 열다섯 발을 다
말이에요……. 첫 번째 총알이 우진의 눈에 맞았어요…….
눈에서 피가 솟구치며 무언가가 쏟아지더군요……. 그다
음에 가슴…… 세 번째는 인중이었을 거예요. 하하……
앞 얼굴이 함몰되더군요……. 그리고 가슴…… 배…… 허
벅지…… 목…… 미친 듯이…… 미친 듯이…… 쏴 댔어
요……. 나중엔 눈을 감아 버렸죠……. 내 얼굴엔 우진의
피가 쏟아져 범벅이 되었어요……. 내가 얼굴조차 알아볼
수 없는 우진의 시체에 빈 총을 쏘고 있다는 것을 느끼고
공포에 질려 주위를 둘러보았어요……. 내가 쏜 총을 맞
고 쓰러진 경필이 형과 눈이 마주쳤어요……. 경필이 형
은…… 쓰러진 채로 대검을 든 왼손을 치켜들었어요. 난
말이에요…… 당연히 총알이 없었죠……. 모르겠어요…….
총알이 있었다면 쐈겠죠……? 그때 경필이 형의 눈빛은
나를 향한 것이 아니었어요……. 초점이 없는 그 멍한 눈
은 나를 쳐다보는 것이 아니었어요……. 그러다가 경필이
형이 대검을 쥔 손을 떨구면서 눈을 감으며 고개를 돌리
더군요……. 형의 오른손엔…… 내가 서울에서 사다 준 지
포 라이터가 들려 있었어요……. 형은 라이터 불을 붙이려

304

고 했던 것뿐이죠……. 주위는 너무나 고요했어요. 남 이병은 이미 남쪽으로 뛴 상태였지요……. 전…… 총을…… 집어 던진 채 그 자리에 섰어요……. 내가…… 무슨 짓을 했나……. 이가 덜덜 부딪칠 정도로 오한이 계속되었고…… 주위의 숲들이 나를 삼키려고 덤벼들었어요……. 귓속엔 총성의 메아리가 끊이지 않고 울려 퍼졌고요……. 남쪽으로 뛰기 시작했어요, 정신없이 뛰었어요……. 그리고 쓰러졌어요……. 정신을 잃었고요……."

다시 수혁은 통곡하기 시작했다. 이제야 그가 왜 아무 말도 할 수가 없었는지, 왜 내가 한국인이 아니라서 이해하지 못한다고 했는지 알 것 같았다. 하지만 어렴풋이 이해할 수 있었다. 아니 다른 한국인보다 더 잘 이해할 것도 같았다.

아버지가 포로수용소에서 동생을 살해한 것처럼……. 어떤 힘이 자기도 모르는 사이에 대검을 쥔 손을 동생의 목줄기에 박아 넣게 한 것처럼……. "미군이다!"라는 정찰조의 외침을 듣고 정신없이 친동생을 난자한 것처럼…….

"모든 건 바로 총소리…… 총소리가 문제였어요……. 총소리만 나지 않았어도……. 그 총소리가…… 울려 퍼지고 잠시 동안 침묵이 흐를 때 제 머릿속에 무엇이 지나갔는지 아세요? 비참하게 죽은 이승복의 시체, 판문점 도끼 만행 사건 때 머리가 깨져 죽은 미군, 폐허가 된 아웅 산 묘소,

KAL기의 처참한 잔해…… 독침을 갖고 다니는 간첩, 괴물 모양을 한 김일성의 얼굴…… 내 머릿속에 이런 영상들을 쑤셔 박은 거예요…… 그 총소리가 울려 영상들이 유령처럼 되살아나고…… 나에게 총을 뽑게 하는 거죠…… 마치 우리 마음 어디엔가 스위치가 있는 것처럼…… 총소리가 울리면 손전등 불빛을 본 마루처럼 미친 듯이 서로를 물어 뜯도록 되어 있는 거예요……."

그의 울먹임은 전염되고 있었다. 그래…… 그렇게 되어 있던 거다. 아버지는 처음부터 정찰조의 "미군이다."라는 한 마디에 미 제국주의에 대한 증오와 미군에 대한 공포가 유령처럼 되살아나 눈앞에 있는 혈육을 난자하도록 되어 있던 거였다. 마루처럼…… 지금 내 앞에서 울부짖는 김수혁처럼…… 이데올로기의 총소리만 울리면 물어뜯도록 계획되어 있던 거다……. 그런 자신의 과거를 철저히 부정하고 이름까지 바꾸며 숨어서, 스스로에게 쫓기며 살았던 아버지. 자신의 과거를 밝히려는 기자가 이연우라고 부르자 이데올로기에 더럽혀진 오욕의 역사가 역시 유령처럼 되살아났을 것이다. 이연우라는 한마디가 결국엔 공항에서의 저격 사건으로 이어진 것은 아닐까.

무언가를 머릿속에, 마음속에 쑤셔 박아 놓고 어딘가를 건드리면 터지도록 누군가 설계해 놓은 것일까.

"자, 이제 끝났습니다. 김수혁, 이제 기무사로 돌아간다.

일어서."

강 중위가 들어와 있었다. 어느새 날이 밝았다. 그래 이제 끝났다. 김수혁은 돌아갈 테고 이 사건의 진실은 영원히 묻히겠지. 난 예정대로 무력하게 김수혁을 기무사로 돌려보내야 한다. 남북한은 조작된 사건 진상을 매스컴을 통해 지껄여 댈 것이다. 김수혁은 엉엉 흐느끼며 강 중위의 말에 대답하지 않았다. 나도 아무 할 말이 없었다. 조금 후 그 흐느낌마저 멈추고 견디기 힘든 싸늘한 고요가 취조실을 휘감았다. 기다리다 못한 강 중위는 내 눈치를 보면서 김수혁에게 다가가 "자, 어서." 하며 그의 어깨에 손을 얹었다. 그때였다.

"움직이지 마! 가까이 오지 마!"

갑자기 일어서며 김수혁은 다가온 강 중위를 가격하고 강 중위의 옆구리에 채워져 있던 베레타를 빼 들었다. 그러고는 뒤에서 목을 감고 권총을 강 중위의 머리에 겨누었다. 너무나 순식간에 일어난 일이었다. 빨랐다. 남 일병이 독이 잔뜩 오른 뱀이 먹이를 낚아챌 때의 움직임에 비유했던가. 그 이상이었다. 그가 강 중위의 권총 지갑에서 권총을 뽑은 손놀림은 지금까지 이야기를 들으며 상상했던 것보다 훨씬 더 빨랐다.

"김수혁, 왜 이래. 권총 버려!"

그는 나를 바라보고 있지 않았다. 초점 없이 풀린, 그러나 섬뜩한 그의 시선은 나를 뚫고 한없이 뻗는 것 같았다. 언젠가 기무사 판문점 분실 앞에서 본 군견 마루의 눈. 그의 눈가엔 눈물이 그렁그렁했다.

"가야 돼요…… 가야 된다고요……."

"어딜 가…… 총부터 놓고 차분히 이야기하자고……."

"기무사로 다시 돌아가면 영원히 기회가 없어요……."

"총부터 놓으라니까!"

"경필이 형한테 사과하러 갈 거예요……. 사과해야 한단 말입니다……."

"오경필을 만나게 해 줄게…… 총 버려!"

"소령님이 뭘 압니까. 전 사람을 죽였어요. 제가 가장 사랑하는 사람을, 제 생명의 은인을 죽였단 말입니다……. 가서 무릎 꿇고…… 빌어야 해요!"

취조실 안의 소란을 느끼고 무장 경비병들이 들어왔다. 그들은 M-16 A2를 들고 있었다.

"안 돼! 다들 나가, 명령이다! 총구 아래로 해. 내가 처리할 테니까 나가!"

무장 경비병들은 미국인이었다. 중립국 감독위의 장교는 각 중립국 장교로 구성되지만 사병은 미군 부대의 병사들이다. 빌어먹을, 난 한국어로 외치고 있었다……. 무장 경비병들은 내 외침을 긴박한 상황으로 알아들었는지 즉시 총을 김수혁에게 겨누고 프리즈, 핸즈 업을 외쳤다. 김수혁은 총구를 보더니 더욱 흥분하는 듯했다.

"비켜, 비키라니까!"

김수혁의 절규에 가까운 외침과 미군 병사들의 정신없이 질러 대는 소리가 섞여 서로의 말을 알아들을 수 없을 정도였다. 김수혁의 눈에 그렁그렁하던 눈물이 흘렀다. 그는 포로로 잡고 있던 강 중위를 아주 천천히 앞으로 밀치고는 자신의 관자놀이에 총을 가져다 댔다. 나를 향해 입가에 엷은 미소를 머금는 듯했다. 모든 것은 순식간에 이루어졌다. 총소리. 난 그대로 주저앉아 쓰러진 김수혁을 바라보았다. 미군 병사들은 즉시 달려가 강 중위를 부축했다. 비상벨이 울리고 의료진이 들어와 김수혁의 시체를 치울 때까지 난 오래도록 그 자리에 앉아 있었다.

나는 중립국 감독위 사무실에서 신임 수사 책임자인 스웨덴 대령에게 호된 문책을 당했다. 그냥 멍하게 듣고만 있었다. 아무 소리도 들리지 않았다. 그가 화를 내는 것은 당연했다. 사건의 주요 인물이자 피의자인 사병이 죽어 버렸으니 당황스러울 것이다. 본국으로 송환될 것이라느니, 군복 벗을 준비를 하라느니 하는 이야기를 흥분해서 한 것 같은데 이제 불명예제대 따위는 겁나지 않는다.

중립국 감독위를 나와 무작정 지프를 타고 달렸다. 어느새 기무사 분실 앞에 와 있었다. 난 아무것도 생각할 수 없

었지만 한 가지 할 일이 남아 있다는 생각이 들었다. 나는
마루가 갇혀 있는 우리로 다가갔다. 육중한 철창문을 열
고 안으로 들어갔다. 마루는 내가 담당 사병에게 일러 준
대로 손전등을 이용해 식사를 시작했다. 내가 들어갔는데
도 마루는 끙끙거리기만 할 뿐 미동도 하지 않았다. 난 다
가간다. 맑다. 맑은 눈이다. 동물들은 이렇게 선하고 맑은
눈을 가지고 있다. 난 권총 지갑에서 권총을 꺼내고 안전
장치를 풀었다. 마루는 총구 앞에서도 껌벅껌벅 눈알을 굴
리며 쳐다볼 뿐이다. 내 왼손엔 손전등이 들려 있었다. 마
루의 맑은 눈동자에 천천히 손전등 불빛을 비추었다. 순식
간에 마루는 으르렁거리며 침을 흘리기 시작했다. 그리고
나를 향해 미친 듯이 달려들었다. 베레타가 불을 뿜었다.
탕! 정수리, 절명이다. 난 그대로 주저앉아 담배를 물었다.
화약 냄새가 진동을 하는데 이상하게 재채기가 나지 않았
다. 총소리를 듣고 달려온 기무사 군인들에게 체포되었다.
끌려가면서도 난 그저 웃음이 나왔다.

　이후 변한 것은 없었다. 모든 것은 예정대로 진행되었다.
계속해서 남과 북은 이번 사건에 대한 서로의 입장을 주
장하며 떠들어 댔다. 남쪽에서는 김수혁이 납치된 이후 북
측 병사를 참혹하게 살해할 때의 충격으로 취조 당시 이
미 정신 이상이었으며 총기 관리를 제대로 하지 못한 한국

군 장교의 총으로 우발적인 자살을 한 것이라고 했다. 국제 여론은 남한 편인 듯했다. 그건 마치 김수혁이 마지막에 포로로 잡고 있던 강 중위를 밀치고 입가에 머금은 미소처럼 공허해 보였다.

그의 마지막 미소는 오래도록 내 머릿속에 남아 있다. 한국에서의 마지막 총성이 나를 또 꿈속에서 괴롭히거나 하지는 않아서 다행이었다. 난 왜 그 중요한 순간에 미군 병사들에게 한국어로 명령을 했을까. 그러지만 않았다면 그는 살 수도 있었을 텐데. 하지만 그가 산다면 또 어떤 의미일까. 산다면 어떻게 살았을까.

난 제네바로 돌아왔다. 강제로 송환당한 셈이었다. 중대 사건의 주요 피의자를 취조하다가 사망하게 만들었으니 당연히 책임을 져야 했다. 마루를 사살한 것도 문제가 되었다. 한국군의 군 재산을 훼손했지만 그들은 나를 재판할 권리가 없었다.

나는 지금 전역해서 무역 회사에 다니고 있다. 주요 업무는 통역이다.

부상을 입고 입원 중이던 오경필은 아마 다시 어느 부대에선가 근무하고 있을 것이다. 그가 말한 대로 지금쯤이면 결혼을 생각하고 있다던 여성과 가정을 이루었을지도 모른다. 어쩌면 아이도 생겼을 것이다. 강 중위는 전역해서 대학원에 다닌다고 한다. 가끔 편지를 보내기도 한다.

다음 주엔 몽블랑으로 스키 여행을 가기로 했다. 아내와 함께 설레는 마음으로 기대하며 하루하루를 보내고 있다. 아내는 얼마 전에 출판한 만화 시리즈 『제3세계의 불행한 전사』의 반응이 좋아 기뻐하고 있다. 출판 수입도 꽤 되는 모양이었다. 한국의 한 출판사에서 아버지 이야기를 읽고 취재 겸해서 초청을 했다는데 한국행을 고민하고 있다.

아버지는 결국 어느 나라 사람도 되지 못했다. 그렇게 갈망했던 조선인도, 북한인도, 남한인도, 브라질인도 되지 못했고, 스위스 국적 취득을 위한 마지막 노력도 수포로 돌아갔다. 아버지의 유해가 스위스에 묻히는 것은 코뮌으로부터 거부되었다. 그는 결국 그의 마지막 국적인 브라질에 묻혔다. 세인트 조지 시미터리 공원묘지에 신청을 해보았는데 국적이 브라질이라 브라질 대사관과 협의 끝에 그렇게 된 듯했다. 모든 것은 쿠비가 알아서 했다. 난 조금도 상관하고 싶지 않았다.

얼마 전에 강 중위, 아니 민간인 강상훈이 보내온 편지에 언급된 아버지의 이장 문제도 당분간 생각하지 않기로 했다. 가끔 신문이나 뉴스를 통해 접하는 극동의 한반도는 그대로다. 판문점도, 북녘땅도, 전쟁의 위험이 언제나 도사리고 있는 극동 최고의 화약고라는 외부의 평판도 말이다. 아무것도 바뀌지 않았다. 아버지가 당신의 조국으로 돌아갈 날은 정말 먼 훗날일지도 모른다.

분단과 이방인

김요섭(문학평론가)

DMZ(비무장지대)는 군사 분계선을 따라 한반도의 남과 북을 가르는 수백 킬로미터 길이의 거대한 국경선이다. 한반도의 군사 분계선은 한국전쟁 휴전 이후 70년간 세계에서 가장 중무장된 국경 지대로 악명이 높다. 그러나 군사 분계선의 남과 북 각각 2킬로미터에 걸쳐서 형성된 비무장지대에는 2010년대까지 공식적으로 중화기를 반입할 수 없었다. 그래서 역설적으로 세계에서 가장 중무장한 국경 지대의 최전방은 그 후방에 비해 훨씬 취약한 공간이었다. 일반적인 국경선은 국가 주권의 영역과 그 바깥을 선명하게 나누지만, 휴전협정에 따라 유엔사령부의 통제를 받는 비무장지대에서는 남과 북의 두 국가 모두가 일정한 제약을 받으며 그 힘이 오히려 흐려진다. 그래서 비무장지대는 경계선의 색이 뒤섞이는 회색 지대처럼 보이기도 한다. 박상연의 장편소설 『DMZ』는 한국 사회에서 도저히 넘을 수 없는 경계라고 여겨졌던 군사 분계선에서 비무장지대라는 회색 지대를 발견하며 분단의 상상력을 갱신한 소설이다.

『DMZ』를 원작으로 한 영화 「공동경비구역 JSA」에서 내게 가장 인상적이었던 것은 공교롭게도 "고맙습니다"라는 가벼운 인사말이었다. 영화를 대표하는 장면을 떠올리라고 한다면 대부분 군사 분계선을 따라 경비를 서고 있던 영화의 주인공들이 외국인 관광객의 카메라에 찍혀 한 장의 사진으로 남는 마지막 장면을 이야기할 것이다. 하지만 그 직전에 펼쳐지는 짧은 사건은 분단의 현실을 더 선명하게 보여 준다. 흑백 사진이 찍히기 직전에 외국인 관광객들을 인도하던 미군은 군사 분계선을 넘어 날아간 관광객의 모자를 아무렇지 않은 듯 인민군에게 받아서 돌아온다. 얼굴을 맞대고 있으면서도 말 한마디 나눌 수 없는 한국군과 인민군 병사들과 달리 그는 여유롭게 "고맙습니다"라고 인사하고 뒤돌아선다. "같은 언어를 쓰는 사람들과 한마디 말도 나누지 못하고 언어가 정지된 유일한 곳"(82쪽)이라는 소설 속의 문장이 정확하게 설명했던 바로 그 현실이다. 카메라의 한 컷 안에 모든 인물의 모습을 담을 수 있고, 서로의 숨소리가 들릴 정도로 가까이 얼굴을 마주하고 있지만 결코 한마디 말도 오갈 수 없는 절대적인 경계선이 그곳에 있다. 그런데 기이한 것은 넘을 수 없다고 확신하는 그 경계를 넘어가는 소리가 있다는 사실이다.

경계를 넘어오는 내부의 소리

소설의 주인공인 중립국 감독위원회의 '지그 베르사미' 소령은 경계를 넘어오는 총소리에 눈을 뜬다. 가벼운 인사조차 군사 분계선을 넘을 수 없으나 소리는 예외다. 훈련과 오발 사고 등으로 들려오는 총소리뿐 아니다. 너무나 오랫동안 들어와서 일상의 소음 이상으로 들리지조차 않게 된 대남·대북 방송은 매일같이 언어가 멈추는 경계선을 넘어온다. 경계를 넘어서 오는 그 두 소리는 전혀 다른 종류처럼 들린다. 대북·대남 방송은 그 소리가 들려온다는 사실도 자주 잊게 되는 익숙한 일상의 소음이지만, 총소리는 끝나지 않은 전쟁의 현실을 환기하는 경고음이기 때문이다. 그러나 실상 이 두 소리는 동일한 소리다. 비무장지대에 울려 퍼지는 대남·대북 방송은 선전전이라는 전쟁기술의 일환이며 전쟁의 물리적 폭력, 즉 총소리를 위한 준비 단계다. 그래서 총소리는 예외적 사건이 아니다. 공포와 증오를 학습시켜 온 방송의 실체가 바로 그 총소리다.

경계를 넘어온 그 소리는 끝없이 전쟁을 환기한다. 전쟁을 기억하게 하고 전쟁을 대비하게 한다. 그래서 경계를 넘어온 소리는 오히려 그 경계 내부를 살아가는 이들을 길들여 온 소리다.

군사 분계선을 넘어오는 소리의 존재를 DMZ의 사람들은 자주 망각한다. 그것은 분명 경계를 넘어서 온 소리이지만, 온전히 외부의 것은 아니기 때문이다. 경계를 넘어서 외부에서 온 소리는 내부의 당연한 일상과 인식을 흔들수 있을 테지만 군사 분계선을 넘어온 소리는 분단의 질서속에서 살아가는 삶을 더욱 공고히 할 뿐이다. 그 소리는 경계 내부의 생활을 이루는 한 부분이자, 공통의 각본이다. 형식적으로는 경계를 넘어온 소리지만 실상은 분단이라는 경계에 막혀서 그대로 돌아오는 메아리 같은 반향음에 불과하다. 경계 내부에서 살아가는 이들이 그 소리를 인지하지 못하는 것이 오히려 당연하다. 일상을 흔드는 낯선 사건이 아니라, 암묵적으로 합의된 오래된 규칙이기 때문이다. 그래서 이 소리를 의식하는 이는 "지난 50여 년 동안 치밀하게 짜여진 각본"(211쪽)을 이해하지 못할 '이방인'뿐이다.

이방인의 시선으로 바라본 분단

　『DMZ』는 이방인의 시선에서 분단을 바라본다. 한국 분단 문학의 역사에서 이방인의 시선은 여전히 낯선 장면 이다. 오랜 시간 분단은 이방인이 개입할 수 없는 위험하고 첨예한 주제였기 때문이다. 분단은 한국 사회를 규정하는 가장 강력한 질서이자 한국인이 누구인가를 규정하는 사회적 정체성이기도 했다. 사건이 있던 날의 진실을 밝히려는 김수혁은 베르사미에게 자신의 성장 과정부터 이야기하기 시작한다. 7·4 남북 공동 성명이 있던 해인 1972년에 태어난 그는 분단이라는 조건 속에서 성장한다. 판문점 도끼 만행 사건이나 무장 공비의 침입 등 전쟁 이후에도 계속되는 남북 간의 군사적 대립과 그 대립을 다음 세대에게 교육하는 반공주의 문화는 그가 아무런 고민 없이 분단의 질서를 학습하게 한다. 그렇게 학습된 분단은 5월 광주의 비극을 "깡패와 양아치들이 간첩의 사주를 받아 폭동을 일으키"(232쪽)는 것이라며 국가폭력을 정당화했듯이 국민에 대한 억압을 재생산했다. 분단이라는 성장의 조건은 한반도에 살았던 모든 이들이 공유한 것으로, 군사 분계선 북쪽에서의 삶 역시 분단에 의해 결정되었다. 인민군 병사인 정우진, 오경필도 김수혁과 다르지 않다. 분단을 정당화하는 이념조차 실상 중요한 차이가 되지 않는다.

"우리가 어려서 「국민교육헌장」을 외우고 민주 시민 9대 덕목 등을 잘 외우고 다녔던 것처럼 그들에게 주체사상도 그랬"(271쪽)을 뿐이다.

해방 이후 남과 북에 각각 만들어진 두 개의 국가는 분단이라는 대립 구도를 통해 적과 우리를 구별했다. 우리의 경계 바깥은 적이며, 그 경계의 안쪽은 우리라는 이분법만이 분단의 세계를 지배한다. 그런데 역설적으로 분단의 이분법은 남과 북의 두 국가가 실상 서로에 의존하는 과정이기도 하다. 우리가 누구인지 말할 수 있는 근거는 그 경계의 바깥, 즉 적이 아니라는 사실뿐이기 때문이다. 국민(인민)은 빨갱이(반동)가 아니라는 사실을 통해서만 확인될 수 있다. 그래서 군사 분계선 건너편의 적은 없어져야 할 적도, 외부의 존재도 아니다. 분단으로 갈라져 있는 남과 북은 데리다가 '구성적 외부'라고 부르는, 내부를 구성하기 위해서 의존해야만 하는 외부이고 따라서 그 안과 밖은 긴밀히 결합되어 있다. 그래서 군사 분계선을 건너 북쪽의 영토를 밟은 김수혁과 남성식은 그곳을 방문한 이방인이 아니다. 하나의 민족이어서가 아니라 상호적대적인 의존을 통해 성립하는 분단이라는 구조 안에서 그들은 연결되어 있기 때문이다.

서로를 부정하는 적대적 관계에 의존해야만 우리를 발견할 수 있다는 분단의 역설은 이방인을 허락하지 않았다.

한반도가 분단되었던 시기에 세계는 미국과 소련 양국 사이의 국제적인 냉전으로 인해 양분되어 있었다. 비동맹 중립을 표방한 제3세계와 몇몇의 중립국들을 제외한다면 말이다. 최인훈이 「광장」을 통해 동서 냉전의 대립 구도 어디에도 속하지 않는 중립국의 선택이 분단이 만들어 낸 이분법을 거부하는 방식임을 보여 주었지만, 그 상상력은 4월 혁명이라는 정치적 격변이 가져온 예외였을 뿐이었다. 분단은 한반도 바깥의 세계를 보는 시선조차 가두고 있었다. 그래서 한반도의 바깥에 살고 있던 한국계 외국인들 역시 적과 우리라는 분단의 이분법에서 자유롭지 못했다. 엄혹한 군사독재 시대에 해외 한인들이 조작 간첩 사건에 휘말리는 일이 빈번하게 일어났다. 한인의 해외 이주, '코리안 디아스포라'는 분단보다 앞서 일제강점기에 시작되었으나 한반도로 들어오는 순간 그들은 이쪽과 저쪽, 우리와 적 중 어느 편이냐는 질문에 답해야만 했다. 적이 아닌 자는 우리의 편에 서야 하고, 우리가 아닌 자를 용서하지 못할 적으로 단정하는 분단의 이분법 속에서 이방인의 시선은 설 자리가 없었다. 『DMZ』가 도발적인 지점은 바로 이방인의 시선을 통해 분단의 그림자에 숨겨진 진실을 찾으려는 데에 있다.

분단 문학과 가족

이방인의 시선은 한국문학사에서 『DMZ』가 다른 분단
문학과 구분되는 가장 중요한 차이점이다. 분단은 해방 이
후 한국문학, 특히 한국의 소설이 가장 많이 다룬 주제이
지만 동시에 가장 위험한 소재였다. 한국의 분단 문학은
가족 단위의 경험을 통해 전쟁과 분단을 이야기하는 경우
가 압도적으로 많았다. 가족은 정치적 위협 속에서 분단
문제를 이야기할 수 있는 비교적 안전한 장소였기 때문이
다. 가족은 혈육이 서로를 살해하는 이념의 비극이 가장
극적으로 드러나는 소재인 동시에 국가의 눈을 피해 분
단의 정치성을 은닉할 수 있는 비정치적인 관계였다. 이념
에 앞서는 가족의 윤리는 분단 현실에 대한 비판을 정치
의 언어 없이 주장할 수 있는 우회로였던 셈이다. 그래서
분단을 하나의 사회적 체제로 상대화할 수 있는 이방인의
정치성은 민주화 이전까지 한국의 분단 소설에서 등장하
지 못했다. 『DMZ』의 이방인인 베르사미는 적대적 공범인
두 국가에 맞서서 찾은 진실을 통해 아버지를 이해한다.
『DMZ』에서 가족사는 분단을 재현하는 우회로가 아니라
체제로서의 분단을 상대화함으로써 이해할 수 있게 된 사
건이다.

『DMZ』에서 홀로 진실을 찾아가는 베르사미 소령은 완

전한 이방인이다. 그는 자신이 속한 어느 사회에서도 완전한 내부자가 아니다. 브라질 태생의 동양 혼혈 스위스군 장교인 '지그 베르사미', 전쟁 난민과 스위스 기자 사이의 아들로 브라질에서 자랐던 '에르네스또 리', 조국을 버리고 제3국으로 떠난 인민군 포로의 아들인 '이강민'은 한국과 스위스, 브라질 어느 곳에서나 이방인으로 살아왔다. 그의 아버지는 자신이 떠나 온 한반도를 아들이 '우리나라'로 받아들이길 원했지만 베르사미에게 그곳은 아버지의 나라일 따름이다. 소령이 가진 세 개의 이름 중 어느 것도 그가 누구인지 말해 주지 않는다. 중립국 감독위원회에 속한 군인인 그는 우리와 적 사이에서 선택을 강요하는 분단의 이분법에서 벗어난 위치에서 서서 비무장지대에서 일어난 사건을 질문한다. 그렇기에 그는 이 소설에서 유일하게 분단이라는 경계를 넘어온 진정한 이방인이다. 분단의 바깥에서 온 이방인은 질문한다. 분단의 경계를 넘는다는 것이 무엇인지를.

마음속 분단이라는 경계

한반도에서 분단의 경계인 군사 분계선은 결코 넘을 수 없는 절대적인 금기다. 그러나 『DMZ』는 비무장지대라는

공간에서 그 물리적 경계를 넘는 일이 얼마나 쉽게 일어
날 수 있는지 보여 준다. 그리고 진정 넘을 수 없던 것은 물
리적 경계가 아니라 마음속에 있는 분단의 경계라는 사실
까지.

　　남과 북에 걸쳐진 군정위, 회담장, 공동 일직 장교 건물
　　이 모여 있는 곳으로부터 불과 50미터 서쪽으로 떨어진
　　우리 초소와 북 초소 그 일대엔 밤이 되면 사람이 없다.
　　(……) 나는 용감히 분단과 단절과 오욕의 선을 넘었다. 나는
　　6·25 때 인천 상륙작전과 함께 북진했던 국군 이래 40여년
　　만에 휴전선을 넘은 최초의 군인이 되었다.(250~251쪽)

　　순찰 도중 지뢰를 밟고 낙오된 자신을 구해 준 인민군
오경필, 정우진을 만나기 위해 김수혁은 사람이 없는 틈을
타서 군사 분계선을 넘어간다. 한국군과 인민군 초소 사이
의 50미터, 그 짧은 거리를 지나서 김수혁과 남성식은 군
사 분계선을 몇 번이고 넘나든다. 세계에서 가장 중무장된
국경 지대의 최전방인 그곳에는 역설적으로 어떤 물리적
장애물도 없다. "분단과 단절과 오욕의 선을 넘었다"는 김
수혁의 감격에 비해 그가 지나온 곳은 짧고 단조로운 공간
일 뿐이다. 그들은 분단의 물리적인 경계를 넘어갔다. 하지
만 분단의 질서를 각인시키는 소리, 갑작스럽게 들려온 한

발의 총소리는 그 경계가 얼마나 견고한 것인지 확인해 준다. 서로 형, 동생으로 부르면서 맺어 온 친밀한 관계에도 불구하고 그들은 한 발의 총성이 들려오자 총을 향해서 손을 뻗는다. 갑작스러운 총성에 바로 무기를 향해 손을 뻗은 그들은 잘 훈련받은 군인이다. 그리고 그들은 분단의 현실 속에서 훈련받은 대로 서로 불안해하고 의심하다 결국 서로에게 총을 쏜다. 사건 직후 김수혁은 혼란스러움에 말을 잃는다. 자신이 친구로 여기던 이를 어떻게 살해할 수 있었는지 이해할 수 없기 때문이다.

비무장지대에 일어난 이 비극을 분단의 내부자들은 이해할 수 없다. 남쪽도 북쪽도 분단 상황 속에서 수없이 반복되었던 대립의 형식, 납치·침투·전향 등으로 이 사건을 설명하려고 하지만 이들은 진실에 다가가지 못한다. 50년의 분단이 만들어 놓은 각본을 벗어나서 생각할 수 없기 때문이다. 최전방의 군인들 사이의 우정과 그 우정을 언제든 파괴할 수 있는 적대와 공포심을 그들은 인정할 수 없다. '적'과 '우리' 사이에 우정은 있을 수 없고, 적대와 공포는 우리가 아닌 적이 품은 악의여야 하기 때문이다. 그러나 이방인은 그들을 움직이는 각본을 배우지 않았다. 그래서 그는 각본에 따른 자연스러운 장면을 의심한다. 각본에 따라 정해진 배역과 행동을 하는 무대, 즉 연극은 사회에 대한 비유로 자주 쓰인다. 구성원들은 마치 각본을 숙지한 배우처럼 사회적 표지가 없더라도 지켜야 할 규칙을 알고 있고 그에 따라 행동한다. 그러나 연극과 달리 현실에서는 각본 속에 없던 등장인물이 나타나기도 한다. 바로 이방인 들이다. 이방인은 각본을 보지 못한 채 무대에 선 배우와 같다. 그들은 규칙을 모르기에 의문을 품고 당연하다고 지나친 것을 유심히 바라본다. 그래서 때로 이방인의 눈에 보이는 것을 내부자들은 알지 못한다. 분단의 각본도 마찬 가지다.

한반도에 살아가는 이들은 분단의 각본을 숙지한 숙련 된 배우들이다. 그들은 의식하지 않고도 정해진 역할에 맞 춰 행동한다. 그리고 그 역할극은 가까웠던 이들을 죽일 수 있을 만큼 단호하고 잔인하게 행해진다. 김수혁이 관리 하는 군견 '마루'가 손전등 불빛으로 조건 학습이 되었듯 이 분단의 각본은 그들이 서로를 죽일 수 있도록 학습시 켰다. 조건 학습 때문에 손전등 불빛에 격렬한 식욕을 느 끼는 미쳐 버린 군견 이외에도 소설에는 학습된 분단의 또 다른 상징이 등장한다. 베르사미는 SF영화 「블레이드 러 너」 속 인조인간인 '레플리컨트'의 설정이 무서운 상상력이 라고 생각한다. "자기의 모든 의식이 인위적으로 만들어진 것이며, 또한 그 의식을 지배하는 존재를 알지 못하고 살 아"(102쪽)가기 때문이다. 영화 속 인조인간들처럼 분단의 각본을 학습한 이들은 자신에게 어떤 역할이 누구에 의해 주어진 것인지 알지도 못한 채 들려오는 소리에 맞춰 무의식적으로 행동한다.

인간을 길들이는 분단의 각본은 물리적 경계 안에 갇혀 있지 않다. 소령의 아버지, 이연우는 김수혁보다 앞서서 몇 번이고 경계를 넘은 인물이다. 그는 해방 후 삼팔선을 넘어 월북한 좌익이었고, 다시 인민군 소좌가 되어 그 선을 넘어온다. 그리고 다시 포로수용소에서 한반도를 떠나 중립국으로 향한다. 그는 몇 번이고 분단의 경계선을 넘어왔다. 그러나 그는 분단의 각본을 들려주는 두려운 소리에 길들여져서 끝내 복종한다. 포로수용소를 나오면서 이경수라는 타인의 신분으로 위장해서 살았던 그는 자신의 과거를 취재하려는 한국 기자에게 권총을 쏜다. 그가 감춰온 이름, 이연우는 수용소의 포로들 사이의 싸움에서 미군이 나타났다는 고함에 놀라 무의식적으로 동생을 칼로 베어 버린 살인자다. 그 감추고 싶은 과거를 부르는 목소리에 그는 40년간 버리지 못한 녹슨 권총을 난사한다. 총소리에서 시작된 불신과 두려움 때문에 끝내 친구를 난사한 김수혁처럼 말이다. 조국을 등진 이연우조차 분단의 각본에 사로잡혀 있다. 분단의 경계는 고작 50미터를 걸으면 넘을 수 있던 군사 분계선이 아니다. 우리가 학습하고 익혀 온 분단의 각본, 그 분단의 마음이야말로 우리를 에워싸고 있는 분단의 경계다.

　반공주의자로 자라온 김수혁은 군사 분계선의 북쪽에 악마가 살고 있다고 믿었다. 그러나 그가 만난 악마는 경계의 북쪽이 아니라 경계와 경계가 만나는 곳에 있다. 김수혁은 "북이 아니라 휴전선 DMZ에 살"고 있는 그 악마는 "두 개의 힘이 만나는 곳"(228쪽)에서 탄생한다고 말한다. 김수혁이 만난 악마, 그와 이연우가 사랑하는 이를 살해하게 한 악마는 그곳에 있다. 다만 김수혁은 끝내 알지 못했다. 그 악마는 남과 북의 두 힘이 만나는 곳에서 태어나지 않는다는 사실을. 분단의 경계, 그 건너편을 향했던 증오와 폭력의 소리가 메아리로 돌아오듯 그 악마 역시 우리의 마음에서 나와 경계를 넘지 못하고 돌아온다. 분단의 경계 안에 갇힌 우리를 향해서. 그 사실을 알지 못한다면 끝내 경계와 경계 사이에 갇혀서 끝없이 울리는 총소리의 메아리에 잠식되어 갈 뿐이다. 적과 맞서기 위해 쌓은 경계에 갇혀 버리고 만 분단의 악몽, 박상연의 소설 『DMZ』는 그 비극에 대한 차갑고 치밀한 관찰기다.

이 소설은 나의 데뷔작이다.

자그마치 28년 전에 집필하고 27년 전에 발표한 자신의 첫 작품을 다시 읽는다는 건, 조금은 곤혹스러운 일이다. 작품은 오래도록 그 자리에 고정되어 있었는데 그 세월 동안 나는 참 많이도 달라졌고 시대는 참 멀리도 흘렀다. 이제와 다시 보니 당연히 이 소설은 어느 정도 낡았고 1995년의 나는 어느 정도 미숙했고 무엇보다 얕았다. 민망했다. 하지만 1990년대 길거리 리어카에서 들려오던 유행가를 유튜브에서 다시 들을 때처럼 잊었던 것들이 생각나서 좋았다. 초교지를 받아 들고 짧았던 작가 지망생 시절을 추억한다.

1994년, 스물둘이었고 겨울이었다. 안성 캠퍼스의 자취

촌이었고 대학교 4학년이었다. 스무 살부터 응모했던 동아
일보 신춘문예 중편소설 부문은 내 작품을 또다시 외면했
다. 난 거의 마지막 원고지 세대였다. 손가락 마디에 굳은
살이 박힐 때까지 원고지를 빼곡히 채워 나간 낙선의 작
품들을 치워 버리고 486 PC 앞에 앉았다. 재촉하듯 커서
가 깜빡였고, 오기 뻗친 혼잣말이 나왔다. "역사와 사회를
다루는 리얼리즘 소설, 쓸 줄 몰라서 못 쓴 게 아냐!"

1년 하고 몇 달이 더 흐른 후, '오늘의 작가상' 발표가 나
왔고 결과는 또 탈락이었다. 마지막이라고 생각했던 도전
이었기에, 미련을 갖진 않으려 했다. 그래, 포기하자. 취직
하자. 하지만 이번엔 '오늘의 작가상' 심사평이 발목을 잡
았다. 최종심에서의 탈락. 더구나 그야말로 기라성 같은
심사위원분들 모두, 내 작품 『오퍼런트(Operant)』를 언급
했다. 결과는 탈락이었지만 분에 넘치는 평가들이었고 내
겐 탈락의 쓴맛을 덮어 주는 달콤함이었다. 다시 한숨처럼
혼잣말이 나왔다.

"자…… 난 이제 어떻게 포기하면 될까?"

심사위원이었던 이순원 작가께서 따로 불러 말씀하셨
다. "하늘을 만져 본 기분을 알았으니, 포기 못 할 거다." 포
기하지 말라는 따뜻한 격려였다. 그리고 어느 날, 어린 시절
우상에게 전화가 왔다. 최종심 심사위원이었던 이문열 작
가셨다. 적극적으로 나의 등단을 응원해 주셨다. 1996년

'오늘의 작가상' 최종심에서 탈락한 내 작품 『오퍼런트』는 이런 우여곡절 끝에 세상에 나왔다. '오퍼런트'라는 제목은 스키너나 파블로프의 행동심리학 이론으로 분단을 파헤치겠다는 나름 치기 어린 야심을 담아 정한 것이었다. 이데올로기 체제는 우리의 자유의지에 반하는 지뢰를 의식의 기저에 심어 놓고 특정 조건이 되면 작동하도록 설계했다는 걸 고발하고 싶었다. 하지만 제목이 어렵다는 의견이 많았고 당시 민음사 이영준 주간님의 말씀대로 제목을 바꿨다. 장편소설 『DMZ』.

『DMZ』는 세상에 나온 이후 일본 문예춘추에서 번역 출판되었고, 오페라가 되어 로마에서 초연되었고, 뮤지컬이 되었으며, 영화 「공동경비구역 JSA」로 재탄생되어 당시 한국 영화의 역대 최다 관객 수를 갈아치웠다. 그리고 나를 생각지 않았던 새로운 세상으로 이끌기도 했다. 이 소설로 인해 박찬욱 감독을 만났고, 그러다 영화 시나리오 작가의 길을 가게 되었으며 그 후 김영현 작가를 만나 TV 드라마의 극본을 쓰게 되었다. 모두 뜻밖의 선물 같은, 넘치는 행운이었다.

27년 전 이 소설의 '작가의 말'은 "난 이제 통일 따위엔 관심이 없다"로 시작한다. 당시로선 상당히 도발적인 문장이고 표현이었다. 누군가는 남북 병사의 우정과 그로 인한 비극을 그린 작가가 그럴 리 없다며 그저 반어적인 표현일 뿐일 거라고 했는데, 틀렸다. 난 진심으로 '통일 따위'엔 관심이 없었고 지금도 그렇다. 문제는 분단이다. 27년 전 나는 통일이 아니라, 분단 상황의 해소를 간절히 말하고 싶었다. 하지만 이제는 통일이든, 분단이든, 그 단어 자체가 낡아 버린 것 같다.

통일은 그 과정이나 결과가 두려운 어떤 것이 되었고, 분단은 그저 자연스러운 상태가 된 듯하다. 우리는 분단에 너무나 익숙해졌고 어쩌면 편안해졌다. 간혹 북한의 도발로 한반도의 위기 상황이 조성되어도, 양치기 소년에 반응하지 않는 마을 사람처럼 코스피 지수마저 크게 동요하지 않거나 금세 회복하는 걸 보게 된다. 이제 분단은 단지 문화적으로 소비되고, 정치적으로 활용되며, 경제적으로는 큰 리스크조차 되지 못하는 것인지 모른다. 우린 비로소 분단을 온몸으로, 원래 있던 신체의 일부인 양 받아들인 것 같다. 사실이다. 나부터가 한반도의 분단 상황 때문에 불편한 것이 별로 없다.

하지만 이 소설에도 나오는 냉장고 소리의 비유는 아직도 유효하다고 믿고 있다. 냉장고 소리가 사라진 다음 밀려오는 고요로 비로소 그 소리가 얼마나 시끄러웠는지를 알게 되듯이, 분단 상황이 해소되면 우리가 잊었던, 또한 잃었던 것들이 얼마나 거대했는지를 실감하게 될 것이라는 믿음이다. 이 믿음은 27년이라는 세월이 지났음에도 변함이 없다. 그리고 더 많은 사람이 이 믿음을 갖길 바란다.

이 소설은 십몇 년을 절판 상태에 있었다. 올해 민음사의 '오늘의 작가 총서' 시리즈로 다시 출간되는 영광을 얻었으니 이 소설은 오랜 세월이 흘러서도 어쩌면 다시 읽힐 가능성을 얻게 되었다. 진심으로 민음사에 감사를 표한다. 낡은 소설의 교정에 애써 주신 김세영 편집자의 노고에도 고마움을 전한다. 정말 오랜만에 느닷없이 연락을 드려서 추천사를 부탁드렸는데, 흔쾌히 수락하신 박찬욱 감독께도 깊이 감사드린다.

앞으로 다시 이만큼의 세월이 흐르고, 소설 『DMZ』가 더욱 낡을 먼 훗날에, 어쩌면 분단이란 것이 역사의 한 페이지가 되었을 어느 날에, 이 소설을 읽을지 모를 어느 독자에게 미리 말해 둔다.

"옛날엔 이 땅에 우스운 선 하나를 그어 놓고 이렇게 심각했었답니다. 이젠 당신에겐 그다지 와닿지도 공감되지도 않겠지만."

2023년 봄날,

박상연

난 이제 통일 따위엔 관심이 없다. 1000만 이산가족은
우리 아버지, 또는 할아버지 세대에게나 절실한 문제이고,
그들은 이제 곧 사라지며, 그것은 그렇게 오래 걸리지 않는
다. 누가 무엇 때문에 통일을 원하는지 나는 알지 못한다.
어떤 이는 사회과학적인 견지에서 통일을 이야기한다. 하
지만 우리나라의 일차적 모순이 계급 모순이니 민족 모순
이니 하는 해묵은 논쟁에도 나는 관심이 없다. 내 관심은
통일이 아니라 분단에 있다. 통일이 아니라 분단 상황의 해
소다. 합쳐야 한다는 민족적인 견지의 당위는 나를 설득하
지 못했지만 갈라져 있음에서 오는 폐해는 이 글의 주인공
에게 그랬듯이 나를 미치게 했고 또한 지치게 했다.

작년이던가, 한 신문에서 본 기사인데 어떤 기관에서 초

능학교 어린이들을 대상으로 '한 가지 소원이 있다면'이다는 설문 조사를 한 적이 있다. 어린아이들의 소원은 매우 다양했는데 그중 비교적 높은 비율을 차지한 것 중에 이런 것들이 기억난다. 연예인이 되고 싶다, 다리가 길어지고 싶다, 날씬해지고 싶다, 빨리 어른이 되고 싶다, 시험에서 1등을 하고 싶다, 돈이 많았으면 좋겠다, 삐삐를 갖고 싶다……. 어린이들의 소원은 매우 다양했고 특별히 압도적인 것은 없었다. 1위나 2위나 편차가 그리 크지 않았던 것으로 기억된다. 내가 그 기사를 관심 있게 본 이유는 내가 초등학교에 다니던 때에도 같은 내용의 설문 조사가 있었기 때문이다. 내가 기억하기로는 소년 무슨 무슨 일보에서 보았는데 설문의 결과가 십몇 년이 지난 지금과 판이하게 달랐다. 그 시절 초등학교 어린이들의 소원은 무엇이었을까? 80퍼센트 이상의 응답을 얻어 압도적으로 1위를 차지한 소원은 바로 통일이었다. 내가 설문지를 받았더라도 당시엔 같은 대답을 했을 것이기 때문에 설문 조사 결과가 조작이라고는 생각하지 않는다. 그렇기에 이는 사실 거대하고도 무서운 폭력이다. 그 시절 우린 장난감도, 돈도, 1등 성적표도 필요 없었고 좋아하는 가수도 탤런트도 없었으며 되고 싶은 것도 하고 싶은 것도 없이 오직 통일 하나에만 절실했단 말인가. 고작 열한 살, 열두 살 때 말이다. 교과서에 실려 있던 '우리의 소원은 통일'로 시작되는 노래 때문이었을까.

우린 이유도 모르고, 이유를 모른다는 것조차도 모르고 통일을 이야기했고 '이 연사 힘차게'로 시작되는 정형화된 부르짖음에 익숙해져 있었다. 진실로 바라는 소원이 없지 않았을 텐데 우린 소원을 묻는 질문에 자신도 모르게 알 수 없는 통일을 적어 나간 것이다. 통일 이외의 다른 것을 적으면 누가 뭐라고 하지 않을까, 선생님한테 혼나지 않을까 하는 두려움이 있는 것도 아니었고 선생님이나 옆에 있는 짝을 신경 쓸 필요도 없었는데, 누구도 감시하지 않았는데 말이다. 새로운 슈퍼에고의 감시일까. 아무런 의식도 없이 반사적으로 우리의 소원은 통일이었다. 난 무서워졌고 우리를 옥죄는 이 거대한 시스템의 한 형태에 저항하고 싶었다.

원고지 1031장 분량의 소설을 내 공포, 절망, 분노로 조직화했고 마침내 마침표를 찍었다. 이제 누군가 뭐 하는 사람이냐고 물으면 소설 쓰는 사람이라고 내가 대답할 수 있기를, 그리고 소설이란 말조차 모르던 어린 시절의 막연한 꿈을 소설이란 이름으로 인생의 길 위에 올려놓은 것을 결코 후회하지 않기를 바란다.

시작이다. 난 이 시대를 향한 내 나름의 첫 번째 작은 저항을 시작했다.

1997년 이른 겨울,

박상연

오늘의 작가 총서 40

DMZ

박상연 소설

1판 1쇄 펴냄	1997년 1월 30일
2판 1쇄 찍음	2023년 4월 28일
2판 1쇄 펴냄	2023년 5월 19일

지은이	박상연
발행인	박근섭·박상준
펴낸곳	(주)민음사

출판등록	1966. 5. 19 제16-490호
주소	서울시 강남구 도산대로1길 62(신사동)
	강남출판문화센터 5층(06027)
대표전화	02-515-2000
팩시밀리	02-515-2007
홈페이지	www.minumsa.com

ⓒ 박상연, 2023. Printed in Seoul, Korea

ISBN 978-89-374-2061-0 (04810)
ISBN 978-89-374-2050-4 (세트)